Meinen Lesern

Heinz G. Konsalik

Von Heinz G. Konsalik sind als Goldmann-Taschenbücher erschienen:

Eine angesehene Familie. Roman (6538) · Auch das Paradies wirft Schatten / Die Masken der Liebe. Zwei Romane in einem Band (3873) · Duell im Eis. Roman (8986) · Engel der Vergessenen. Roman (9348) · Der Fluch der grünen Steine. Roman (3721) · Der Gefangene der Wüste. Roman (8823) · Das Geheimnis der sieben Palmen. Roman (3981) · Geliebte Korsarin. Roman (9775) · Eine glückliche Ehe. Roman (3935) · Das goldene Meer. Roman (9627) · Das Haus der verlorenen Herzen. Roman (6315) · Der Heiratsspezialist. Roman (6458) · Das Herz aus Eis / Die grünen Augen von Finchley. Zwei Kriminalromane in einem Band (6664)

Ich gestehe. Roman (3536) · Im Tal der bittersüßen Träume. Roman (9347) · Im Zeichen des großen Bären. Roman (6892) · In den Klauen des Löwen. Roman (9820) · Ein Kreuz in Sibirien. Roman (6863) · Leila, die Schöne vom Nil. Roman (9796) · Liebe auf dem Pulverfaß. Roman (9185) · Die Liebenden von Sotschi. Roman (6766) · Das Lied der schwarzen Berge. Roman (2889) · Manöver im Herbst. Roman (3653) · Ein Mensch wie du. Roman (2688) · Morgen ist ein neuer Tag. Roman (3517) · Promenadendeck. Roman (8927)

Schicksal aus zweiter Hand. Roman (3714) · Das Schloß der blauen Vögel. Roman (3511) · Schlüsselspiele für drei Paare. Roman (9837) · Die schöne Ärztin. Roman (3503) · Schwarzer Nerz auf zarter Haut. Roman (6847) · Die schweigenden Kanäle. Roman (2579) · Sie waren Zehn. Roman (6423) · Sommerliebe. Roman (8888) · Die strahlenden Hände. Roman (8614) · Die tödliche Heirat. Kriminalroman (3665) · Unternehmen Delphin. Roman (6616) · Verliebte Abenteuer. Roman (3925) · Wer sich nicht wehrt... Roman (8386) · Wie ein Hauch von Zauberblüten. Roman (6696) · Wilder Wein. Roman (8805)

Stalingrad. Bilder vom Untergang der 6. Armee (3698)

Heinz G.
Konsalik

Schwarzer Nerz auf zarter Haut

Roman

GOLDMANN VERLAG

Überarbeitete Neuausgabe

Dieses Taschenbuch erschien früher
unter dem Autornamen Henry Pahlen

Der Goldmann Verlag
ist ein Unternehmen der Verlagsgruppe Bertelsmann

Made in Germany · 9. Auflage · 2/91

Umschlagentwurf: Design Team München
Umschlagfoto: Vodicka / DIA-Expreß, Garmisch-Partenkirchen
Satz: Fotosatz Glücker, Würzburg
Druck: Elsnerdruck, Berlin
Verlagsnummer: 6847
MV · Herstellung: Sebastian Strohmaier/Sc
ISBN 3-442-06847-9

Ein greller Schrei zerriß den stillen, kühlen Morgen, brach sich zwischen den hohen, rotlackierten Schornsteinen und zerflatterte dann mit dem Wind, der vom Meer zum Land wehte. Fast gleichzeitig schlug klatschend ein Körper auf den Planken des Sonnendecks auf, mit ausgebreiteten Armen lag er da, als habe er noch versucht, den Fall in einen Flug umzuwandeln. Unter dem Kopf quoll Blut hervor und floß in einem schmalen Bach zur Reling.

Vom Lido-Deck rannten Matrosen, Stewards und auch der III. Offizier die eisernen Treppen hinauf. Sie hatten den Körper fallen sehen, von der Verbindungsbrücke zwischen den beiden Kaminen, wo ein schmales Gerüst an dicken Tauen hing. Dort arbeiteten seit vier Tagen zwei Matrosen und strichen die Stege weiß, die Schornsteinköpfe schwarz und die Schornsteine selbst rot. Nun hing das Sitzbrett schief am Gerüst, pendelte hin und her, und der zweite Matrose klammerte sich verzweifelt an das Gestänge, das er eben noch weiß lackiert hatte.

»Ein Tau ist gerissen!« brüllte jemand. »Verdammt, der andere fällt auch noch herunter!«

Während zwei Matrosen die lange, pendelnde Strickleiter am linken Kamin hinaufkletterten, um den am Gerüst hängenden Matrosen zu befreien, beugte sich der III. Offizier über den Abgestürzten und drehte ihn langsam auf den Rücken. Dann griff er nach hinten, ein Steward reichte ihm stumm ein Handtuch, das er gerade in der Hand hatte, die anderen herumstehenden Matrosen nahmen die Mützen vom Kopf und senkten den Blick.

Der III. Offizier deckte das Handtuch über den zerschmetterten Schädel des Toten und richtete sich auf. Vom

Telefon des Bord-Tennisplatzes rief ein Steward hinunter ins Schiff zum Hospital. Aber da war noch niemand. Die Ärzte, die Schwestern, die Pfleger kamen erst zwei Tage vor der Abreise an. Aber zwei Putzfrauen waren da und sie schraken zusammen, als eine verzweifelte Stimme schrie:

»Eine Trage! Sofort eine Trage aufs Sonnendeck. Und eine Decke. Schnell! Schnell!«

»Wie konnte so etwas passieren?« fragte der III. Offizier. »Hier an dem Kahn ist doch alles neu.« Er sah empor zu den roten, in der kalten Morgensonne leuchtenden Schornsteinen. Der an der Verbindungsbrücke hängende zweite Matrose wurde jetzt von sechs Händen ergriffen und hinüber zur Strickleiter gezogen. »Wie kann ein neues Tau reißen? Das fängt ja gut an!«

Aus dem Lift kamen die beiden Putzfrauen mit der Trage. Sie schwankten und wurden blaß, als sie den Mann mit dem Handtuch über dem Kopf sahen und die Blutbahn zur Reling. Der Bademeister vom Lido-Deck, der mit zum Sonnendeck gelaufen war, nahm ihnen die Decke ab, hüllte den Toten darin ein und winkte den anderen. Man hob den Körper auf die Trage, und im Laufschritt rannten zwei Matrosen zum Lift und verschwanden im Inneren des Schiffes. Zurück blieb eine Lache Blut, in der ein kleiner goldener Anker an einem zerrissenen Kettchen lag.

»Sie können das sofort wegwischen«, sagte der III. Offizier zu den Putzfrauen, die mit entsetzensweiten Augen an der Reling standen. »Und kein Wort darüber zu anderen.« Er sah sich im Kreise um. »Das gilt für Sie alle! Wir wollen die Jungfernfahrt unseres stolzen Schiffes nicht gleich offiziell mit einem Toten anfangen. Das hier ist ein Unfall und damit eine schiffsinterne Sache. Er geht weder die Passagiere noch die Presse etwas an! In jeder Sekunde, die wir leben, geschieht irgendwo ein Unfall. Wir verstehen uns?«

Die Matrosen, Stewards, der Bademeister, die Putzfrauen nickten stumm. Aber sie dachten alle das gleiche: Das ist ein schlechtes Omen. Die erste Reise eines Schiffes beginnt mit einem Toten – das kann nicht gutgehen! Ein Schiff sollte man mit Sekt taufen, aber nicht mit Blut.

Seeleute sind abergläubisch, und sie wissen, warum.

Gibt es etwas Geheimnisvolleres als das Meer?

Eine Stunde später kam Kapitän Lars Selbach an Bord seines neuen, herrlichen Schiffes. Das schönste Schiff, das er je kommandiert hatte. Ein Schiff mit einem stolzen, siegessicheren Namen.

›Ozeanic‹.

Beherrscherin aller Meere. Luxuspalast auf den Wellen. Eine kleine Stadt voll Herrlichkeiten und Reichtum. Ein Märchen aus Glas, Stahl, Chrom, Teppichen, Edelhölzern und Leder.

Ein Schiff zum Verlieben.

›Ozeanic‹.

Mit kantigem Gesicht stand Kapitän Selbach vor dem Toten. Man hatte ihn im Schiffslazarett aufgebahrt, auf dem OP-Tisch. Der Tote war umgezogen worden. Die Ausgehuniform des Verunglückten. Die Hände lagen gefaltet auf der Brust. Nur über dem Gesicht lag wieder ein weißes Tuch. Es war nicht zumutbar, in dieses zerplatzte Antlitz zu sehen.

Um den OP-Tisch herum standen der Oberzahlmeister, der Leitende Ingenieur, der I. Offizier und Dr. Holger Dahl, der Schiffsarzt. Man hatte ihn von Hamburg nach Cuxhaven geholt. Der Anruf erreichte ihn in der Badewanne seines Hotels. Mit einem Taxi war er nach Cuxhaven gerast.

»Ein Unfall ist etwas Unvorhergesehenes, meine Herren«, sagte Kapitän Selbach langsam. »Uns alle kann so etwas treffen. Ich kann nachher auf der Treppe ausrutschen und mir den Hals brechen. Unfälle sind etwas Menschliches. Aber ich weiß, was Sie jetzt denken.« Er sah sich zu den anderen Offizieren um und merkte, wie sie seinem Blick auswichen. »Wenn eine Jungfernfahrt gleich so beginnt ... natürlich denken Sie so! Und so werden auch die Passagiere denken. Es ist deshalb eine Bitte der Reederei an Sie alle, dieses traurige Vorkommnis nicht bekannt werden zu lassen.

Unser neues, herrliches Schiff soll mit wehenden Flaggen und fröhlichem Lachen ablegen, um den Atlantik zu erobern!«

Kapitän Selbach sah zurück auf den langgestreckten Körper in der Ausgehuniform. Dann grüßte er den Toten, wandte sich ab und verließ das Hospital.

Im Dunkel der Nacht wurde der tote Matrose von Bord gebracht und zum Leichenhaus des Friedhofes gefahren. Den Sarg und das Begräbnis bezahlte die Reederei; es würde kein großes Abschiednehmen geben. Er hatte keine Verwandten mehr, nur eine alte Tante in Lüneburg, die nicht kommen konnte, weil sie Arthritis hatte.

Kapitän Selbach stand an der Gangway, als man den Sarg von Bord trug. Die Kaianlage des »Steubenhöft« lag im matten Licht einiger Kranlampen. Die großen, grün gestrichenen Neonleuchten, die sonst die wuchtigen Eisenpoller, das »Aussichtshaus«, den Parkplatz, die Zollabfertigung und die Gangway in helles Licht tauchten, brannten nicht. Erst in ein paar Tagen, wenn die Passagiere mit Zügen und Wagen zum »Steubenhöft« anreisten, wird der Glanz der Lichter den romantischen Schmutz der Hafenanlagen überdecken.

»Er war sofort tot«, sagte Dr. Dahl, der neben Kapitän Selbach dem Sarg nachblickte. Sechs Matrosen trugen ihn im Gleichschritt zum Totenwagen. »Genickbruch.«

Kapitän Selbach nahm die Mütze ab und wischte sich über das angegraute Haar. Er schwitzte trotz der Kühle der Nacht.

»Sind Sie abergläubisch, Doktor?« fragte er leise.

»Nein, Herr Kapitän.«

»Aber ich.«

Mit einem Ruck setzte er die Mütze wieder auf, drehte sich um und stapfte auf sein Schiff zurück.

Es war das schönste Schiff, das je über den Atlantik fahren würde...

Das Zimmer war nüchtern, mit hellen Möbeln aus Birnbaum, einem glänzenden Kunststoffboden, einem Haargarnteppich mit grau-roter Musterung, blaßgelben Gardinen vor dem großen Fenster und drei Bildern an den weißen Wänden. Ein Gemälde vom Drachenfels am Rhein, ein alter Stich von Bonn und ein Foto des gütig lächelnden Bundespräsidenten. Er sah so wohlwollend darauf aus, daß man ihn hätte Onkel nennen können.

Das fand auch Dr. Franz Hergarten. Schon mehrmals hatte er etwas irritiert den Bundespräsidenten angesehen, dessen Fotoaugen ihn anblickten und anlächelten und »Guten Tag, mein Lieber. Ein schöner Tag draußen, nicht wahr?« zu sagen schienen.

Dr. Hergarten gegenüber saß Ministerialrat Dr. Blatz, rauchte eine Zigarre und trank mit kleinen Schlucken Kognak. Eine Stunde vertraulichen Gespräches im Ministerium war vorüber, und Dr. Hergarten kam sich vor, als sei dies alles unwirklich, nur im Unterbewußtsein erlebt. Im Kino sieht man so etwas öfters, im Fernsehen auch, und man lächelte dann und sagte sich: Ja, der Film! Im Leben ist so etwas unmöglich. Das sind ja Phantastereien.

Nun erlebte er eine solche Phantasterei, und er sollte sie still, unauffällig und im Auftrag des Staates zum guten Ende bringen.

»Wir verstehen uns, mein Bester?« sagte Ministerialrat Dr. Blatz gerade und sah auf seine glühende Zigarrenspitze. »Es geht uns darum, daß Ihre Pläne völlig unauffällig nach New York gelangen. Ihre Forschungen über Raketentreibsätze können das Wettrennen Amerika-Rußland zugunsten Amerikas entscheiden, das wissen Sie besser als ich. Was Sie da an Schubkraft ausgerechnet haben, mit Ihrem Material Elektronium, das ist umwerfend. Damit kann man ja Raumstationen von der Größe eines Dorfes in das Weltall schießen! Und so etwas entdeckt ein Deutscher, und wir können nichts damit anfangen, weil wir nicht dürfen!« Dr. Blatz seufzte tief. Er war Mitglied des nationaldeutschen Stammtisches. »Aber unsere Freunde überm Teich, Dr. Hergarten, die werden Sie an ihre Brust ziehen. Wer weiß, außer einer Handvoll Leute hier im Ministerium, um Ihr Elektronium?«

»Keiner, Herr Rat.« Franz Hergarten riß sich von dem gütigen Lächeln des Präsidetenfotos los. »Drei Mitarbeiter noch.«

»Vertrauenswürdig?«

»Absolut.«

»Trotzdem. Wir werden sie beobachten lassen. Mein Gott, es ist nicht zu fassen, wenn man Sie so sitzen sieht: Solch ein Mann ermöglicht einen Wochenendausflug ins Weltall! Sollen wir noch einmal zusammenfassen, was in den nächsten Tagen passiert? Es darf nichts falsch gemacht werden. Hier in Bonn hören die Wände. Es ist furchtbar zu wissen, daß man beobachtet wird, ohne die Augen zu sehen. Daß Sie jetzt bei mir sitzen, ist bereits denen bekannt, für die Sie interessant sind. Also noch mal!« Dr. Blatz hob die Hand und zählte die künftigen Stationen Dr. Hergartens an den Fingern ab: »Sie fliegen offiziell mit einer Maschine der Lufthansa nach New York. Der Flug ist gebucht, alle Formalitäten sind erfüllt. Aber in Wirklichkeit fliegen Sie gar nicht mit, sondern ein Beamter des Bundesnachrichtendienstes reist statt dessen unter Ihrem Namen mit dieser Maschine. Er sieht Ihnen ähnlich, hat Ihre Statur und wird Ihre Anzüge tragen, die Sie uns morgen ins Ministerium schicken. Hat man Agenten auf Sie angesetzt, so werden sie Ihrem Doppelgänger folgen und mit ihm per Lufthansa fliegen. Sie dagegen besteigen vier Tage später als harmloser Passagier den neuen Luxusdampfer ›Ozeanic‹ und schaukeln gemütlich als Weltenbummler über den Atlantik. Sie werden in bester Gesellschaft sein. Eine Jungfernfahrt – noch dazu diese einmalige Sonderfahrt nach New York – ist ein gesellschaftliches Ereignis. Drei Minister werden an Bord sein, mindestens hundert Millionäre, bekannte Namen aus Kultur und Wirtschaft, neun Bundestagsabgeordnete, drei Delegationen der UNO, eine Kompanie eleganter und schöner Frauen, bereit zum Angriff auf die Männer. In diesem Gewühl werden Sie untergehen, keiner wird Sie sonderlich beachten.

Voraussetzung Nummer eins: Erliegen Sie an Bord keiner weiblichen Verlockung!«

»Ich bin glücklich verheiratet, Herr Rat.« Dr. Hergarten lächelte schwach. »Außerdem ist die Eifersucht meiner Frau so hochgezüchtet, daß sie auch über dreitausend Kilometer hinweg nervlich spüren würde, wenn ich mit einer anderen Frau auch nur tanze.«

»Ihre Gattin!« Dr. Blatz legte die Zigarre weg. »Sie weiß natürlich auch nur, daß Sie nach New York fliegen. Kein Wort von der Seereise!«

»Das könnte Schwierigkeiten geben.«

»Lügen Sie im Interesse Ihrer Entdeckung und für den Sieg im Wettrennen mit den Russen! Die vier Tage Differenz verbringen Sie in Hamburg. Das Hotelzimmer ist schon bestellt.« Dr. Blatz lachte genüßlich. »Unter uns, mein Lieber, wenn Sie eine Adresse haben wollen: blond, vollbusig, mit Pfeffer im Hintern und Paprika in den Fingern ...«

»Danke.« Dr. Hergarten trank seinen Kognak aus. »An Bord der ›Ozeanic‹ bekomme ich eine Luxuskabine ...« wiederholte er.

»Nummer 12, jawohl. Auf dem Promenadendeck. Die Kabinen 1 bis 4 haben die Minister und ein englischer Stahlmillionär, Sir Edward Surtess mit seiner Frau, Lady Anne. Sämtliche Kabinen der Zwanzigerreihe bewohnen die UNO-Delegierten. Ihr Nachbar in Kabine 10 ist ein russischer Graf Sepkinow, alter Adel, steinreich. Nachbar in Nummer 14 ist ein französischer Philosoph, Jerome Dubois. Die Kabinen auf der anderen Schiffsseite interessieren uns nicht.«

Das war, wie sich später zeigte, der erste Fehler. Aber welcher Mensch handelt völlig fehlerfrei?

»Ihre Kabine hat einen eigenen Tresor«, fuhr Dr. Blatz fort. »Darin schließen Sie Ihre wertvolle Aktenmappe mit den die Welt verändernden Unterlagen ein. Auf keinen Fall abgeben beim Zahlmeister im Haupttresor. Bedenken Sie eins: In dem gefährlichen Spiel gibt es nur eine einzige vertrauenswürdige Person: Sie!«

»Und die Herren, die mich in New York in Empfang nehmen?«

»Es sind Beamte der Atombehörde. Bis zur Übergabe der Mappe werden Sie von FBI-Leuten umgeben sein, ein Sonderflugzeug bringt Sie gleich zum Kap Canaveral. Daß Sie mit der ›Ozeanic‹ in New York landen, werden die Amerikaner erst eine Stunde vor Anlegen des Schiffes erfahren. Sie sehen, wir haben alles getan, um den Himmel, dank Ihrer Entdeckung, umfassender zu erobern, als die Russen es können. Und nun kann ich Ihnen nur noch Glück wünschen, mein Lieber!«

Dr. Hergarten lächelte Ministerialrat Dr. Blatz an. Aber es war ein schiefes Lächeln. Es war das gleiche Lächeln, das er auf den Lippen hatte, als er nach dem geglückten Versuch im kleinen darangegangen war, die Wirkung seines Elektroniums im großen zu berechnen. Ein Lächeln, in dem die Angst lag.

Die Angst vor seiner eigenen Entdeckung.

Die Angst, daß sein Werk der Kontrolle entglitt und die Welt vernichtete.

»Ich wünschte, ich wäre ein Obsthändler«, sagte er heiser und erhob sich aus dem harten Sessel. »Obst ist etwas Herrliches, Gesundes.«

»Aber Sie sind nun mal der Mann, der eine Ferienreise zu fernen Sternen ermöglichen wird«, lachte Dr. Blatz. Er klopfte Dr. Hergarten auf die Schulter und begleitete ihn wie einen guten Freund durch das Vorzimmer und den langen Gang zum Lift.

Es gibt Frauen, die trotz genügenden Personals die Anzüge ihres Mannes selbst ausbürsten, Knöpfe annähen und Flekken auswaschen. Sie tun es nicht allein aus Beschäftigungsdrang, sondern eines Privilegs wegen: In den Taschen eines männlichen Anzuges verbergen sich oft kleine, unwichtige Intimitäten seines Alltags – ein Stück Bindfaden etwa, die Rechnung eines Herrenessens, eine Notiz, die niemand versteht –, aber es sind Dinge seiner Persönlichkeit, die nur die Ehefrau sehen sollte – so meinen die Ehefrauen.

Auch Lisa Hergarten dachte so. Sie war eine Frau, die man schlicht schön nennen konnte, ohne den billigen Beigeschmack, den dieses lapidare Wort oft hat. Sie war schlank und doch wohlgeformt, ihr volles Haar hatte sie aschblond färben lassen, was sie jünger machte als dreißig, die sie war. Manchmal sah sie aus wie ein junges Mädchen, wenn sie langbeinig, im kurzen Rock, ein Band im hellglänzenden Haar, daherging. Man sah ihr nach, und sie wußte es. Sie kam aus einem guten Hause, ihr Vater war Universitätsprofessor. Sie selbst hatte das Abitur gemacht und das Studium der Kunstgeschichte begonnen, als Franz Hergarten in ihr Leben trat und sie mit der Zielstrebigkeit eines Physikers bald zum Altar führte.

Sie hatte diese Ehe nie bereut, aber sie war trotzdem von einer krankhaften Eifersucht erfüllt. An dem Tage, als sie dreißig wurde, überraschte sie ihren Mann, indem sie nackt vor ihn trat.

»Sieh mich an«, sagte sie ernst. »Ich drehe mich ganz langsam um mich selbst. Sag mir, wo eine Falte an meinem Körper ist, der Ansatz einer Hauterschlaffung, ein Fettpölsterchen ... Sei ehrlich, Liebling! Ich will es genau wissen!«

Und sie hatte sich langsam um sich selbst gedreht, bis Hergarten sie in seine Arme nahm und zärtlich sagte: »Du bist das Vollendetste, was die Natur als Mensch schaffen kann. Du bist makellos.«

Sie glaubte es ihm, weil sie sich selbst im Spiegel ständig beobachtete, aber sie hatte, auch wenn sie es nie sagte, Angst vor dem Alter. Beim Presseball, auf Partys oder Einladungen musterte sie die jüngeren Gäste. Keine war schöner als sie, aber wenn sie ein Mädchen von zwanzig sah mit flaumweichen Härchen auf den Armen, die Unbekümmertheit des Lachens wahrnahm und die Ausstrahlung der Jugend wie einen heißen Hauch spürte, dann bildete sich ein harter Zug um ihre vollen Lippen.

»Jeder Mann betrügt einmal im Laufe seiner Ehe seine

Frau«, sagte sie eines Abends zu Hergarten. »Der eine schon einen Tag nach der Hochzeit, der andere nach zehn Jahren oder nach fünfundzwanzig. Irgendwann überkommt ihn der Reiz der anderen, der jüngeren, der glatteren. Hast du mich auch schon einmal betrogen, Franz?«

»Welche Frage!« Hergarten hatte gelacht. »Ich habe einen Stern in der Hand und soll ihn gegen einen Kieselstein tauschen?«

»Noch nicht. Aber einmal wird ein Kieselstein da sein, so blank geputzt, daß es dich lockt, ihn aufzuheben.« Sie hatte sich vorgebeugt, seine Knie umschlungen und ihr Gesicht gegen seine Schenkel gepreßt. »Weißt du, was ich dann tue?« sagte sie leise.

»Du gehst ins Wasser!« lachte er.

»Nein«, sagte sie fest. »Ich bringe dich um.«

»Das kannst du dann auch«, hatte er geantwortet und dann das Gespräch vergessen. Aber Lisa Hergarten vergaß es nicht; sie hatte gesagt, wozu sie wirklich entschlossen war.

An diesem Abend nun sah Lisa die Anzüge durch, die ihr Mann nach Amerika mitnehmen wollte. In zwei Tagen war es soweit. Das Ticket lautete auf Abflug Köln-Wahn, es lag auf Hergartens Schreibtisch, und Lisa hatte sich gewundert, daß Franz von Köln abflog und nicht von Frankfurt, das viel näher lag. Auch heute war Hergarten wieder in Köln, wie fast jeden Tag, und kam erst in der Nacht nach Hause, müde, wortkarg, abgespannt. »Es geht um große Dinge, Schatz«, hatte er gestern gesagt. »Mehr kann ich dir nicht sagen. Es hängt alles mit Amerika zusammen.«

Lisa nahm einen dunkelgrauen Anzug aus dem Schrank, kontrollierte die Knöpfe, bürstete den Rock ab und begutachtete die Stoßbänder der Hosenbeine, als sie plötzlich mit der Bürste gegen den Rock stieß. Nein, sie hatte sich nicht geirrt: In der Innentasche raschelte etwas.

Sie griff hinein und holte ein längliches Kuvert hervor.

In roter Schrift stand darauf. »Die OZEANIC begrüßt Sie.«

Lisa Hergarten steckte das Kuvert in ihre Rocktasche und

ging hinüber in das große Wohnzimmer. Dort setzte sie sich unter eine bronzene Stehlampe, nahm das Kuvert aus der Tasche und öffnete es.

Eine Art Scheckheft fiel heraus, ein roter Fahrplan, eine Broschüre »Kleine Winke für alle Reisenden zur See« und eine große Fahrkarte mit einem Kabinenplan.

Das ist nicht möglich, dachte Lisa und legte alles auf den Rauchtisch neben der Stehlampe. Das ist nicht für Franz. Das hat er für jemand anderen besorgt.

Aber dann begannen ihre Finger in fliegender Hast zu sortieren. Sie breitete alles vor sich aus und nahm das, was sie las, wie ein schreckliches, den Körper mit Feuer überziehendes Gift in sich auf.

Fahrkarte Cuxhaven – New York. Luxuskabine 12, Promenadendeck. Kategorie C.

Ein Scheckheft mit Travellerschecks, ausgestellt auf Dr. F. Hergarten. Gesamtwert 2000 Dollar.

Der Kabinenplan. Kabine 12 war rot angekreuzt. Eine große Kabine mit Bad, Telefon, Radio, einem Extra Ankleideraum, einem abgeteilten Salon und zwei Betten. – Zwei Betten.

Lisa lehnte sich zurück. Das Feuer in ihr ließ nach, nun kam die schreckliche Kälte. Sie fror, klapperte mit den Zähnen und merkte erst, als ihre Lippen salzig schmeckten, daß sie haltlos weinte.

Sie rannte hinüber zum Herrenzimmer und starrte auf den Schreibtisch. Dort lag die Flugkarte. Dr. Franz Hergarten, Köln-Wahn – New York. Übermorgen.

Sie rannte zurück ins Wohnzimmer. Dort lag die Schiffskarte. Dr. Franz Hergarten, Cuxhaven – New York. Nächste Woche, Freitag. Eine Zweibettkabine.

Es dauerte lange, ehe Lisa Hergarten sich so weit beruhigte, daß sie wieder klar denken konnte. Mit bebenden Fingern packte sie alles wieder in das Kuvert, steckte es zurück in die Innentasche des grauen Anzuges und hängte den Anzug in den Schrank. Dann sank sie auf das Bett, rollte sich auf den Rücken und starrte an die Decke.

Ist nun eingetreten, was ich immer befürchtet habe?

dachte sie und ballte die Fäuste. Bin ich zu alt geworden für ihn? Fährt er mit einer Jüngeren nach New York? Wie ist sie? Wie sieht sie aus? Wie jung ist sie? Hat sie blonde Haare? Braune? Schwarze? Rote? Ist sie ein Aas? Liebt sie ihn nur, weil er reich ist, ein berühmter Mann, ein kluger Mann? Warum nimmt sie ihn mir weg? Warum? Oder hat er gar nicht gesagt, daß er verheiratet ist? Zieht er seinen Trauring vom Finger, wenn er das Haus verlassen hat? Wie lange kennt er sie schon? Wo treffen sie sich? Wo schlafen sie zusammen? In einem Stundenhotel in Köln? In Frankfurt? In Bonn? Hat er ihr eine Wohnung eingerichtet? Hat sie selbst eine Wohnung? Ist er deshalb immer so müde? Seine Augen sind ganz grau geworden. Sie richtet ihn zugrunde! Sie macht ihn kaputt! Sie laugt ihn aus! Oh, man sollte sie zerreißen! Man sollte ein Tiger sein und sie zerfleischen! Man sollte ...

So lag sie eine Stunde lang, gepeinigt von Rache und Eifersucht, immer neue Grausamkeiten ersinnend und sie wegwerfend, weil sie zu milde waren. Dann wurde sie ruhiger, mit hohlen Augen starrte sie in die Dunkelheit des Zimmers, und ihr Gehirn arbeitete präzise wie ein gut eingestellte Maschine.

Was soll die Flugkarte? Sie soll täuschen.

Was soll die Schiffskarte? Er fährt mit ihr nach New York.

Zwischen Flug und Schiffsfahrt liegen vier Tage. Wo verbringt er sie? Bei seiner Geliebten? Mit seiner Geliebten?

Und in New York? Werden sie dort zusammen wohnen, als Mr. und Mrs. Hergarten aus Grünberg bei Frankfurt? Ein Doppelzimmer mit Blick auf den Hudson-River? Ein verschwiegenes Motel im Hinterland?

Ist diese Reise überhaupt geschäftlich? Ist es nicht eine Flucht aus der Ehe, bekleidet mit der Lüge, Forschungen zu erklären?

Lisa Hergarten legte beide Hände flach über das Gesicht.

Ich werde es herausbekommen, dachte sie. Ich werde mich an dich heften wie dein Schatten. Und wenn ich sie sehe ... sie ... sie ... ich weiß nicht, was ich tue!

Spät in der Nacht kam Franz Hergarten nach Hause. Müde, wie ein zerschlagener Boxer. Die Experimente im Labor staken fest: Die Hitzegrade, die Elektronium entwikkelte, zerglühten die stärksten, bisher bekannten Metall-Legierungen. Sollte Elektronium der Raketentreibstoff der Zukunft werden, mußte erst das Metall gefunden werden, aus dem man die Brennkapseln machen konnte.

Lisa war noch auf. Sie hatte einen hautengen seidenen Hosenanzug an und trug die aschblonden Haare aufgelöst bis zur Schulter. Sie begrüßte ihren Mann mit einem Kuß, hing sich bei ihm ein und führte ihn ins Haus.

»Du Armer«, sagte sie und drückte seinen Arm. »Warum bist du auch Atomforscher geworden? Ich habe dir dein Leibgericht gekocht: Steak mit Pilzen. Das macht dich wieder munter. Und eine Flasche Sekt steht kalt.«

»Nanu?« Franz Hergarten blieb stehen. »Ist was los? Hab' ich einen Feiertag vergessen? Muß ich mich entschuldigen?«

»Du Dummer!« Sie küßte ihn auf den Mund und dachte gleichzeitig daran, daß diese Lippen vor einer Stunde vielleicht eine andere Frau geküßt hatten. »Übermorgen fliegst du nach Amerika. Wir müssen Abschied feiern.«

»Jetzt schon?« Er lachte.

»Ja! Schon der Gedanke, daß du weg bist, ist schrecklich. Da hilft nur Sekt. Um zu ertragen, daß du wegfliegst, müßte ich total betrunken sein.«

»So liebst du mich, Schatz?« fragte er und zog sie an sich.

»Ja, so liebe ich dich!« sagte sie gepreßt. »So ... wie keine andere ...«

Am nächsten Morgen fuhr sie mit ihrem Wagen wie ein Satan über die Autobahn nach Bonn.

Sie kam dort früher an als Franz Hergarten, der mit dem Zug fuhr und seinen Wagen am Frankfurter Hauptbahnhof stehen ließ. Wenn er überarbeitet aus dem Labor kam, traute er sich nicht mehr zu, die vollgestopfte Autobahn nach

Hause zu fahren. Da war der Zug besser; man konnte sich sogar etwas ausruhen und vor sich hin träumen.

Am Bonner Hauptbahnhof versteckte sich Lisa hinter einem Plakatständer, als der Zug aus Frankfurt eintraf. Sie sah Franz durch die Sperre kommen, allein und mit weiten Schritten. Plötzlich sah er fremd aus, jünger, elastischer. Er denkt an »sie«, dachte Lisa gehässig. Er fühlt sich wie ein junger Bursche.

Im Gewühl der anderen Reisenden folgte sie ihm, sah, wie er ein Taxi nahm, und sie hatte Glück: sie bekam das nächste freie Taxi.

»Fahren Sie Ihrem Kollegen nach«, sagte sie und warf sich in die Polster zurück.

»Dem Kollegen oder dem schicken Herrn, Fräulein?« grinste der Chauffeur.

»Das bleibt sich gleich. Sie bekommen zwanzig Mark extra, wenn Sie dranbleiben.«

Auf der Koblenzer Straße, vor dem Außenministerium, stieg Franz Hergarten aus. Lisas Taxi hielt in einiger Entfernung.

»Fehlanzeige, Fräulein!« sagte der Chauffeur leutselig. »Der gehört zu denen, deren Körper Geheime Kommandosache ist. Macht 3,40 DM und die versprochenen zwanzig Eier.«

Lisa zahlte und verließ das Taxi. Unschlüssig ging sie ein paarmal vor dem großen gläsernen Eingang des Außenministeriums hin und her, dann stellte sie sich auf der anderen Straßenseite in eine Haustür und beschloß, sich nicht vom Fleck zu rühren, bis Franz wieder aus dem Ministerium herauskam.

Sie war wie ein Jagdhund, der eine Fährte gerochen hat.

Ministerialrat Dr. Blatz war wieder von größter Freundlichkeit. Er holte eine Flasche Kognak, bot Zigarren an und erzählte von seinem Sohn, der in Latein eine Fünf geschrieben hatte. »Der Bengel kann nicht logisch denken!« lachte

Dr. Blatz. »Sie sollen sehen, der wird noch mal Minister!«

Nach zwei Kognaks kam Dr. Blatz mit dem Grund heraus, warum er Dr. Hergarten erneut ins Ministerium bestellt hatte.

»Wir wollen ganz sichergehen, lieber Doktor. Ihre Entdeckung ist viel zu brisant, als daß wir auch nur das geringste Risiko auf uns nehmen können. Sie werden nicht allein reisen, sondern begleitet werden. Sie werden gleich ein freundlicheres Gesicht machen, wenn ich Ihnen verrate, daß eine entzückende junge Frau Sie beschützen wird.«

»Eine Frau?« fragte Hergarten gedehnt.

»Sprechen Sie nicht so abwertend. Eine Frau ... Aber was für eine Frau! Vom Bundesnachrichtendienst hat man uns das beste Pferd im Stall geschickt. Wir sind von der Überlegung ausgegangen, daß ein Mann wie Sie von zehn Beamten bewacht werden kann, und trotzdem passiert etwas. Wenn aber eine Frau auf Sie aufpaßt, sieht sie mehr als zwanzig Männeraugen. Außerdem wird niemand glauben, daß dieses entzückende Mädchen Judo und Karate beherrscht, aus der Tasche schießen kann und vor dem Teufel keine Angst hat. Wollen Sie sie sehen?«

»Sie ist hier?« fragte Dr. Hergarten und sprang auf.

»Nebenan.« Dr. Blatz lächelte. »Wenn Sie nicht gesagt hätten, Sie seien glücklich verheiratet, würde ich jetzt warnen: Hergarten, Herz festhalten! So eine Frau verbrennt mit einem Blick alle guten Vorsätze.«

Dr. Blatz ging zur Tür des Nebenzimmers, stieß sie auf und nickte.

Er hatte nicht übertrieben. Die Dame, die jetzt eintrat, in einem hellgrünen Kostüm, mit kastanienbraunen, schimmernden Haaren, die bis auf die Schultern flossen, einem schmalen Kopf, großen, braunen Augen und einem Lächeln um die blaßrot geschminkten Lippen, hätte jeden Mann sofort fasziniert. Sie war mittelgroß und schlank in der Taille, was ihren schönen Busen besonders hervorhob; mit ausgestreckter Hand kam sie Hergarten entgegen und begrüßte ihn wie einen alten Bekannten.

»Das ist Sybilla Odenthal«, sagte Dr. Blatz. »Ich sehe, daß Sie ihr sympathisch sind, Doktor. Sparen wir uns also viele Worte; was zu sagen ist, wird Ihnen Fräulein Odenthal schon erzählen.«

»Ich schlage vor, wir besprechen alles an einem neutralen Ort.« Die Stimme Sybilla Odenthals war hell und klar, mit einem selbstbewußten Unterklang. »Sie haben Zeit, Dr. Hergarten?«

»Ich habe mir den Vormittag freigehalten.«

»Dann fahren wir zur Godesburg und trinken dort Kaffee, einverstanden? Da sind wir ungestört, und es ist unauffällig.«

»Verfügen Sie über mich.« Dr. Hergarten verbeugte sich leicht. »Ich habe in den letzten Tagen sowieso den Eindruck gewonnen, daß ich eine Art Wertpaket bin und versiegelt nach den USA verschickt werde.«

In der zugigen Haustür gegenüber dem Ministerium zuckte Lisa Hergarten zusammen, als sie ihren Mann durch die große, gläserne Tür kommen sah. Ein Taxi war vorgefahren, sicherlich bestellt, Hergarten hielt die Tür auf, und dann kam ein Mädchen mit wehenden rötlichbraunen Haaren aus dem Gebäude, lachte ihn an, setzte sich in das Taxi, Hergarten stieg zu ihr und warf die Tür zu.

Das ist sie, durchfuhr es Lisa. So sieht sie also aus! Jung und hübsch, fröhlich und kokett. Ich habe es gewußt ... ich habe es gewußt ...

Sie rannte an die Bordsteinkante, winkte mit beiden Händen nach den vorüberfahrenden Taxen, bis ein freies hielt, gerade in dem Augenblick, in dem Hergartens Wagen in eine Querstraße abbog. Das Spiel vom Hauptbahnhof wiederholte sich, der Fahrer grinste, verletzte die Verkehrsregel, indem er die Koblenzer Straße überquerte und dem dunklen Wagen folgte.

Auf der Straße nach Godesberg, der Diplomatenrennstrecke, wie sie der Volksmund getauft hatte, fuhren sie hintereinander. Lisa versteckte sich hinter dem Rücken des Fahrers. In Godesberg sah sich der Chauffeur fragend um.

»Sie fahren zur Godesburg, Madame«, sagte er. »Weiter hinterher?«

»Nein. Halten Sie.« Lisa Hergarten bezahlte, stieg aus und stand dann wie eine Blinde am Straßenrand. Sie lehnte sich gegen einen Lichtmast und fuhr sich mit zitternden Händen über das Gesicht. Eine männliche Stimme hinter ihr schreckte sie auf.

»Ist Ihnen schlecht? Kann ich Ihnen helfen?«

Sie schüttelte den Kopf. »Nein, danke. Es geht schon ...«

Sie wandte sich um und sah hinaus zur Godesburg. Die großen Scheiben der Terrasse glänzten in der Sonne. Dort saß er jetzt, er hielt ihre Hand, und sie sprachen über ihre Liebe und ihre Fahrt nach New York.

Lisa Hergarten atmete tief auf.

Dann faßte sie einen Entschluß. Wenn eine Ehe schon zerbricht, dann soll man den Donner weithin hören!

Sie ließ sich zurück nach Bonn fahren, zum Deutschen Reisebüro gegenüber dem Bahnhof, und verlangte ein Telefongespräch nach Hamburg. »Fragen Sie an, ob auf der ›Ozeanic‹ noch eine Karte für die Jungfernfahrt nach New York zu haben ist. Die Kategorie spielt keine Rolle.«

»Ganz ausgeschlossen. Seit Wochen ist diese Fahrt –« Der Schalterbeamte sah Lisa Hergarten an, als habe sie etwas Unanständiges von ihm verlangt.

»Trotzdem! Ich *muß* noch eine Kabine haben!«

Das Gespräch mit Hamburg hatte Erfolg. Auf dem Oberdeck war noch ein Platz in einer Zweibettkabine frei. Kabine 136.

»An eine Einbettkabine ist gar nicht zu denken«, sagte der Mann vom Deutschen Reisebüro. »Wenn Sie mit einer anderen Dame zusammen ...«

Lisa nickte. Sie wäre mit dem Teufel in einem Bett gefahren, um diese Reise mitmachen zu können. »Buchen Sie«, sagte sie heiser. »Ab Cuxhaven. Mit Rückfahrt.«

Sie zahlte 1000 DM an, schrieb einen Scheck darüber aus und bekam eine Auftragsbestätigung. Wie eine wertvolle Köstlichkeit versenkte sie den Zettel in ihre Handtasche.

»Ich werde erst in Cherbourg zusteigen«, sagte Sybilla Odenthal. »Das ist unauffälliger. Sie werden mich auf dem Sonnendeck kennenlernen, indem ich Sie ungeschickt anrempele. Sollten wir beobachtet werden, so wird keiner auf den Gedanken kommen, daß wir uns schon kennen. Nach diesem Zusammenstoß wird sich dann alles so entwickeln, wie es an Bord üblich ist. Ich werde übrigens als Sängerin nach New York reisen.«

»Als Sängerin?« Franz Hergarten schüttelte den Kopf. Sie hatten ein Kännchen Kaffee getrunken und genossen nun den herrlichen Rundblick über Godesberg und den Rhein und hinüber zum Siebengebirge mit Drachenfels und Petersberg. »Können Sie auch singen?«

»Ich bin ausgebildet. Koloratursopran.«

»Was können Sie eigentlich nicht, Fräulein Odenthal?«

»Kochen.«

Sie lachte schallend, als sie Hergartens Hilflosigkeit sah, und legte die schmale Hand auf seinen Arm.

»Sie sehen mich an, als sei ich ein unerklärbares modernes Gemälde.«

»Sie sind eine ganz besondere Frau. Warum tun Sie das alles?«

»Das ist eine kleine Frage, auf die es eine lange Antwort gibt. Vielleicht erzähle ich Ihnen einmal etwas aus meinem Leben, wenn wir an Bord der ›Ozeanic‹ sind.« Sybilla Odenthal schüttelte die langen Haare von ihren Schultern zurück. In der Sonne glänzten sie wie dunkles Kupfer. »Ist noch etwas unklar, Herr Hergarten?«

Er bezahlte den Kaffee und fuhr mit Sybilla zum Ministerium zurück. Dort stieg sie aus, während er im Taxi blieb, sie gaben sich die Hand und verabschiedeten sich förmlich.

»Zum Hauptbahnhof«, sagte Hergarten dann.

Gegen Mittag war er unverhofft wieder zu Hause. Er brachte für Lisa einen großen Blumenstrauß mit und war bester Laune.

»Du freust dich auf New York?« fragte sie und sah ihn lauernd an.

»Natürlich.« Er ließ sich auf die Couch fallen und breitete die Arme aus, als wolle er die Neue Welt umarmen. »Ich habe mir schon als kleiner Junge gewünscht, an der Freiheitsstatue vorbeizusegeln. Nun wird es wahr!«

Im Hause des Konsuls Henning Goltz war das Durcheinander auf dem Höhepunkt.

Zwei Stubenmädchen packten die Koffer, die Köchin hatte man eingesetzt zum Bügeln, der Gärtner putzte Schuhe, der Chauffeur wienerte den Wagen, als solle er eine Königin fahren.

Im Salon rannte Beate Goltz, geborene Gräfin v. Hachwitz, händeringend hin und her und ärgerte sich über ihren Mann, der ruhig am Kamin saß und eine Zigarre rauchte.

»Daß du so unbeteiligt herumsitzen kannst!« rief sie. »Daß du sogar die Zeitung lesen kannst! Hast du gar kein Gefühl?!«

»Mercedes hat um drei Punkte angezogen«, sagte Konsul Goltz. »Aber ich werde Kali verkaufen.«

»Aktien! Die Börse! Himmel, ist das dein Leben?«

»Hast du Sorgen?«

»Unser Kind fährt übermorgen nach New York!«

»Es soll vorgekommen sein, daß im Laufe der letzten hundert Jahre schon mehr Kinder nach New York gefahren sind.«

»Margret ist erst siebzehn.«

»Ich kenne Säuglinge, die über den Atlantik geschwommen sind.«

»Henning!« Beate Goltz blieb mit einem Ruck vor dem Kamin stehen. Ihre hoheitsvolle Haltung kannte Goltz seit dreißig Jahren. Damals war er ein kleiner Reeder gewesen, der einen wackeligen Kahn durch den Hamburger Hafen fahren ließ und Kisten hin und her schipperte. Daß ihn die Gräfin v. Hachwitz heiratete, hatte er nie verstanden. Er war zu jener Zeit schmächtig, hatte kein Geld und nur einen alten hanseatischen Namen, auf den ihm keiner Kredit gab. Aber irgendwie mußte Beate v. Hachwitz gesehen haben, daß in dem Henning Goltz eine Zukunft steckte: Sie gab ihm ihr Erbteil von zwei Millionen. Goltz kaufte sich ein größeres Schiff. Und als das Hitlerreich in voller Blüte stand, blühte auch Goltz mit, gründete eine kleine Werft, baute kleine Küstenschiffe, baute und baute weiter, wurde reich, wurde Millionär, rettete auf Schweizer Bankkonten ein Vermögen über Kriegsende und Währungsreform und stand, als die Mark wieder ihren Wert hatte, blühender denn je da.

»Ich höre, Beate«, sagte Goltz und sah zu seiner Frau empor. »Deine königliche Haltung zeigt mir an, daß weltbewegende Dinge zu besprechen sind.«

»Margret macht übermorgen ihre erste große Fahrt.«

»Einmal ist immer das erste Mal.«

»Allein auf einem Riesenschiff.«

»Das ist besser als auf einem Appelkahn.«

»Margret ist noch ein Kind.«

»Darum soll sie auch nach Amerika, um sich den Horizont zu erweitern. Zwei Jahre US-College, das tut ihr gut. Sie wird in New York von Onkel Franz abgeholt, die ganze Schiffsfahrt dauert acht Tage – mein Gott, Beate, was soll da schon geschehen? Was soll aus dem Kind werden, wenn du es nicht einmal acht Tage allein lassen kannst? Unter dem mütterlichen Rock entwickeln sich nur bleiche Blutarme.«

»Du bist wieder einmal geschmacklos«, sagte Beate Goltz distinguiert. »Lies weiter deine Börsenberichte! Manchmal glaube ich, du weißt gar nicht, wie du Vater geworden bist.«

Das Erscheinen der Frau Konsul trieb die Aufregung im Haus auf den Höhepunkt. Die Zimmer Margrets sahen aus wie beraubt. Kleider, Wäsche, Röcke, Blusen, Pullover lagen auf dem Bett und auf allen Sesseln herum. Inmitten dieses Wirrwarrs saß Margret auf dem Teppich und studierte den Fahrplan der ›Ozeanic‹.

»Mein armes Kind!« rief Beate Goltz. »Soll ich dir helfen?«

Margret Goltz machte gar nicht den Eindruck eines armen Kindes. Sie hockte auf dem Boden, die langen, blonden Haare waren zerwühlt. Sie schüttelte den Kopf und lehnte sich an den Rücken eines Sessels, über dem eine Kollektion neuer Büstenhalter hing. Zierliche Körbchen für eine eben erst erwachte Fraulichkeit.

»Warum regt ihr euch alle so auf?« sagte sie laut. »Nach Amerika zu fahren ist doch kein Weltuntergang.«

»Zwei Jahre bleibst du weg, meine Kleine.« Beate Goltz stiegen Tränen in die Augen. Sie schluchzte plötzlich. »Mein kleiner Spatz, allein in diesem Wilden Westen. Aber da kennt dein Vater keine Vernunft.«

»Ich freue mich wahnsinnig auf Amerika, Mama.« Margret sprang auf. Sie war groß und schlank, ein Mädchen, bei dem man mit der Zunge schnalzt. »Und so jung bin ich auch wieder nicht.«

»Siebzehn, mein Spatz.«

»Das ist schon allerhand! Das richtige Alter, um die Welt zu erobern.«

Beate Goltz lief hinüber zur Bügelstube, wo die Köchin Blusen bügelte.

Was ist das für eine Welt, dachte die Konsulin. Sie entgleitet unseren Händen!

Mit siebzehn Jahren allein auf einem Schiff! Umgeben von enthemmten Männern. Ganz allein auf dem Meer. Acht Tage und Nächte lang. Ausgesetzt den Verlockungen, die sie nicht kennt. Tanz, Kostümfest, Bar, Flirt, laue Nächte an der Reling...

Beate Goltz lief zurück in den Salon. Henning Goltz trank gerade ein Glas Rotwein.

»Ich habe eben an unsere erste Fahrt nach Teneriffa gedacht«, sagte die Konsulin atemlos. »Mein Gott, wenn das Kind ...«

»Hoffentlich nicht.« Konsul Goltz lehnte sich zurück. »Hoffentlich benimmt sich unser Kind anders als wir...

damals ... Du erinnerst dich noch an Kabine 178?«

»Pfui!« Beate Goltz warf den Kopf königlich in den Nacken und rannte wieder hinaus zu den kofferpackenden Stubenmädchen.

Zum Abflug vom Flugplatz Köln-Wahn kam Lisa Hergarten nicht mit. Irgendwo war eine Grenze. Wenn die Komödie zur Farce wird, soll man gehen. Andererseits wäre es interessant gewesen zu sehen, wie sich Hergarten aus der Affäre gezogen hätte. Das Flugzeug konnte er ja nicht besteigen. Es flog ohne Zwischenlandung bis Shannon. Aber vielleicht war auch das in seinem Plan aufgenommen? Von Shannon zurück nach Hamburg war kein Problem.

»In vier Wochen bin ich wieder da!« sagte Hergarten zum Abschied. »Was wirst du in der Zeit tun?«

»Es wird mir sehr langweilig werden. Vielleicht fahre ich nach Berlin zu Tante Erna.«

Sie küßten sich, wie sich ein Ehepaar küßt, das sich lange trennen muß. Dann stand Lisa auf der Treppe des Eingangs ihrer Villa und winkte dem Taxi so lange nach, bis es vom Weg abbog auf die Bundesstraße. Das letzte, was sie sah, war Hergartens Hut; er hatte ihn aus dem Fenster gesteckt und schwenkte ihn hin und her.

Da weinte sie, ballte die Fäuste und schrie ihm nach: »Du Heuchler! Du Betrüger! Du Lump! Du Satan! Wir sehen uns wieder. In Kabine 12 Promenadendeck.«

An diesem Tage verlief alles wie nach Plan.

Während Hergarten, statt nach Bonn, nach Hamburg fuhr, bestieg sein geschickt zurechtgemachter Doppelgänger das Flugzeug der Lufthansa in Köln-Wahn. Zwei Beamte der Sicherungsgruppe beobachteten die Passagiere, die Neugierigen, die winkenden Verwandten und Bekannten. Nichts Auffälliges war zu bemerken. Gab es einen Beobachter, so stand er jetzt an dem Absperrzaun und winkte den Abfliegenden nach. Oder er flog mit, nach New York, wo der Oberinspektor Meyer in der Maske Dr. Hergartens abgeholt wurde und zum New Yorker Atomzentralinstitut gebracht werden sollte.

Als die Maschine mit kreischenden Düsen sich in den Himmel hob, trank in Bonn in der Koblenzer Straße im Ministerium Ministerialrat Dr. Blatz einen Gedächtniskognak auf Dr. Hergarten.

»Jetzt schwebt er durch die Wolken«, sagte er zu sich selbst und sah auf seine Uhr. »Gebe Gott, daß unser Plan keine Lücken hat.«

An diesem Tag fuhr Lisa Hergarten nach Frankfurt und kaufte dort ein.

Eine schwarze Perücke. Lange, glänzende Haare, die man offen wehen lassen konnte oder zu einem dicken Zopf flocht. Ein südländisch braunes Make-up. Wimperntusche, Eyeliner, Lidschatten. Einen dunkelroten Lippenstift. Ebensolchen Nagellack.

Am Abend stand Lisa vor dem großen Spiegel des Schlafzimmers und sah sich an.

Sie erkannte sich selbst nicht mehr.

Eine exotische Schönheit blickte sie aus dem Spiegel an. Eine geheimnisvolle, dunkelhäutige Frau, umgeben vom Geheimnis ihrer Herkunft.

Sie wischte das Make-up weg, legte etwas weniger Braun auf die Haut und fand es so gut.

Wie ein Mensch sich verwandeln kann, dachte sie eiskalt. Und alles nur, um Rache zu nehmen.

Eine Frau wie Lisa Hergarten betrügt man nicht!

Auf dem »Steubenhöft« in Cuxhaven war Hochbetrieb.

Die Passagiere zur Jungfernfahrt der ›Ozeanic‹ kamen an Bord.

Aus allen Teilen Europas kamen sie, per Wagen mit Chauffeur, mit Taxis aus Hamburg, mit dem Zug. Vor den Schaltern der Zollabfertigung standen sie Schlange, zeigten die

Pässe, ließen die Koffer kontrollieren. Der riesige Aufenthaltsraum, sonst nüchtern, erdrückend ärmlich, mit einfachen Stühlen in Vierergruppen um noch einfachere Tische, war bunt und fröhlich geworden. Die Gangway der ›Ozeanic‹ war, durch die breiten Ausstiege im 1. Stockwerk des Aussichtshauses am Kai angelegt, der einzige Weg, um an Bord des großen Ozeanschiffes zu kommen. Hier empfingen die Zahlmeister, die Chefstewards und der II. und III. Offizier die Gäste, die den Zoll hinter sich hatten und an Bord gingen. Vom Lido-Deck der ›Ozeanic‹ klangen fröhliche Märsche über den Kai. Die Bordkapelle begrüßte die Passagiere. Von den Masten des Schiffes knarrten Fahnen im Wind, Hunderte von Möwen umflogen kreischend den weißen, riesigen Leib. Die beiden roten Schornsteine blendeten in der Sonne. Kapitän Selbach stand auf der rechten Seitenbrücke der Kommandobrücke und wartete auf ein Zeichen aus dem Aussichtshaus des »Steubenhöfts«. Dort sollte der II. Zahlmeister eine Fahne schwenken, wenn unten die drei Minister vorfuhren. Kapitän Selbach wollte die hohen Gäste dann selbst auf sein neues, herrliches Schiff geleiten.

Lisa Hergarten war als eine der ersten Passagiere an Bord gegangen. Sie hatte richtig gerechnet: Franz war nicht einer der Frühzeitigsten. Der Kabinensteward führte sie zu ihrer Kabine 136. Es war ein schöner, ziemlich großer Raum mit einem kleinen Badezimmer, eingebauten Schränken aus Mahagoniholz, modernen Polstersesseln und einer die ganze Längswand einnehmenden Frisierkommode mit einem riesigen Spiegel. Auf dem Tisch stand ein Korb mit Früchten. Ein Schild war darangelehnt.

»Wir begrüßen Sie an Bord und wünschen Ihnen einen angenehmen Aufenthalt und eine gute Fahrt.«

»Haben Sie noch Wünsche, Madame?« fragte der Kabinensteward an der Tür.

Lisa schüttelte den Kopf. »Nein, danke. Ich läute, wenn ich etwas brauche.«

Dann war sie allein. Sie ging zum verschraubten Fenster und starrte zum »Steubenhöft« und zur Gangway. Ihre

Kabine lag günstig; sie konnte sehen, wer an Bord ging. Wie auf einem Fließband glitten die Menschen an ihr vorbei, ohne daß sie gesehen werden konnte.

Als sie das stolze Schiff betrat, hatte sekundenlang ihr Herz bis zum Hals geschlagen. Wie üblich, empfing sie am Ende der Gangway ein Offizier der ›Ozeanic‹ und der I. Zahlmeister, der ihre Schiffskarte mit der Passagierliste verglich und um ihren Paß bat.

Lisa Hergarten reichte mit ruhiger Hand ihren alten Ausweis hin, ausgestellt auf ihren Mädchennamen Arthberg. Er war noch ein Jahr gültig, und da vor drei Jahren, als sie heiratete, niemand sie aufgefordert hatte, ihren Ausweis abzugeben oder ändern zu lassen und sie außerdem inzwischen einen neuen Paß auf ihren nun richtigen Namen besaß, hatte sie den amtlichen Ausweis behalten und bisher achtlos in ihrem Schreibtisch aufgehoben. Nun tat er ihr den besten Dienst: Als Lisa Arthberg betrat sie die ›Ozeanic‹. Niemand schöpfte Verdacht. Der I. Zahlmeister warf nur einen Blick auf das Bild und dann auf Lisa und lächelte freundlich. Früher aschblond, heute dunkle Haare ... na ja, bei Damen ändert sich die Haarfarbe ständig. So etwas kalkuliert auch die Paßkontrolle ein.

»Willkommen an Bord«, sagte der III. Offizier.

»Danke.« Lisa atmete tief auf. Geschafft!

Die große Reise der Lisa Arthberg konnte beginnen.

Eine Reise ins Ausweglose? Eine Reise ins Nichts?

Sie preßte die Handtasche an sich, als sie dem Steward nachging zu den Kabinen. Ein Schaudern durchrann sie. Durch das dünne, weiche Leder spürte sie deutlich das harte, tödliche Metall.

Mit Lisa Hergarten, die nun wieder Arthberg hieß, kam auch eine kleine Pistole an Bord ...

Gegen Mittag erschien die Mitbewohnerin der Kabine 136. Es war eine alte Dame in einem schwarzen Seidenkleid, an den welken Fingern Ringe mit dicken Brillanten.

»Ich freue mich, daß meine Reisegefährtin jung und hübsch ist«, sagte sie zu Lisa, als der Steward gegangen war.

»Ich selbst bin eine langweilige Frau. Ich reise zu meinem Sohn nach Indiana, um dort zu sterben. Am besten, Sie beachten mich gar nicht. Schnarchen Sie?«

»Ich glaube, nein«, sagte Lisa schüchtern.

»Sie können es ruhig, mein Kind!« Die alte Dame setzte sich auf das untere Bett. »Ich schlafe immer mit Watte in den Ohren ...«

Am Nachmittag drängten sich die Passagiere über die Gangway und an den Zollschaltern. Im Schiffshospital bekam Dr. Dahl seine erste Arbeit: Eine Dame war im Gedränge ohnmächtig geworden. Er behandelte sie mit Kölnisch Wasser und einem Kreislaufmittel.

Eine Attraktion für sich war das Eintreffen des russischen Grafen Sepkinow. Er kam aus Paris, stieg nicht in Cherbourg zu, was einfacher gewesen wäre, sondern wollte die ganze Jungfernreise der ›Ozeanic‹ mitmachen. Drei livrierte Diener trugen das Gepäck an Bord, dann meldete eine Art Haushofmeister dem I. Zahlmeister:

»Graf Fjedor Wladimirowitsch Sepkinow.«

Sepkinow, groß, hager, ein mit Haut bespanntes Gerippe, mit einem bis zum Nabel wallenden schneeweißen Vollbart und einem goldeingefaßten Monokel im linken Auge, schritt über die Gangway wie zur zaristischen Parade. Hinter dem Zahlmeister hatten sich die drei livrierten Lakaien aufgebaut; sie fuhren mit und hatten Kabinen im B-Deck, fast unmittelbar über der Wasserlinie.

»Kann Ihr Koch Borschtsch kochen?« fragte Sepkinow, nachdem ihn der II. Offizier im Namen des Kapitäns begrüßt hatte.

»Ich glaube doch.«

»Einen Borschtsch wie in Petersburg?«

»Das entzieht sich meiner Kenntnis, Graf.«

»Schicken Sie den Koch zu mir.« Sepkinow winkte den Lakaien. Ein Obersteward übernahm selbst die Führung zur Kabine 10. »Ich werde ihm mein Rezept geben. Ich bin es gewöhnt, jeden Mittag meinen Petersburger Borschtsch zu essen.«

Gegen Abend waren sie alle an Bord.

Margret Goltz, von der weinenden Mutter abgeküßt, vom Vater mit einem Klaps auf den Popo bedacht.

Irena Michaelsen, gelähmt, in einem Rollstuhl, den ihre Pflegerin Käthe Peine vor sich herdrückte. Über den Beinen der Gelähmten lag eine Decke aus feinstem Kronenzobel. Sie konnte es sich leisten. Ihr Mann hatte ihr den größten Pelzhandel in Frankfurt hinterlassen.

Mit einem Trapperhut kam Sam Hopkins an Bord. Er klopfte allen Offizieren auf die Schultern, nannte sie Boys und gab Trinkgelder. Man nahm es ihm nicht übel. Hosenträgerfabrikant aus Illinois, stand in der Passagierliste. Stammgast der Linie. Wo er auftauchte, kam Leben selbst in einen Altlehrerinnen-Verein.

Unauffällig, höflich, ein wenig linkisch und unbeholfen, bezog der französische Philosoph Jerome Dubois seine Kabine. Eine dicke Brille hinderte ihn offensichtlich und hemmte ihn. Um so merkwürdiger war es, daß er sie, als er allein in der Kabine war, absetzte und sich ohne sie viel sicherer bewegen konnte.

Mit einem schweren Wagen fuhr Sir Edward Surtess vor, der englische Stahlmillionär. Seine Frau, Lady Anne, hatte Husten und drückte ein Spitzentuch vor ihren zuckenden Mund. Der I. Offizier alarmierte sofort Dr. Dahl.

»Lady Anne kommt mit Husten an Bord, Doktor. Kümmern Sie sich um sie.«

»Sofort. Ich bringe Rizinus mit.«

»Doktor! Lassen Sie die Witze! Lady Anne ist der Schlüssel zur britischen Gesellschaft. Wenn sie die ›Ozeanic‹ lobt, haben wir die Luxuskabinen immer ausgebucht.«

Am abend kam auch Ulrich Renner an Bord. Ein Playboy reinster Sorte, dessen Vater so dumm war, ein Vermögen zu hinterlassen. Ein eleganter Mann; sein Blick fiel sofort auf Margret Goltz, die an der Reling stand und auf die Gangway hinunterblickte.

»Mein Liebster«, sagte Ulrich Renner in seiner Kabine und drückte dem Steward 50 Mark in die Hand. »Ich wünsche, daß jeden Abend ein Korb mit frischen Früchten und eine Flasche Sekt auf Eis in meiner Kabine stehen.«

»Sehr wohl.« Der Steward verstand.

Es gehörte zum Handwerkszeug des Lebemannes, stets Erfrischungen zur Hand zu haben. Die Nächte auf einem Schiff haben ihre besonderen Gesetze.

Fast gleichzeitig mit Franz Hergarten traf auch ein Heinz Niehoff auf der ›Ozeanic‹ ein. Er war Architekt aus Hannover und belegte die Kabine 9. Auf der Gangway stießen Hergarten und Niehoff sich an, lächelten sich zu, entschuldigten sich und kamen gemeinsam an Bord.

Lisa trat vom Fenster zurück, an dem sie mit einer eisernen Geduld gesessen hatte. Die alte Dame, mit der sie die Kabine teilte, war weggegangen. Sie hatte erfahren, daß in der Nähe, auf dem gleichen Deck, die Schiffskapelle lag, der Andachtsraum. Nun war sie gegangen, um für eine gute Überfahrt zu beten.

Er ist allein gekommen, dachte Lisa verwirrt. Wieso das? Wo ist das Mädchen? Wenn sie als Mann und Frau reisen, gehen sie doch nicht getrennt.

Sie setzte sich an den Tisch, knipste die Stehlampe an und blätterte nervös in dem buntgedruckten Tagesprogramm der ›Ozeanic‹.

Von draußen hörte sie jetzt Jubel und Händeklatschen. Hunderte Stimmen klangen auf, die Bordkapelle spielte »Muß i denn, muß i denn zum Städtele hinaus ...«, Hunderte Arme winkten, ein Knirschen ging durch den stählernen Riesenleib des Schiffes, die Turbinen liefen an, 25 000 PS wurden lebendig, in die Herzen von 400 Besatzungsmitgliedern und 1010 Passagieren fuhr jenes wonneträchtige Gefühl, von jetzt an einem Abenteuer entgegenzufahren. Auf der Kommandobrücke standen die drei Minister neben Kapitän Selbach und winkten mit den Hüten, die Fahnen knatterten, ein Jubel umgab das weiße Schiff. Und dann löste sich die ›Ozeanic‹ vom Kai und glitt zu ihrer ersten Fahrt hinaus auf das Meer.

»Es ist ein merkwürdiges Gefühl, abzufahren und zu

wissen, nicht wiederzukommen«, sagte die alte Dame hinter Lisa.

Lisa schrak zusammen, sie hatte nicht gehört, daß jemand in die Kabine gekommen war. Sie hatte auf den weggleitenden Kai gestarrt und die jubelnden Menschen auf dem »Steubenhöft«.

»Ja«, sagte sie leise. »Ja, da haben Sie recht... Es ist merkwürdig, nicht wiederzukommen.«

Franz Hergarten hatte gleich nach dem Eintreten in seine Luxuskabine Nr. 12 das Wichtigste getan. Er nahm aus dem Koffer die schwarze Aktenmappe mit den Berechnungen und Plänen und schloß sie in den Safe ein. Der Oberzahlmeister selbst hatte ihm den Tresorschlüssel überreicht und gezeigt, wo der Safe eingebaut war. Er befand sich, entgegen aller traditionellen Plätze für Tresors, nicht hinter einem Bild in der Wand, sondern war in den Fußboden eingelassen und durch einen dicken Veloursteppich unsichtbar gemacht.

»Wer weiß von der Lage des Safes?« fragte Dr. Hergarten, als der Oberzahlmeister ihm den Schlüssel gab.

»Die Ingenieure, die das Schiff bauten, und ich. Und nun Sie, als erster Benutzer. Selbst der Kapitän weiß es nicht. Das Fach ist also garantiert sicher.«

Das beruhigte Hergarten ungemein. Nachdem er seine Tasche im Fußboden versenkt hatte, schob er den Teppich wieder darüber, badete und rasierte sich, zog einen Smoking an und ging die breite Treppe hinunter zum Salondeck. An den gläsernen Flügeltüren des großen Hamburg-Salons traf er auf Graf Sepkinow, der in den Saal lugte. Drei Schritte seitlich von ihm stand stramm in seiner roten Livree einer der Lakaien.

»Ich glaube, wir sind Nachbarn«, sagte Sepkinow und verbeugte sich knapp. »Kabine 10. Sepkinow.«

Dr. Hergarten lächelte amüsiert.« Hergarten. Kabine 12.«

»Wissen Sie, daß Sie mir die Nummer 12 weggeschnappt

haben? Sie ist größer und schöner. Ich habe alles geboten, aber es war nichts zu machen! Dafür müssen Sie jetzt mit mir an die Bar, Doktor.« Graf Sepkinow strich über seinen silberweißen Bart. »Darf ich Sie zu einem Glas Sekt einladen? Ich habe einen gewaltigen Durst. Habe schon einen langen Rezeptvortrag hinter mir, wie man einen echten Petersburger Borschtsch kocht.«

So begann die Ausfahrt der ›Ozeanic‹ in die Nordsee.

Das Abendessen im riesigen Restaurant Helgoland brachte sie alle an einen Tisch: Dr. Hergarten, Graf Sepkinow, Jerome Dubois und Sir Surtess mit Lady Anne. Zwei Tische weiter saßen Ulrich Renner, dem es durch zwanzig Mark Bestechung gelungen war, neben Margret Goltz zu sitzen, Frau Michaelsen mit ihrem Rollstuhl, Heinz Niehoff und die stille, blasse Zofe Käthe Peine.

Am Kapitänstisch lärmte Sam Hopkins und führte seine Hosenträger, Marke Niagara, vor. Unter seinem weißen Smokingjackett ließ er die Gummistrippen schnellen, daß es laut klatschte. Kapitän Selbach machte frohe Miene zum lärmenden Spiel. Es war tröstlich, daß Sam Hopkins morgen woanders saß. Am Kapitänstisch zu essen war eine Auszeichnung. Sie wurde reihum an die Ehrengäste vergeben. Nur die Minister würden als Dauergäste bei ihm bleiben. Minister sind es gewöhnt, dauernd geehrt zu werden ...

Ganz hinten, an einem der Sechsertische an der Bordwand, saß Lisa Hergarten und aß kaum. Sie verstand nicht, was sie sah.

Ihr Mann war allein. Er saß neben einem großen, hageren Greis mit weißem Vollbart und einer alten Dame mit einem nerzverbrämten Abendkleid.

In der Nacht wagte Lisa einen Erkundungsgang.

Sie fuhr mit dem Lift vom Oberdeck zum Promenadendeck und ging, als gehöre sie hierher, durch den Gang zu den Luxuskabinen. Vor Nummer 12 blieb sie stehen, zündete sich eine Zigarette an und sah sich nach allen Seiten um. Der Gang war leer, das blanke Mahagoniholz blinkte im Licht der Deckenlampen, der rote Teppich schimmerte.

Sie legte das Ohr an die Tür von Nummer 12 und lauschte. Dann versuchte sie ganz langsam, die Klinke herunterzudrücken. Aber die Tür bewegte sich nicht, sie war abgeschlossen.

Dr. Hergarten war nicht in seiner Kabine. Er saß mit Graf Sepkinow und Sam Hopkins eine Etage tiefer in der Bar des Atlantic-Clubs, trank Whisky und ließ sich erklären, wie man Nylongummi zu Hosenträgern verarbeitet und daß ein russischer Emigrant mit Ehre keinen sowjetischen Wodka trinkt.

Ruhig, für die Passagiere fast lautlos, ohne Erschütterungen dank der beiden Denny-Brown-Stabilisatoren, glitt die ›Ozeanic‹ durch die Nordsee.

Am nächsten Nachmittag legte sie in Cherbourg an, nur wenige Passagiere kamen noch an Bord, denn die meisten waren nach Cuxhaven gefahren, um die Feier des ersten Ablegens mitzuerleben. So war es leicht, die Menschen auf der Gangway zu beobachten. Fast zufällig saß Lisa oben auf dem Lido-Deck in einem der Deckstühle, eingehüllt in eine Decke, genoß die Sonne und den frischen salzigen Wind und blickte hinüber zum Kai von Cherbourg. Dann zuckte sie plötzlich hoch, warf die Decke ab und stürzte zur Reling.

Ein Mädchen kam über die Gangway. Das Haar schimmerte kupfern in der Sonne. Als sie ihre Schiffskarte dem Zahlmeister reichte und dabei am Schiff emporblickte, erkannte Lisa sie genau.

»Sie« war an Bord gekommen.

Lisas Herz krampfte sich zusammen. Welch ein Trick, welch ein gemeiner Trick! Sie umklammerte die Reling. In ihren Schläfen rauschte das Blut. In der vergangenen Nacht hatte sie sich noch vorgenommen: Sobald wir auf dem Atlantik sind, gehe ich zu ihm in die Kabine, werde ihn um Verzeihung bitten und nie mehr eifersüchtig sein.

Ich dummes Schaf, dachte sie und schloß die Augen. Ich

Narr! Ich wäre zu einem lächerlichen Harlekin geworden ...

Von dieser Stunde an wurde Lisa Hergarten zu einer Wildkatze. Sie umschlich ihren Mann, sie ließ ihn nicht aus den Augen, sie folgte ihm in die Bars, in den Speisesaal, in den Rauchsalon, in den Wintergarten, immer im Schatten von Nischen, hinter Säulen Schutz suchend, in der Menge anderer Passagiere.

So erlebte sie auch das Zusammentreffen von Dr. Hergarten und Sybilla Odenthal. Es war auf der gedeckten Promenade vor dem Wintergarten. Hergarten ging mit Hopkins und Graf Sepkinow hin und her, als Sybilla aus dem Seiteneingang des Bord-Kinos trat, in einem engen Abendkleid aus Silberbrokat, eine Nerzstola über dem Arm. Sie sah sich zum Meer um, gerade als Hergarten neben ihr war, und stieß ihn dabei mit dem Ellenbogen gegen die Brust.

»O Gott!« rief sie. »Entschuldigen Sie bitte. Habe ich Ihnen weh getan?«

»Nicht der Rede wert.« Hergarten blieb stehen. Graf Sepkinow und Hopkins gingen weiter. »Es war überdies meine Schuld, Gnädigste. *Ich* bin in Ihren Ellenbogen gelaufen ...«

»So kann man es auch sehen.« Sybilla wartete, bis Sepkinow und Hopkins außer Hörweite waren. »Alles in Ordnung?« fragte sie leise.

»Alles. Die Mappe ist im Tresor.«

»Jetzt müssen Sie mich einladen zu einem Drink und den Herren vorstellen. Es muß sich alles so entwickeln, wie man es an Bord erwartet. Flirten Sie mit mir. Spielen Sie verliebt. Lassen Sie die Dinge sich so entwickeln, daß ich ständig – so weit es die Moral gestattet – bei Ihnen bin. Und selbst die Moral können wir anknabbern ... lassen Sie morgen schon durchblicken, daß ich Ihre Kabine von innen kenne.«

»Ihr Ruf, Sybilla.«

»Für Volk und Vaterland geopfert.« Sie lachte laut. Hopkins und Graf Sepkinow drehten sich um. Frauenlachen ist wie ein Magnet. »Los. Nun zeigen Sie Ihre komödiantische

Ader!« Sybilla legte den Nerz um ihre nackte, schöne Schulter, und Hergarten half ihr dabei galant. »Ziehen Sie eine Schau ab, als seien Sie von der Liebe wie vom Blitz getroffen.«

Und Franz Hergarten tat es.

Mit starren, leeren Augen schlich sich Lisa zurück zum Lift, fuhr hinunter zum Oberdeck und wankte in ihre Kabine. Die alte Dame schlief schon. Sie sah wie eine Mumie aus.

In der Dunkelheit setzte sich Lisa an den Tisch und faltete die Hände.

Wen soll ich töten? dachte sie.

Ihn oder sie?

Was sie mir antun, ist unerträglich ...

Die Unruhe in ihr wurde immer größer.

Ein Kribbeln lief durch ihren Körper, ein heißer Strom von Eifersucht, Angst, Rache, Haß, Enttäuschung und unsagbarem Schmerz, der es ihr unmöglich machte, ruhig sitzen zu bleiben und klar zu denken. So begann sie herumzulaufen, von der Tür zum Bullauge, vom Schreibtisch zu den Etagenbetten, hin und her vor dem langen Spiegel der Frisierkommode, bis sie ihr eigenes Spiegelbild nicht mehr sehen konnte, diese leeren Augen, die zitternden Lippen, die zuckenden Wangen. Wie häßlich sehe ich jetzt aus, schrie es in ihr. Und wie schön, wie unbeschreiblich schön ist sie ... sie ... sie ...

Sie lehnte sich gegen die getäfelte Wand und würgte. Ihr war so übel, so, wie man es immer beschreibt, wenn jemand einen Herzinfarkt bekommt. Zuerst ist einem schlecht, dann kommt ein Schwindelgefühl, dann flattert das Herz, die Welt wird nebelhaft ...

Nein! Nein! Sie stieß sich von der Wand ab, rannte zum Bullauge, als könne von dort Luft kommen, breitete die Arme aus und atmete tief, wie eine Gewürgte, die der Umklammerung entronnen ist.

So leicht nicht, dachte sie. O nein, so leicht mache ich es euch nicht. Umfallen und weg sein, und der Weg ist frei für euch? Wie schön wäre das, nicht wahr? Wie einfach! Wie elegant, würdest du sagen, Franz! O nein! Nein!

Sie warf einen leichten Mantel über, verließ die Kabine und rannte den Gang hinab zu den Lifts. Dort traf sie einen Steward, der ein Tablett mit Sekt trug.

»Wo ist der Schiffsarzt?« sagte Lisa atemlos. »Wie komme ich zum Hospital?«

»Madame ist schlecht?« Der Steward stellte das Tablett auf einem der Tische im Vorraum ab. »Ich rufe sofort nach unten.«

»O danke. Danke. Ich finde es schon selbst. Wie komme ich ...«

»Mit dem Lift zum Hauptdeck, Madame. Direkt gegenüber ist der Eingang zur Aufnahme.« Der Steward sah in die flatternden Augen Lisas. »Soll ich nicht lieber doch ...«

»Nein! Es geht schon.« Lisa versuchte ein Lächeln, aber es wurde ein Grinsen. Sie wartete, bis der Lift kam, der Steward sah ihr nach und wartete, bis sich die automatische Tür schloß. Sie sieht irgendwie verrückt aus, dachte er. Diese Augen! Na ja, soll sich der Arzt damit befassen. Schiffsärzte sind gedrillt auf hysterische Weiber. Sie sind meistens seine Hauptkunden an Bord.

Er nahm das Tablett und trug den Sekt zu Kabine 14.

Hochzeitsreisende. Nettes, junges Paar. Schüchtern, als schämten sie sich, daß sie nun in einer Kabine nächtigten.

Der Steward lächelte still. Das ganze Schiff war praktisch voller Hochzeitsreisender. Man spürte es überall; es war eine Fröhlichkeit an Bord, die in den Stahlwänden widerklang.

Jungfernfahrt der ›Ozeanic‹.

So etwas erlebt man in einer Generation nur einmal.

Dr. Holger Dahl kam gerade aus dem Labor, wo er eine Urinuntersuchung abgeschlossen hatte. Passagier von Nr. 539, A-Deck, klagte über Nierenschmerzen. Die Urinprobe war positiv. Eine Nierenentzündung bahnte sich an.

Nr. 539, ein Oberstudienrat i. R., würde der erste Patient im Bordhospital sein. Von der Überfahrt nach New York würde er ab morgen nicht mehr viel haben, außer dem fernen Stampfen der Maschinen, dem Rauschen des Meeres, das allgegenwärtig war, und dem leichten Schlingern des weißen, glänzenden Riesenleibes der ›Ozeanic‹.

Lisa Hergarten stand auf, als Dr. Dahl das Sprechzimmer betrat. Die Schwester von der Aufnahme hatte ihn kurz unterrichtet. Patientin sehr aufgeregt. Kurzatmig. Anscheinend psychischer Schock. Macht den Eindruck zurückgehaltener großer Erregung. Kein Typ zur Hysterie. Will von Herrn Doktor selbst behandelt werden ...

»Dahl«, stellte sich Dr. Dahl kurz vor. Dabei musterte er schnell Lisa Hergarten. Eine erschreckend schöne Frau, durchfuhr es ihn. Ihre Augen, wirklich ein bißchen gehetzt blickend, passen in ihrer tiefen Bläue gar nicht zu dem schwarzen, südländischen Haar. Sie müßte strohblonde Haare haben, um diese Augen zu rechtfertigen. So ist es wie ein Rätsel: Was verbirgt sich in dieser Frau?

»Wo und wie kann ich Ihnen helfen?« fragte Dr. Dahl freundlich. Er zeigte wieder auf den Stuhl, aber Lisa blieb stehen. Dr. Dahl zog aus dem Karteikasten eine Karte. Es war Nr. 2 nach der Nierenentzündung von Kabine 539.

Ihre Figur ist vollkommen, dachte er. Nun fahre ich seit fünf Jahren auf den größten Pötten durch alle Weltmeere, habe Hunderte schöner Frauen gesehen – aber immer wieder fasziniert mich die Schönheit und das Ebenmaß eines weiblichen Körpers, als sähe ich so etwas zum erstenmal. Es muß wohl so sein. Frauen sind geschaffen, ewig bewundert zu werden.

»Ich heiße Lisa Arthberg«, sagte Lisa, als sie sah, wie Dr. Dahl sie fragen wollte. »Eigentlich lohnt es sich nicht, eine Karteikarte auszufüllen. Ich bin zum ersten- und zum letztenmal hier.«

Dr. Dahl lächelte mild. »Gnädige Frau, Sie greifen der ärztlichen Diagnose vor. Wenn ich nun feststelle, daß ich Sie täglich sehen muß?«

»Das würde ich eine glatte Fehldiagnose nennen.« Lisas Ton war abweisend.

Er ist jünger als Franz, dachte sie. Vielleicht nur ein wenig älter als ich. Mitte Dreißig? Seine Haare beginnen an den Schläfen grau zu werden, aber seine Augen sind jung und sein Lächeln ist so herrlich jungenhaft. Der weiße Arztkittel steht ihm blendend, und er weiß das. Er weiß, daß er ein umwerfender männlicher Typ ist; seine Sicherheit ist fast schon eine Provokation für eine Frau.

Sie riß sich los von diesen stillen Betrachtungen und sah zur Seite auf einen Instrumentenschrank. Dr. Dahl erhob sich und trat neben sie. Sie preßte die Lippen zusammen. So etwas gibt es tatsächlich, dachte sie erstaunt: Man spürt das Fluidum des anderen. Ich habe immer gelacht, wenn mir das jemand erzählte. Und nun ...

»Die meisten Menschen glauben, sie seien gesund.« Dr. Dahls Stimme war tief und melodisch. »Dabei strafen die Statistiken diesen Gesundheitsdrang Lügen. Es gibt mehr Zuckerkranke, als man ahnt, die Coronarstörungen sind weit verbreitet, und so kommt es, daß bisher kerngesunde Menschen umklappen und sich wundern. Man sollte mehr auf den Onkel Doktor hören.«

Lisa zog die Brauen hoch. »Mache ich auf Sie einen kindlichen Eindruck?« fragte sie.

»Warum?«

»Weil Sie mit mir wie mit einer Fünfjährigen sprechen.«

»Kinder und Kranke gleichen sich, nicht nur weil beide mit K anfangen.«

»Sehr witzig.« Lisa fuhr herum. Dr. Dahl war so nahe neben ihr, daß sie beinahe mit ihrem Gesicht das seine berührte. »Ich wollte nur ein Beruhigungsmittel, Doktor.«

»Gegen was? Nerven? Herz? Magen? Darm? Leber? Milz? Galle? Blinddarm?«

»Der ist weg.«

»Bauchspeicheldrüse? Niere? Blase?«

»Wollen Sie mit mir einen anatomischen Kursus abhalten?«

»Ich gebe Ihnen nur die Möglichkeit, eine Auswahl zu treffen.«

»Ich habe mich aufgeregt. Das ist alles!« Lisa blickte in den Spiegel vor sich. Er zeigte ihr ein anderes Bild als vorhin in der Kabine. Ein irgendwie befreites Gesicht. Glänzende Augen. Feucht schimmernde Lippen.

Das ist ja Blödsinn, sagte sie sich. Lisa, das ist blamabel.

Mit einem Ruck wandte sie sich ab. Dr. Dahl blieb stehen.

»Ich brauche ein Mittel, das mich beruhigt. Ich ... ich befinde mich in einer großen seelischen Erregung. Es ist mir unmöglich, mich hinzulegen, mich in das schmale Kabinenbett zu zwängen, in die Dunkelheit zu starren. Ich ... ich bekomme Angst. Ich könnte dann aufspringen und laut schreien.«

Dr. Dahl öffnete eine Tür zu einem anderen Zimmer. Ein großes Behandlungszimmer, blitzend vor Sauberkeit. An der Wand eine breite Liege, mit Leder bezogen und mit einem großen Leinentuch abgedeckt.

»Legen Sie sich bitte auf die Liege, gnädige Frau«, sagte er, indem er einen Block vom Schreibtisch nahm und einen Kugelschreiber. »Und ganz locker, ganz entspannen.« Er nahm ihr, ohne daß sie es wollte, den Mantel ab und führte sie in den Nebenraum. »Noch besser ist es, wenn Sie das Kleid oben öffnen, den BH vielleicht aufmachten ... ganz locker, ganz befreit sollen Sie sein. Jeder Druck soll weg sein ...«

Gehorsam tat Lisa, was Dr. Dahl sagte. Sie knöpfte das Kleid auf; er half ihr, den Verschluß des BHs zu lösen. Dann lag sie ausgestreckt auf der Liege, starrte gegen die weiße Decke und spürte fast körperlich, daß Dr. Dahl hinter ihrem Kopf auf einem Schemel saß, den Schreibblock auf den Knien.

Er kann direkt auf meine Brüste sehen, dachte sie. Das Kleid ist so weit offen. Aber sie rührte sich nicht. Es war merkwürdig. Eine selige Ruhe überkam sie. Ihr Herzschlag wurde ruhiger, aber ihr Blut summte durch den Körper.

»So etwas macht man in Amerika, nicht wahr?« sagte sie halblaut. »Die Psychotherapeuten. Man soll seine Seele ausspucken. Das ganze Gift der Seele soll heraus.«

»Sie sollen mir nur erzählen, was Sie aufgeregt hat.« Die Stimme Dr. Dahls neben ihrem Kopf war wie ein warmer Strom, der über ihren Hals, ihre Schultern und über ihre Brüste flutete. Ein wohliges Gefühl durchzog sie.

Dr. Dahl sah auf Lisa herab. Sie trägt keinen Ring, dachte er. Sie ist nicht verheiratet. Sie ist eine der Frauen, wie sie einem im Leben nur zwei- oder dreimal begegnen. Eine Frau, die man entweder scheu bewundert oder erobert – und dann muß man zeit seines Lebens um diesen Besitz kämpfen. Sie ist eine Frau, deren Ausstrahlung wie ein Magnet ist. Warum soll man sich wehren? Schon als ich ins Zimmer kam und sie sah, war ich das kleine Stückchen Metall, das wehrlos vom Magneten angezogen wird.

Er beugte sich vor. Seine Hände glitten über Lisas nackte Schultern. Er spürte ihr inneres Zittern.

Was tue ich, dachte Lisa und schloß die Augen. Ich bin an Bord gekommen, um Franz zu töten oder seine Geliebte und dann mich. Ich fahre über das Meer, um auszulöschen – und jetzt liegen Hände auf mir und nehmen alles weg, was ich dachte, was ich wollte ... O Gott, ich will hassen und töten ... und nicht glücklich sein ...

»Erzählen Sie mir von Ihnen, Lisa«, hörte sie die warme Stimme Dr. Dahls. »Alles!«

»Das ist wenig.« Es war ihr, als flüstere sie. Als sie plötzlich seine Hände nicht mehr spürte, sah sie erschrocken auf.

Sein Gesicht war nahe über ihr.

Er hat wundervolle Augen, dachte sie. Wundervolle.

O Himmel, wohin treibe ich ...?

»Sie haben irgendein Geheimnis, das Sie verbergen.«

Die Stimme Dr. Dahls war nahe an ihrem Ohr. Lisa spürte den Lufthauch seiner Worte. Auch seine Hände waren wieder da, lagen flach auf ihrem Brustansatz. Und merkwürdig, es tat ihr gut, sie zu spüren. Sie strahlten Ruhe aus, Kraft und eine schleichende Sehnsucht.

»Jede Frau hat ein Geheimnis, Doktor«, antwortete sie und gab ihrer Stimme Bestimmtheit.

»Aber Sie ersticken fast daran. Sie würgen sich damit selbst ab. Das ist Ihre ganze Krankheit. Wollen Sie sich mir nicht anvertrauen?«

»Nein.« Lisa richtete sich mit einem Ruck auf. Die Hände Dr. Dahls fielen von ihr ab, nachdem sie, unfreiwillig, über ihre Brüste geglitten waren. »Warum? Geben Sie mir ein Schlafmittel, etwas für die Nerven, weiter möchte ich nichts. Ich halte nichts von der Seelenmassage amerikanischer Psychiater.«

Dr. Dahl stand von seinem Hocker auf und ging zurück in sein Sprechzimmer. Dort setzte er sich an den Schreibtisch, füllte die Karteikarte mit einigen Bemerkungen und ging dann zum Medikamentenschrank.

»Ich werde Ihnen etwas für die Psyche geben«, sagte er, als Lisa aus dem Behandlungsraum kam. In ihrem Blick sah er die stumme Bitte um Verzeihung. »Etwas, was Sie anregt. Aber ich glaube, daß es besser wäre, wenn wir morgen abend zusammen den Jungfernball besuchen. Musik, Tanz, Champagner, fröhliche Menschen – das wirkt mehr als alle Psychopillen!« Dr. Dahl legte das kleine Päckchen mit den Pillen wieder weg. »Darf ich Sie zum Ball einladen, gnädige Frau?«

Lisa nickte schwach. »Ja ...«, sagte sie kurz.

»Danke.« Dr. Dahl wandte sich wieder seiner neuen Karteikarte zu. »Ich muß leider noch einige Fragen stellen. Medizin ist nicht nur Diagnostik und Therapie, sondern auch Schreibkram. Zunächst: Verheiratet? Kinder? Wieviel?«

Lisa Hergarten lächelte innerlich. Er macht es ganz geschickt, er versteckt sich hinter der Medizin.

»Nicht verheiratet«, sagte sie ohne Zögern. »Und daher auch keine Kinder.«

Dr. Dahl machte sich Notizen, aber es waren nur Schnörkel.

Nicht verheiratet. Eine solche Frau! Waren die Männer

dort, wo sie lebte, blind? Er richtete sich auf und sah Lisa nun viel freier an. »Auch wenn es schon spät ist: Trinken wir einen Cocktail zusammen? Im Alster-Club ist noch Betrieb.«

»Recht gern.« Lisas Gesicht überstrahlte ein unterdrücktes Lachen. »Nur wegen der Therapie ...«

»Nur deswegen!« Dr. Dahl zog seinen weißen Arztkittel aus. Darunter trug er die Uniform eines Schiffsoffiziers. Die drei breiten goldenen Streifen am Ärmel mit dem goldenen Äskulapstab darüber blitzten in dem hellen Licht der Neon-Deckenlampen. »Nervenschwache Patienten sind der Obhut des Arztes besonders zu empfehlen.«

Lachend gingen sie hinaus zum Lift, und Lisa empfand es als selbstverständlich, daß Dr. Dahl sie unterfaßte.

Das große Bordfest, der Jungfernball der ›Ozeanic‹, der von vier Fernsehanstalten aufgezeichnet wurde, warf seinen Glanz schon am nächsten Morgen voraus. 150 Besatzungsmitglieder waren dabei, alle Clubsäle, den Speisesaal, die Gänge, die Dielen, die Promenaden und Decks mit Girlanden, Fahnen und Blumen zu schmücken.

Die meisten Passagiere waren an diesem Tag an Deck. Entgegen aller Wettervoraussagen war kein Regen gekommen, sondern ein herrliches, fast sommerliches Hoch mit Sonne und einem azurblauen Himmel. Alle Deckstühle waren belegt, in den beiden Swimming-pools tummelten sich die Wasserhungrigen, auf der offenen Promenade wurde Shuffle-Board gespielt, das Sonnendeck quoll über von weißhäutigen Leibern, die fettglänzend nach Bräune riefen. Eine Kompanie von Stewards war bemüht, Getränke heranzuholen und so absonderliche Wünsche zu erfüllen wie den von Sam Hopkins, dem Hosenträgerfabrikanten: »Junge, schicke ein Kabel los nach Detroit und frage nach, ob Ford meine Gummilitzen in die Polster einbauen will.«

Auch Franz Hergarten war auf dem Sonnendeck und stand an der Reling über der Bar im Lido-Swimming-pool.

Er betrachtete das fröhliche Treiben im grünschimmernden Wasser und winkte Sybilla Odenthal zu, die aus dem Pool stieg, sich wie ein Hund schüttelte und ihren herrlichen Körper in die Sonne reckte. Das Wasser perlte an ihr ab, der knappe, rote Bikini verbarg kaum noch etwas, und Hergarten sah mit gerunzelter Stirn, wie drei jüngere Herren, dem Typ nach Südländer, sich an Sybilla heranpirschten und sich, im Kreis verteilt, neben sie in Liegestühle legten und sie unverfroren anstarrten.

Eigentlich sollte mir das gleichgültig sein, dachte er. Aber es ist mir nicht gleichgültig. Wenn Sybilla und ich uns vielleicht kaum mehr wiedersehen, wenn ich New York erreicht habe, denn sie wird andere Aufgaben vom Geheimdienst bekommen – bis New York jedoch gehört sie mir, und da lasse ich keine Papagalli dazwischenkommen.

Er stieg die breite Treppe zum Lido-Deck hinunter und stellte sich neben den Liegestuhl Sybillas. »Hallo!« sagte er wie ein alter Vertrauter. »Sie sind ja noch schön braun! Riviera?«

»Nein. Copacabana. Nehmen wir einen Drink?«

»Gern.«

Er half ihr aus dem Stuhl, sie ließ sich hochziehen und prallte gegen ihn. Er spürte den Druck ihrer festen Brüste und unter seinen Händen ihren glatten Leib. Das machte ihn einen Augenblick verwirrt. Die drei Südländer sahen weg, hinaus aufs Meer. Bis New York ist es noch weit, mochten sie denken. Wer widersteht auf die Dauer unserem Charme und den goldenen Kettchen auf unserer muskulösen Brust?

An der Lido-Bar bestellte Hergarten zwei Orangensaft mit Gin, und Sybilla hob den Kopf in die Sonne. Ihr Körper streckte sich dabei. Tierhaft, rassig, eine Lockung, die – könnte man sie in Töne ausdrücken – ein Paukenwirbel war. Franz Hergarten bestaunte sie. Frankfurt war weit; zum erstenmal ertappte er sich dabei, daß er innerlich zu sich sagte: Ich liebe Lisa, aber es gibt auch noch andere schöne Frauen! Auch ein Vegetarier ißt nicht nur Äpfel, er greift auch mal zu Trauben ...

»Haben Sie schon etwas Verdächtiges bemerkt?« fragte Sybilla plötzlich. Hergarten schrak aus seinen ketzerischen Gedanken auf.

»Nein. Aber müssen wir jetzt von den unliebsamen Dingen des Lebens sprechen?«

»Sie haben uns zusammengeführt. Wir sollten ihnen dankbar sein.« Sybilla sah über den Glasrand zu einem Kreis von Liegestühlen. Dort hockten Graf Sepkinow, Jerome Dubois, Sir Surtess und Heinz Niehoff und spielten Karten. Zwei stumme, rot livrierte Lakaien standen hinter Sepkinows Stuhl und beobachteten das Spiel. Ab und zu beugte sich einer vor und wischte dem Grafen mit einem seidenen Tuch den Schweiß von der Stirn.

»Ein verstaubter Kreis, finden Sie nicht auch, Doktor? Uralter russischer Adel mit Feudalmanieren, ein Philosoph, den keiner kennt, ein Stahlmagnat aus Britannien und als Fremdkörper in dieser Clique ein deutscher Architekt.«

»Die letzten Gentlemen, Sybilla.«

»Vielleicht. Alle zeigen ein merkwürdiges Interesse für Sie, Doktor. Der Russe hat mir Blumen in die Kabine geschickt und eine Einladung zum Ball. Ich mußte per Bordtelefon ablehnen, da ich mit Ihnen verabredet bin. So nebenbei erkundigte er sich, ob ich Näheres über Sie wüßte. Dann Jerome Dubois. Er spendierte mir heute früh schon einen Kognak im Wintergarten. Auch seine Frage war: ›Ist dieser Dr. Hergarten nicht ein geheimnisvoller Mensch?‹ Eine Frage, so schön hintenherum. Dann Architekt Niehoff: ›Sagen Sie mal, dieser Dr. Hergarten. Kann es sein, daß ich von ihm in Deutschland gelesen habe? Atomforscher oder so?‹ – das war während des Schwimmens. Nur Sir Surtess fragte nicht.«

»Mein Gott, Sybilla, Sie wollen doch den Alt-Herren-Club nicht als Agentenring verdächtigen?« Hergarten lachte. »Kommen Sie, trinken wir das Glas aus und promenieren wir übers Schiff.«

Sie tranken aus und gingen dann langsam, Arm in Arm, an den spielenden Bordgenossen vorbei. Die beiden Lakaien, die im Weg standen, traten auseinander und bildeten eine Gasse. Hergarten grüßte freundlich.

»Der ist uns verloren«, sagte Graf Sepkinow, als Hergarten außer Reichweite war. »Der hat sich das schönere Spielzeug herangeholt.«

Dubois lachte leicht. Sir Surtess mischte die Karten und sagte trocken: »Ich nehme die Bank.«

Nur Heinz Niehoff sah Sybilla und Hergarten länger nach. In seinem Blick lag tiefe Nachdenklichkeit.

Auf dem offenen Teil des Promenadendecks trafen sie auf den Schiffsarzt. Er war in Begleitung einer auffallend schönen Frau mit wehenden, schwarzen Haaren. Sie drehte sich zum Meer und wandte Hergarten den Rücken zu, als er mit Sybilla an ihr vorbeiging.

»Das war der Schiffsarzt«, sagte Sybilla nach ein paar Schritten.

»Ich habe es an seinem goldenen Äskulapstab gesehen.«

»Man sollte ihn einmal ansprechen.«

»Warum?« Hergarten legte den Arm um Sybillas Schulter. Ihr roter Bikini leuchtete weithin gegen die weiße Wand der Aufbauten. »Hoffentlich werden wir ihn nie brauchen.«

Lisa Hergarten sah dem Paar nach. Ihre Lippen waren schmal, nur ein Strich. Dr. Dahl, der hinter ihr stand, hielt ihr Haar fest, damit es nicht über sein Gesicht flatterte.

»Ein schönes Paar«, sagte er unbefangen.

»Ja.« Das Herz schlug Lisa bis zum Hals. »Aber verheiratet sehen sie nicht aus.«

»Muß man das sein, um glücklich zu sein?«

»Nein.« Lisa warf den Kopf in den Nacken. »Doktor, ich freue mich riesig auf den Jungfernball!«

Margret Goltz schritt durch das Schiff wie durch ein wahr gewordenes Märchen. Man konnte es ihr nicht verübeln: Mit siebzehn Jahren allein nach Amerika zu fahren, auf einer schwimmenden Luxusstadt wie der ›Ozeanic‹, fern aller mütterlichen Aufsicht und steifer hanseatischer Tradition, das war schon ein nie mehr wiederkehrendes Erlebnis. Und sie hatte Ulrich Renner kennengelernt, den schönsten Mann an Bord, wie sie schnell feststellte, und den klügsten dazu. Bei Tisch wußte er von der Südsee zu plaudern, erzählte Abenteuer aus Afrika und berichtete von den Liebessitten der Xinja-Indianer am Matto Grosso.

»Dort waren Sie überall?« fragte Sir Surtess einmal trokken.

»Es ist nur ein kleiner Teil dessen, was ich gesehen habe.«

»Auch eine dreckige Hochofenhalle?«

»Nein.«

»Schade. Da fehlt Ihnen noch vieles.«

Von da an – das war beim zweiten Mittagessen – bestach Ulrich Renner den Obersteward mit fünfzig Mark. Er bekam einen anderen Tisch für sich und Margret Goltz. Einen Vierertisch, an dem noch zwei Japaner saßen, die nicht störten und nur freundlich grinsten.

»Jugend zu Jugend!« sagte er, als er Margret zum neuen Tisch führte. »Der alte Sir riecht nach saurem Bier.« Margret fand diesen Vergleich köstlich und lachte schallend. Auch im Hause des Konsuls Goltz gab es solche Typen. Sie rollten die Worte im Mund und gaben ihnen Bedeutung, als seien es Brillanten, die sie ausspuckten.

Für Ulrich Renner war Margret Goltz eine junge, nach frischen Rosen duftende Abwechslung. Er hielt sich zurück mit allen kleinen Tricks, die sonst die Mädchen und selbst reifere Frauen auf Couchen und in Betten zwangen; er war geistvoll und charmant und pumpte sich voll mit Erwartungen, deren Erfüllung auf der Hand lag. Ein völlig neues Gefühl, das wie Sekt im Blut pulste.

Sie spielten zusammen Tennis auf dem herrlichen Tennisplatz vor den beiden hohen, roten Schornsteinen auf dem Sonnendeck. Sie saßen an der Lido-Bar und schlürften Eisgetränke oder lagen nebeneinander in Liegestühlen auf der offenen Promenade des Lido-Decks, direkt an der Reling, unter den weißen Rettungsbooten, und blickten verträumt auf das leicht bewegte Meer.

Ulrich Renner musterte immer wieder den zarten Körper Margrets. Seine Vorfreude war grenzenlos. Sie ist noch unberührt, dachte er. Sie ist wie eine Rosenknospe, der der erste warme Sonnenstrahl fehlt, um sie erblühen zu lassen. Sie ist so zauberhaft jung und hübsch, so unbefangen und lebensfroh, so voller Erwartungen und Neugier – es wäre wirklich schade, sie New York betreten zu lassen ohne das große Erlebnis der Frauwerdung.

Ulrich Renner sah in den wolkenlosen, blauen Himmel. Erfahrene Playboys hüten sich vor unberührten Mädchen, das ist eine alte Lebensregel. Der erste Mann im Leben einer Frau ist meistens auch die erste große Liebe. Was aber soll Liebe bei diesem Spiel? Liebe ist wie ein klebriges Bonbon, man bekommt es schlecht los von den Fingern. Liebe führt zu Komplikationen. Ein Erlebnis, ein paar rauschende Nächte und dann ein Händedruck, ein Lächeln. Bye-bye, Baby, mach's gut! ... Das ist das normale Leben. Sobald die Seele mitschwingt, wird es ernst. Und junge Mädchen lieben stets mit ihrer Seele ...

Er schielte zu Margret hinüber. Sie lag im Liegestuhl, die Hände unter dem Kopf verschränkt. Ihr blondes Haar glänzte golden in der Sonne. Ihr schmales, liebes Gesicht war vom Glück überhaucht.

»Woran denken Sie?« fragte Ulrich Renner.

»Diese Fahrt müßte einen Monat dauern.«

»Solange das Meer so ruhig ist, macht es Spaß. Aber wehe, wenn Sturm kommt. Ich habe in der Biskaya einmal vier Tage und Nächte bei Windstärke 10 zugebracht. Selbst mir wurde es da blümerant.« Er drehte sich zu Margret Goltz um. »Was würden Sie tun, wenn morgen Sturm wäre und das Schiff wie ein Stück Holz von Welle zu Welle geworfen wird?«

»Ich würde Schutz bei Ihnen suchen«, sagt Margret ohne Zögern.

Stumm legte Ulrich Renner seinen Arm um ihren Nacken. Ihr Haar fiel weich wie Seide über seine Finger.

Wie gut, daß eine Ballnacht vor ihnen lag.

Um 20 Uhr eröffnete Kapitän Lars Selbach das Fest.

Er trug, wie alle seine Offiziere, eine weiße Galauniform. Auch die Stewards waren in Weiß, die Stewardessen dagegen trugen rote Kostüme mit Miniröcken.

Das Restaurant Helgoland war in einen Ballsaal verwandelt worden, in dem die Masse der Passagiere rund um eine Tanzfläche saß. Eine Kapelle in roten Fräcken spielte, die getäfelte Decke war geschmückt mit flimmernden Girlanden, Luftballons, großen, sich drehenden Mobiles und wehenden Wimpeln.

Die Passagiere der Ersten und Luxus-Klasse feierten im umgestalteten Hamburg-Salon auf dem Salon-Deck. Hier saß an der kreisrunden Tanzfläche das international bekannte Orchester Juan Fernandez. Amerikas Fernseh-Showmaster Tom Hinley hatte die Leitung und Conférence des Abends übernommen. Man munkelte von Überraschungen. Eine berühmte Kammersängerin sollte auftreten, ein Tanzpaar aus New York, der Jazzmusiker Laurel Dickson und die Volkstanzgruppe aus Jamaika.

»Oben ganz ohne ... und nach Mitternacht auch unten ganz ohne«, verbreitete Sam Hopkins, der Hosenträgerfabrikant, am Mittagstisch. Graf Sepkinow zuckte mit den Schultern, der Philosoph Dubois überhörte es schicklich. Nur Sir Surtess fragte, allerdings erst, als seine Frau, Lady Anne, gerade einmal vom Tisch gegangen war: »Das regt Sie auf, Mr. Hopkins?«

»Die Jamaika-Mädchen sollen die schönsten Figuren der Welt haben.«

»Da kann mir jedes Museum dienen.« Sir Surtess trank seinen Moselwein. Hopkins schwieg verbissen. Was sind das doch für Mumien, dachte er bitter. Ich bekomme rote Ohren, wenn so ein schlanker, brauner, glänzender Körper vor mir wackelt ... Gott sei gelobt, in mir ist noch altes Kolonialblut!

Um 20 Uhr dröhnten kurz die Schiffssirenen. Die Glokken von der Brücke schallten über die Decks. In den Festsälen begannen die Orchester mit einem Tusch.

Kapitän Selbach begrüßte zuerst die Gäste im Helgoland-Restaurant und eröffnete den Jungfernball der ›Ozeanic‹ mit einem Ehrentanz mit der ältesten Reisenden. Der Oberzahlmeister hatte sie aus der Passagierliste ausgesucht. Es war die Kabinenmitbewohnerin von Lisa Hergarten, die alte, etwas versponnene, zwischen Essen und Gebet in der Bordkapelle hin- und herlaufende Dame, die ihre letzte Fahrt antrat, um bei ihrem Sohn in Amerika zu sterben.

Dann fuhr Kapitän Selbach hinauf zum Salon-Deck zu den exklusiven Passagieren. Im Helgoland-Restaurant ließ er den I. Offizier, den I. Zahlmeister und den I. Ingenieur zurück. Der II. Funkoffizier machte die Ansage. Da er auch Amateurzauberer war und in zehn Minuten schon fünf Brieftaschen aus den Smokings der Herren geholt hatte, kam schnell Stimmung auf.

Im vornehmen Hamburg-Salon wurde Kapitän Selbach mit der würdigen Ruhe erwartet, die Reichtum ausstrahlt. Man wußte bereits, wer für den Ehrentanz ausersehen war: Lady Anne. Sie benahm sich, sehr zum Widerwillen von Sir Surtess, wie ein junges Mädchen vor dem ersten Kuß. Sie war unruhig, zupfte an ihrem Abendkleid herum, gab zerfahrene Antworten und glühte im Gesicht. Als Kapitän Selbach eintrat, begrüßt von einem Tusch des Schau-Orchesters Juan Fernandez, begann sie, auf den Beinen zu wippen. Sir Surtess sah sie würdevoll an.

»Mußt du mal, Liebes?« fragte er leise. Lady Anne wurde feuerrot, warf einen tödlichen Blick auf ihren Mann und atmete tief auf, als der erste Walzer erklang und Kapitän Selbach, ein herrliches Bild von einem See-Offizier, auf sie zukam und sich zackig verbeugte.

Ja, und dann kamen sie, und der Jungfernball erhielt eine besondere Note.

Sie kamen von zwei verschiedenen Seiten: vom Lift des Alster-Clubs und vom Lift der Bord-Bibliothek. Als habe ein Regisseur einen raffinierten Gag erdacht, betraten sie im gleichen Moment den Festsaal.

Graf Sepkinow lächelte breit und strich sich über den

langen, silberweißen Bart. »Krimhild und Brünhild«, sagte er genußvoll. »Der Kampf der Königinnen kann beginnen ...«

Sybilla Odenthal, am Arm von Franz Hergarten, der einen mitternachtsblauen Smoking mit schwarzem Seidenschalkragen trug, war eine Erscheinung, die im ersten Augenblick blendete. Ihren schlanken und doch üppigen Körper umschloß ein enges, langes, ganz schlichtes Abendkleid. Das war das Raffinierte, denn dieses Kleid bestand aus einem metallisch schimmernden Goldstoff, der dem Körper den Eindruck verlieh, als sei er in flüssiges, echtes Gold getaucht worden. Die Schultern waren völlig frei, kein Schmuck unterbrach den Goldschimmer des Kleides. Nur dort, wo man im tiefen Ausschnitt den Einschnitt des Busens sah, stak einsam, aber deshalb um so wirkungsvoller, eine große, eben erst erblühte, blutrote Rose. Das kastanienbraune Haar mit dem Rotschimmer trug Sybilla nach hinten zusammengebunden. Über dem linken Ohr stak ebenfalls eine Rose, aber ein kleiner, blasser, ein Tupfer Farbe nur.

Das alles wäre an sich schon atemberaubend gewesen, wenn nicht auf den nackten, zarten, glatten Schultern, ganz lose herumgelegt, eine traumhaft glänzende, tiefschwarze, lange Nerzstola alle Blicke auf sich gezogen hätte. Die in ihrem Rollstuhl sitzende gelähmte Irene Michaelsen aus Frankfurt, Witwe eines der größten deutschen Pelzhändler, beugte sich zu Lady Anne vor, die, noch vom Ehrentanz erhitzt, neben ihr stand.

»Ein unwahrscheinliches Stück! Ich habe solche schwarzen Nerze nur einmal bei einer Auktion in London gesehen. Sie wurden in die Schweiz verkauft ...«

Ruhig, als sehe sie die Blicke gar nicht, lächelnd und sich ein wenig an Franz Hergarten schmiegend, ging Sybilla zu ihrem reservierten Tisch. Der Obersteward rückte ihr eigenhändig das Sesselchen zurecht. Kapitän Selbach wollte zu ihr laufen und sie begrüßen. Da wandten sich die Köpfe zum anderen Eingang.

Dr. Dahl hatte geahnt, daß der Auftritt Lisa Arthbergs

(er kannte ja nur diesen Namen) eine Sensation werden würde. Jetzt, an der Schwelle zum Hamburg-Salon, wußte er, daß es mehr werden würde: Ein unblutiger, aber deswegen um so grausamerer Kampf um die Krone des Abends. Der Jungfernball konnte nur eine Königin haben – hier aber traten sich zwei Frauen gegenüber, bei denen jeder Schiedsrichter gepaßt hätte und davongelaufen wäre, der Rache der zweiten entfliehend.

Lisa hatte ihre schwarze Perücke hinten zu einem langen, dicken Zopf flechten lassen. In das Haar war eine Perlenkette eingeflochten. Kleine weiße Blüten – Graf Sepkinow identifizierte sie als Zwergorchideen – leuchteten dazwischen, als wüchsen sie aus dem glänzenden, langen Zopf. Das Gesicht war braun geschminkt, die Augen durch Ummalungen noch betont, der Mund eine besonders lockende, rote Blüte. Von den Brüsten an, deren Ansatz frei lag, floß ein Abendkleid im griechischen Stil bis zu den silbernen Schuhen. Ein Traum in Weiß, unterbrochen an der linken Schulter durch eine große, goldene Blüte, eine Stickerei aus echten Goldfäden. Über dem Arm, nicht umgeworfen, trug Lisa eine Stola aus blausilbernem Chinchilla. Dr. Dahl, den sie untergefaßt hatte, wirkte neben ihr in seiner weißen Uniform mit den goldenen Armstreifen wie die einzig mögliche, logische Ergänzung.

Es war ein Auftritt wie ein Paukenschlag.

Sybilla und Lisa sahen sich über die weite Entfernung des Saales an. Zwischen ihnen lag die kreisrunde Tanzfläche, saß das Orchester Juan Fernandez, standen Gruppen von Herren und Damen in großer Toilette.

Keine Entfernung, die sie trennen könnte. Nichts Unüberwindliches. Ein paar Meter nur. Fünfzehn Schritte von jeder Seite. Ein Kampfplatz wie ein Boxring.

»Wer ist das?« fragte Sybilla und legte die Hand auf Hergartens Arm. Dr. Hergarten blinzelte mit seinen etwas kurzsichtigen Augen.

»Keine Ahnung. Ist uns aber schon oft auf dem Schiff begegnet. Vielleicht die Frau des Schiffsarztes?«

»Er ist unverheiratet.«

»Woher wissen Sie das?«

»Ich habe mir eine Liste aller Besatzungsmitglieder geben lassen. Spione schlüpfen gern in Uniformen von Stewards, Schiffsärzten, Köchen und sogar Heizern.«

»Schon wieder dieser Kram. Sybilla, wir sind auf einem Ball! Tanzen wir? Das ist gerade ein Foxtrott, den kann ich. Bei den modernen Popowackeltänzen passe ich.«

»Warten wir noch, bitte.« Sybilla beobachtete Lisa, wie sie an den reservierten Tisch auf der anderen Seite ging, und Dr. Dahl ihr den Sessel zuschob. Dann kam der Kapitän, küßte Sybilla die Hand und nannte sie die Königin des Abends. Dann ging er um die Tanzfläche, begrüßte Lisa ebenso und sagte das gleiche. Der Kapitän eines großen Schiffes muß auch ein großer Diplomat sein.

Franz Hergarten sah ebenfalls zu Lisa hinüber. Daß er sie erkannte, war völlig unmöglich, solange er nicht mit ihr sprach. Lisa hatte sich selbst im Spiegel nicht wiedererkannt. Wie künstliche Haare und ein bißchen Schminke einen Menschen verändern können, dachte sie. Man könnte philosopisch werden: Wie ist dein wahres Gesicht?

Sybilla stieß Hergarten leicht an. Er schrak zusammen und fuhr herum. Die Betrachtung der schönen Frau ihm gegenüber hatte ihn völlig abwesend gemacht.

»Sie fasziniert Sie, nicht wahr?« sagte Sybilla. Im Unterton schwang Kränkung. Hergarten schüttelte den Kopf.

»Aber nein, Sybilla.« Er nahm ihre Hand und küßte die Innenfläche. »Ein Mann an Ihrer Seite wäre ein Idiot, wenn er nach anderen Frauen schielte.«

»Sie lügen galant, aber bei mir nützt es wenig. Ich sehe doch, daß Ihr Blick an dieser Frau hängt. Was ist es denn? Ehrlich!« Sie streichelte das Sektglas vor sich mit beiden Händen und sah Hergarten fordernd an. »Das Haar? Der sinnliche Mund? Die hochangesetzten Brüste? Die Taille? Die langen Beine, die man nur ahnen kann in diesem Kleid? Das Exotische an ihr? Das in griechischem Weiß gebändigte Raubtier? Gestehen Sie ...«

Hergarten lächelte. »Sie werden mich jetzt für einen profanen Lümmel halten, Sybilla: Nichts von alledem. Das alles haben Sie auch, und in meinen Augen vollkommener. Es ist etwas anderes, was mich einen Augenblick nachdenklich machte. Ich wurde gezwungen, an zu Hause zu denken.«

»Ach! Wieso?«

»Unsere Dame gegenüber hat fast den gleichen Chinchillapelz wie meine Frau. Ich schenkte ihn ihr zur Hochzeit. Er war sündhaft teuer.« Hergarten legte seine Hand auf den Arm Sybillas. »Das war alles. Nur ein Gedanke in die Ferne. Ist schon vorbei ...« Er lächelte um Vergebung. »Wollen wir jetzt tanzen?«

»Ja!« Sybilla sprang auf. Ein Tango. »Ich glaube, jetzt muß ich *Sie* auf andere Gedanken bringen.«

Ulrich Renner hatte mit Margret Goltz einen Stammplatz an der Bar belegt. Jeden modernen Tanz machten sie mit, und Margret tanzte gut, leicht, voll Temperament, das viel für den weiteren Abend erwarten ließ. Sie fühlte sich unendlich glücklich, losgelöst, frei wie ein Vogel unter blauem Himmel.

Ein Schiffsball! Ein blendend aussehender, kluger, charmanter Tänzer. Ein Mann, der, das sah sie seinen Augen an, sich zu verlieben begann. Das machte sie besonders kokett. Ein Spiel mit dem Feuer ... wie oft hatte sie darüber nachgedacht, wie es wohl sein würde, wenn *der* Mann in ihr Leben trat, bei dem ihr Herz zu zucken begann. Und es zuckte, seit achtundvierzig Stunden schon, und es war ein wonniges Gefühl.

Ulrich Renner hatte andere Absichten. Er sorgte dafür, daß Margret viel trank. Und er tat etwas, das immer wirkte: Er ließ Margret durcheinandertrinken. Einmal Sekt, dann Wein, dann einen Cocktail, dann wieder Sekt, einen Gin on the rocks, einen süßen, kubanischen Kaffeelikör, und wieder Sekt ... Sekt ...

Die Augen Margrets begannen zu glänzen, ihre Zunge

plapperte Tausende Worte, sie lachte viel und schmiegte sich beim Tanz eng an Ulrich Renner.

Umschalten! Der erfahrene Playboy will nicht ein alkoholgetränktes Stückchen Fleisch im Arm halten. Ein wenig Verstand muß übrigbleiben, so viel, um die Liebe zu begreifen und zu genießen.

»Tonic Water, Pit«, sagte er zu dem Barsteward. »Die nächsten Runden nur Tonic.« Er schob einen Zwanzigmarkschein unter sein Glas. Der Steward nickte und grinste. Dann sah er auf Margret, die auf dem Barhocker saß und mit den Füßen den Takt der Musik mitwippte.

So blond und rein, dachte er. Wenn wir in New York anlegen, wirst du wissen, was ein Sündenfall ist. Verdammt, daß es immer solche Kerle wie dieser Renner erreichen ...

Auf der Tanzfläche gab es lautes Hallo. Graf Sepkinow leistete seinen unverhofften und nicht eingeplanten Beitrag zum Jungfernball.

Seine drei als Kosaken verkleideten Diener gaben einen Krakowiak zum besten. Sie wirbelten über die Tanzfläche, hüpften in die Luft, stießen die schrillen Schreie der Kosaken aus und hieben mit breiten Krummsäbeln durch die Luft.

»Sind die echt?« fragte Sam Hopkins.

»Ja«, sagte Graf Sepkinow kurz.

»Aus der Steppe?«

»Aus Kasachstan.«

An ihrem kleinen runden Tisch nippte Sybilla an ihrem Champagnerglas. Ein Lächeln überzog ihr Gesicht, ein hochmütiges Lächeln.

»Sie starrt immer zu uns herüber«, sagte sie. Ihre Lippen bewegten sich kaum. »Sie müssen einen tollen Eindruck auf sie machen, Franz. Wollen Sie nicht mit ihr tanzen?«

»Nein. Warum?«

»Sie vergeht nach Ihnen.«

»Sie hat doch ihren Schiffsarzt.«

»Er ist auch redlich um sie bemüht. Sehen Sie nur, wie er ihr über den Rücken streichelt. Es soll ganz zufällig sein. Jetzt merkt sie, daß Sie hinüberblicken. Sehen Sie ... das gilt Ihnen. Sie lehnt sich gegen die weiße Uniformschulter. Wie sie lacht! Sie will Sie auf die Palme bringen.«

»Dummheit, Sybilla. Sie sieht doch, daß ich in Sie...« Er stockte und verschluckte noch rechtzeitig die letzten Worte.

Sybilla umklammerte ihr Glas. »Warum sprechen Sie den Satz nicht zu Ende, Franz?«

»Sie wissen es!«

»Ich weiß nur, daß ich eine Frau bin. Und heute nacht nichts als eine Frau.«

»Sie appellieren an meine Männlichkeit?«

»Ich appelliere an gar nichts! Ich sehe nur, daß ich eine Rivalin habe. Das weckt in mir Urinstinkte. In der Sahara, bei den Tuaregs, sind die Männer knapp; dort kämpfen die Frauen um die Männer. Ich bin bereit, es hier genauso zu tun.«

»Sybilla! So kenne ich Sie gar nicht.«

»Was kennen Sie schon von mir, Franz?« Sie sah ihn aus ihren leuchtenden Augen an. »Nur einen Zipfel meines Wesens, und das auch noch geschminkt. Niemand kennt mich. Ich bin ein Mosaik, von dem alle nur ein paar Steinchen sehen und daraus Rückschlüsse auf das ganze Bild ziehen. Wie falsch! Ich bin ganz anders! Vielleicht ist diese Überfahrt nach New York der einzige Ort, wo ich Ihnen zeigen kann, wie ich bin. Dann wird alles vorbei sein... für immer.«

»Jetzt werden Sie sogar sentimental, Sybilla.«

»Dann werde ich doppelt gefährlich, Franz. Diese Frau dort drüben wird mich zwingen, mein volles Wesen zu zeigen.«

»Sie sehen Gespenster, Sybilla. Beobachten Sie nur: Jetzt tanzt sie mit dem Schiffsarzt einen Swing.«

»Warten Sie ab, wenn Damenwahl kommt. Soll ich wetten, daß sie zu Ihnen kommt? Und dann können Sie ihr keinen Korb geben – und dann hat sie Sie!«

»Mich hat keiner, wenn ich nicht will!« sagte Hergarten laut.

»Und wenn Sie wollen, Franz?«

»Sybilla!« Hergarten atmete tief auf. Sein Blick war dunkel und tief. »Sie haben es fertiggebracht: Ich gestehe, ich liebe Sie ...«

»Dann küssen Sie mich.«

»Jetzt? Hier?«

»Ja.«

»Man wird es shocking finden.«

»Kümmert uns das?! Wenn ich mir die Herren ansehe ... man erwartet von mir so etwas. Soll *ich* Sie küssen? Ich habe keine Hemmungen.«

»Sybilla!« Hergarten spürte, wie das Blut in den Schläfen klopfte. »Es ist kein Scherz. Ich liebe Sie wirklich.«

»Küß mich!«

Hergarten beugte sich vor, nahm den Kopf Sybillas zwischen beide Hände und küßte sie auf den Mund. Da warf sie die Arme um seinen Nacken, hielt ihn fest und demonstrierte vor allen Gästen, daß sie ihm gehörte, ihm allein.

»Neid war noch nie mein Gefühl«, sagte der Philosoph Dubois neben Graf Sepkinow und Sir Surtess. »Ich habe sogar ein Buch gegen den Neid als Denkart niedrigen Charakters geschrieben. Aber jetzt bin ich neidisch.«

»Und ich möchte noch einmal fünfzig sein«, sagte Sepkinow. »Ich würde ihr meine Güter in Nowogradinsk zu Füßen legen.«

Sir Surtess enthielt sich mit englischer Würde jeglicher Äußerung. Seine Frau war neben ihm ...

Die Antwort von jenseits der Tanzfläche blieb nicht aus. Lisa erhob sich plötzlich, sagte ein paar Worte zu Dr. Dahl, der ihr galant die Hand küßte, und verließ mit schnellen Schritten den Saal. Ihre lange Chinchillastola schleifte hinter ihr her über den Spannteppich.

Sofort erhob sich auch Sybilla. Hergarten hielt sie entsetzt fest. »Wo willst du hin?« fragte er heiser.

»Fragt ein Gentleman so etwas eine Dame? Die Antwort müßte mich erröten machen.«

»*Da* willst du nicht hin! Du willst *ihr* nach!«

»Sie wird das gleiche Bedürfnis und deshalb denselben Weg haben.«

»Ich flehe dich an: keinen Skandal!«

»Aber Liebster.« Sie beugte sich herunter und küßte seine Stirn. »Damen wie wir kratzen sich nicht die Augen aus. Wir werden uns im Vorraum der Toilette nett unterhalten, während wir uns schminken und zurechtmachen. Aber jedes Wort wird ein Giftpfeil sein und im Herzen steckenbleiben.«

»Ihr Weiber seid Biester!« sagte Hergarten seufzend.

»Wären wir das nicht, was bliebe euch dann? Ein fades Weibchen, das sich wie ein Kaninchen kuschelt. Ihr liebt doch den Kampf.«

Sie ging zum anderen Ausgang. Goldglänzend, den schwarzen Nerz hin und her schwenkend. Ein Geschöpf wie vom anderen Stern, wo es eine Schönheit schöner als schön geben mußte.

Sie trafen sich nicht auf der Toilette, sondern auf der geschlossenen Promenade, steuerbord vom ›Alster-Club‹, in dem ebenfalls getanzt, gelacht und in den Sitznischen geküßt wurde.

Lisa stand an einem der großen Fenster und sah auf das nächtliche Meer. Der Mond schimmerte schwach und zog einen Hauch Silber über die Wellen. Die Tausende von Lichtern der ›Ozeanic‹ spiegelten sich im Wasser wider. Eine glänzende Stadt schwamm über den Atlantik.

Sybilla blieb drei Schritte vor Lisa stehen, holte aus ihrer goldenen Handtasche ein Zigarettenetui und klappte es auf.

»Oh, wie dumm«, sagte sie laut. »Ich habe mein Feuerzeug vergessen.«

»Wenn ich Ihnen helfen kann ...« Lisa fuhr herum. Sie griff in ihre silberne Handtasche und holte ein Feuerzeug heraus. Sybilla nickte, zündete sich ihre Zigarette an und hielt das Etui hin. »Wenn ich mich mit eirrer Zigarette revanchieren darf ...«

»Danke.« Lisa bediente sich, dann rauchten sie eine Weile schweigend und sahen nebeneinander auf das Meer.

»Was haben Sie vor?« fragte Sybilla plötzlich.

»Nichts«, antwortete Lisa ohne Zögern. Die Überrumpelung war mißlungen. Sybilla drehte sich mit dem Rücken zum Meer.

»Warum kümmern Sie sich nicht um Ihren netten Schiffsarzt?« Sybilla blies den Rauch von sich wie eine sich entzündende Rakete. »Er ist verliebt in Sie.«

»Ich weiß. Es bedurfte nicht Ihrer Hilfe.«

»Ich stellte es nur fest, um daran die Bemerkung zu knüpfen, daß sich das gleiche Verhältnis zwischen mir und Dr. Hergarten ergeben hat.«

Durch Lisas Herz bohrte sich etwas wie ein glühender Pfeil. Worauf sie gewartet hatte, nun war es eingetreten. Sie hatte den Beweis, sie hatte ihn so gründlich und wahr, daß er sie jetzt fast betäubte. Sie drückte die Silbertasche an sich und spürte wieder unter ihren Fingern die harten, kalten Konturen der Pistole.

Soll ich? durchfuhr es sie. Soll ich jetzt? Wir sind allein. Die Musik aus allen Sälen verschluckt den Schuß. Ich kann sie nachher aus dem Fenster über Bord kippen. Niemand wird sie mehr finden und niemand wird mich verdächtigen ... Aber sie tat es nicht. Töten ist nicht leicht, auch wenn der Haß so groß ist.

»Er ist ein schöner Mann«, sagte Lisa mühsam. Töte sie mit Stärke, mit Worten, mit Panik, mit Eifersucht. Töte sie heute nur seelisch. Den Schuß hebe ich mir auf, wenn ich sie umarmt in seiner Kabine sehe, wenn sie glücklich sind und mich völlig vergessen haben. »Er gefällt mir.«

»Was heißt das?« fragte Sybilla ernst.

»Muß man das erklären? Er gefällt mir als Frau.« Lisa schnippte die Asche von ihrer Zigarette. »Ich werde ihn Ihnen wegnehmen«, sagte sie ganz ruhig.

»Das wird Ihnen kaum gelingen.«

»Sind Sie so sicher?«

»Ja.«

»Und warum?«

Sybilla lächelte böse. »Meine Menschenkenntnis sagt es mir. Sie sind schön, aber anständig. Ich bin auch schön, aber ich kann, wo es am Platze ist, den Anstand vergessen.«

»Genau so sehen Sie aus!« zischte Lisa giftig. Der Giftstachel saß in ihrem Herzen. Ja, ich bin anständig, dachte sie. Wäre ich es nicht, wäre ich schon seit gestern die Geliebte Dr. Dahls. Aber ich habe mich gegen mein eigenes, fremdes Gefühl gewehrt, ich bin vor mir geflüchtet, ich bin zurück in die Anständigkeit gelaufen. Und sie gesteht, daß sie keine Moral kennt. Braucht Franz Hergarten eine Frau ohne Moral? Ist hier die Lösung des Rätsels? Reizt ihn die Verworfenheit, der Kampf mit dem Raubtier? War ich immer zu brav?

Sybilla kräuselte die Lippen. »Danke. Das war ein Kompliment. Sind wir uns einig?«

»Nein!«

»Sie wollen Dr. Hergarten gewinnen?«

»Jetzt mehr denn je.«

»Schade.« Sybilla spielte mit ihrer goldenen Handtasche. Sie war ziemlich schwer, wie es schien, und es war nicht nur das goldene Zigarettenetui, das so viel wog. Neben Lippenstift, Etui, Puderdose und Taschentuch lag auch eine kleine automatische Pistole. »Es wird Kummer geben, meine Liebe.«

»Ich betrachte es als Nervensache. Ich habe gute Nerven.«

»Dann werden wir also Feindinnen sein.«

»Mit Vergnügen.« Lisa zertrat ihre Zigarette. Es war wie eine symbolische Geste: So zertrete ich bald auch dich, du Aas!

»Und der nette Schiffsarzt?«

»Er ist für den Tag.« Lisa sah Sybilla spöttisch an. Woher nehme ich nur soviel Verworfenheit, dachte sie. Ich kenne mich selbst nicht mehr. »Nachts leihe ich ihn Ihnen gern aus.«

»Sie werden sehr einsam sein.« Sybilla wußte, daß sie diese Runde verloren hatte. Ein Verteidiger ist immer schlimmer dran als der Angreifer. Aber noch lagen fünf Tage vor ihnen bis New York. Vier Nächte ebenfalls. Keiner konnte weg von diesem Schiff, die Schicksale verketteten sich miteinander, ob man wollte oder nicht. »Wollen Sie einen Skandal?«

»Wollen Sie ihn?«

»Ja!« Plötzlich stieß Sybilla durch. Der Belagerungsring zerbarst. »Wenn Sie Hergarten bei der Damenwahl zum Tanz auffordern, ohrfeige ich Sie! Das ist keine leere Drohung ... ich tue es wirklich. Ich kompromittiere Sie bis zur Nacktheit. Ich scheue kein Aufsehen, ich bin damit groß geworden!«

Mit einem Ruck wandte sich Sybilla ab und ging zum Ausgang der gedeckten Promenade. Lisa starrte ihr nach. Langsam öffnete sie die Handtasche, krallte die Finger um die Pistole und zog sie heraus.

Jetzt! Nur jetzt! Mein Gott, vergib mir, aber das kann kein Mensch mehr ertragen!

Sie hob die Pistole in Augenhöhe und zielte zwischen die weiß leuchtenden Schulterblätter Sybillas. In diesem Augenblick warf Sybilla den schwarzen Nerz um die Schultern.

Diese lässige Bewegung irritierte Lisa. Es war, als erwache sie aus einem bösen Traum. Sie starrte auf die Pistole in ihrer Hand und steckte sie schnell weg in die Tasche. Wie feige du bist, sagte sie sich gleichzeitig. Wie verdammt feige.

An der Türe drehte sich Sybilla noch einmal und hob wie grüßend die Hand zu Lisa. Ein helles Lachen flatterte zu ihr, dann war Sybilla verschwunden.

Im Saal trommelte Hergarten ungeduldig und erregt mit den Fingern auf den Tisch, als Sybilla wieder zwischen den Tanzenden auftauchte. Er sprang auf, ging zu ihr hin und zog sie ohne lange Worte auf die Tanzfläche. Sie schmiegte sich an ihn, strich ihm über das Haar und kraulte ihm beim Tanzen den Nacken.

»Was war?« fragte er leise. »Habt ihr euch mit Gift bespritzt?«

»Aber nein, Liebster. Ihr habt viel zu romantische Vorstellungen. Wir haben uns begrüßt und weiter nichts.«

»Das glaube ich dir nicht.«

»Frage sie doch.«

»Hältst du mich für blöd?«

»Ich halte dich für einen Mann, und weiter sollst du auch nichts sein.« Sybilla legte den Kopf an seine Schulter, ihre Lippen waren nahe an seinem Ohr. Das Orchester Juan Fernandez spielte einen zärtlichen Blues. »Mich macht der Trubel verrückt«, flüsterte sie. »Ich habe Sehnsucht nach einer Flasche Champagner in deiner Kabine.«

»Sybilla!« Hergarten atmete tief. Er tanzte noch einmal rund um die Tanzfläche und sah an den Tischen erwartungsvolle Augen. Auch die drei Südländer saßen dort, in supereleganten, farbigen Samtsmokings. Immer kann er ja nicht mit ihr tanzen, sagten ihre Blicke. Und dann sind wir dran. Kennst du den Vulkan von Stromboli? So sind wir.

»Komm«, sagte Hergarten heiser vor Erregung.

Sie unterbrachen den Tanz und drängten sich durch die Menschen zum Ausgang. Nur wenige bemerkten es, aber unter ihnen war Graf Sepkinow.

»Einen doppelten Gin!« befahl er einem seiner Lakaien. Dann stieß er mit Sir Surtess an, der es ebenfalls gesehen hatte, aber vornehm schwieg. »Auf die verlorene Jugend!«

»Auf die Erinnerung«, antwortete Surtess. Er war sicher, daß Lady Anne das nicht verstand.

Auch Lisa bemerkte das Fehlen von Hergarten und Sybilla, aber erst viel später. Als sie vom Tanz zurückkam, sah sie den Tisch auf der anderen Saalseite leer. Ein Steward räumte ab.

Sie wußte sofort, was das bedeutete, und ihr Herz setzte für zwei Sekunden aus. Dr. Dahl bemerkte es an ihren Augen.

»Was haben Sie?« fragte er und beugte sich über Lisa. »Ist Ihnen schlecht?« Er machte einen Scherz. »Soll ich den Arzt rufen?«

»Ja.« Sie lächelte. Das Herz schlug wieder. »Ich brauche wirklich einen Arzt. Vielleicht haben wir zu schnell getanzt.«

»Wir fahren sofort hinunter zum Hospital.« Dr. Dahl legte den Chinchilla um Lisas Schulter. »Ich will den Blutdruck messen. Sie haben sich eben deutlich verfärbt.«

Er half ihr auf, faßte sie unter und führte sie zum Ausgang.

»Noch einen doppelten Gin«, befahl Graf Sepkinow. »Es geht wie am Schnürchen.«

»Prost.« Sir Surtess nickte ihm zu. »Als ich vierundzwanzig war, habe ich einmal mit einem Schuß drei Fasanen erlegt.«

Auch das verstand Lady Anne nicht ...

Ulrich Renner hatte sein Ziel erreicht: Margret Goltz war selig betrunken, klagte über Übelkeit, wollte ins Bett und ließ sich immer wieder küssen.

Als guter Kavalier begleitete er sie hinunter zum Oberdeck, führte sie zur Kabine 107, schloß sogar auf und schob Margret hinein. Dann aber legte er seine Kavalierspflicht subjektiv aus, schloß Margrets Kabine von innen und zog seinen Smokingrock aus.

Margret lag auf dem Bett, hatte die Schuhe weggeschleudert und dirigierte mit beiden Armen eine nur ihr vernehmbare Musik. Dann plötzlich sah sie auf Ulrich Renner und schüttelte den Kopf.

»Mir ist so schlecht, Uli.«

»Das ist gleich vorbei.« Ulrich Renner setzte sich neben Margret auf das Bett. »Das Kleid beengt dich, was du drunter hast, alles. In deinem Zustand muß der Körper frei atmen können.«

Er begann, ihr das Kleid aufzuknöpfen, und legte seine Hand auf ihre zarten Brüste. Wie herrlich, dachte er dabei.

»Bin ich betrunken, Uli?« lallte Margret. Sie schob den Kopf an seine Hüfte. »Sag ...«

»Du hast einen allerliebsten Schwips, Süße.«

»Und du liebst mich?«

»Wie die Fische das Wasser, Baby.«

»Du hast immer so schöne Vergleiche.« Sie kickste und

streckte sich aus. Renner streifte ihr das Kleid ab, zog ihr den Büstenhalter aus, rollte den Slip von ihren Schenkeln. Ihre Nacktheit, ihr glänzender, weißer, unberührter samtener Körper machten ihn atemlos. Er beugte sich über sie und küßte sie.

Für einen winzigen Augenblick schien der Alkoholvorhang zu zerreißen, für ein paar Sekunden erkannte Margret ihre Lage, spürte sie ihre Nacktheit, fühlte sie die tastenden Hände Renners an ihrem Leib.

»Uli! Was machst du?« schrie sie hell. »Uli, nein!«

Sie wollte aufspringen ... da zog sich der Vorhang wieder zu, sie hörte Musik und Renners Stimme, die wie eine gestopfte Trompete klang. Im Alkohol kreiste die Welt.

»Sei ruhig, Süße, ganz ruhig!« sagte Renner. »Du bist das schönste Baby, das ich kenne. Du bist herrlich ... Du bist ... Himmel, ich werde bei dir den Kopf verlieren ...«

Und er hielt ihr den Mund zu, als sie unbewußt aufschrie und ihr zarter, weißer Körper voll Abwehr erstarrte.

Dr. Dahl fuhr nicht hinunter zum Hospital, sondern noch ein Deck tiefer, zum A-Deck, wo sein Appartement lag. Lisa merkte es sehr wohl, aber sie schwieg. Erst als sie in Dr. Dahls großer Kabine standen, sah sie ihn lange an.

»Hier werden Sie meinen Blutdruck messen?« sagte sie leise.

»Lisa!« Dr. Dahl trat nahe an sie heran. Seine Hände streiften das griechische Kleid von ihren Schultern, er küßte sie in die Halsbeuge und liebkoste ihren Rücken mit den Händen. »Warum laufen wir voreinander weg?«

»Ich stehe doch ...«

»Lisa.« Er nahm ihr Gesicht und sah ihr lange in die Augen. Sie flatterten nicht mehr, sie waren klar und weit und glücklich. »Das Schiff fährt und fährt, und in vier Tagen sehen wir New York. Jede Stunde verrinnt wirklich im Wasser.«

Sie nickte. Sie zog die Schultern zusammen, das nur von

ihren Brüsten noch gehaltene Kleid rauschte zu Boden.

»Wo gibt es wieder eine Frau wie dich«, sagte Dr. Dahl heiser.

»Sag kein Wort ...« Lisa schloß die Augen, als seine Finger über ihren Leib glitten. »Dieses Schweigen ... *dieses* Schweigen ist zu schön ...«

Franz Hergarten schloß seine Luxuskabine 12 auf und ließ Sybilla zuerst eintreten. Dann sah er den Gang zurück, ob jemand sie gesehen hatte. Aber der lange Gang war leer und still.

Er schloß von innen ab und wollte in den Salon, als er erstarrt stehenblieb. Sybilla hatte einen leisen Schrei ausgestoßen.

Der Kleiderschrank im kleinen Ankleideraum stand offen, die Schubläden des Schreibtisches waren nur halb wieder zugeschoben, die Kofferdeckel standen offen. Die schwarze Diplomatentasche mit dem Zahlenschloß war aufgeschlitzt.

»Die Berechnungen!«« rief Sybilla.

»Im Tresor. Den findet keiner.« Hergarten sah grimmig auf seine zerschnittene Tasche. »Wir konnten sie nicht täuschen. An Bord ist jemand, der den Grund meiner Reise kennt.«

»Und das bedeutet, daß du deines Lebens nicht mehr sicher bist.« Sybilla ging in den durch das schmiedeeiserne Ziergitter abgetrennten Schlafteil der Kabine und warf den schwarzen Nerz in eine Ecke. Dann griff sie nach hinten, löste einen Verschluß, und das goldene Kleid fiel von ihr ab wie ein Kettenpanzer. Darunter trug sie nichts bis auf einen winzigen kleinen Slip. »Komm!« sagte sie leise.

Hergarten fuhr sich durch die Haare. Die Nähe der Gefahr ernüchterte ihn. »Sybilla ...« Er kam zu ihr, zog sie an sich, aber es war keine Leidenschaft mehr in seinen Händen. »Wir müssen etwas tun. Wir können nicht tatenlos herumstehen.«

»Küß mich! Das ist eine große Tat!«

»Sie werden mich hetzen. Und ich kann nicht ausweichen. Ich bin gefangen auf diesem Schiff!«

»Ich weiß. Unsere Lage ist schrecklich.« Sie umfing seinen Kopf und küßte ihn mit einer atemlosen Wildheit. »Es wird unsere einzige Nacht sein. Bis zum Morgen wird nichts mehr geschehen. Es sind die Stunden, die jetzt uns gehören, uns ganz allein. Dann wird alles ganz anders sein ... ganz anders ...«

Sie ließ sich auf das Bett fallen und breitete die Arme aus. Aber an ihrem rechten Handgelenk baumelte die goldene Tasche; sie legte sie sorgfältig neben ihren Kopf und öffnete den Verschluß, um sofort und schnell hineingreifen zu können.

»Morgen können wir kalt und steif sein, aber jetzt leben wir noch. Ich fühle deine warmen Hände, ich spüre deinen Atem, ich spiegele mich im Glanz deiner Augen. Laß uns bis zum Morgengrauen vergessen, warum wir auf diesem Schiff sind ... Komm, mein Liebster!«

Mit zitternden Händen fuhr sich Hergarten über das Gesicht.

»Wir sollten den Kapitän von diesem Einbruch unterrichten«, sagte er und stand vor dem nackten, zur Liebe bereiten Körper und sah ihn an, als sei er eine leblose Wachsplastik.

»Auf gar keinen Fall!« Die großen, braunen Augen Sybillas starrten Hergarten hungrig an. Ihre halbgeöffneten Lippen zitterten. Mit der linken Hand strich sie über ihren glänzenden Körper, von der Halsbeuge über die Brüste bis zum Schoß, sie bebte unter dieser Berührung, als sei es die Hand Hergartens, die sie streichelte. »Die Minuten verrinnen, Franz!«

Es war Hergarten, als sei er in eiskaltes Wasser gefallen. Alle drängende Sehnsucht war aus ihm weggespült. Er konnte den Leib Sybillas betrachten und dabei an seine Formeln denken, die unter dem Spannteppich in einem Tresor mit dicken Stahlwänden verborgen waren. Noch hatte der Unbekannte in Schränken, Koffern und Taschen gesucht. Wenn er wiederkam, würde er gründlicher sein. Vielleicht suchte er gar nicht mehr, sondern würde in der Kabine sitzen, wenn Hergarten hereinkam, eine Waffe in der Hand, und ganz ruhig sagen: »Machen Sie die Tür zu und holen Sie mir Ihre Mappe. Ein Held zu sein, ist Blödsinn; es dankt Ihnen doch niemand, am allerwenigsten das sogenannte Vaterland. Man wird Ihnen einen Nachruf schreiben und Sie dann vergessen. Nicht einmal um Ihre Witwe wird sich jemand kümmern ...«

Lisa! Dieser letzte Gedanke ernüchterte Hergarten völlig. Er beugte sich vor. Sybilla empfing ihn mit einem glücklichen Lächeln und wölbte sich ihm entgegen. Aber Hergarten nahm nur die beiseite geschobene Bettdecke und zog sie über Sybillas nackten Körper. Wie unter einem Schlag zuckte sie zusammen, ihre Augen verloren allen Glanz.

»Weißt du, was du da tust?« fragte sie kaum hörbar. »Weißt du, was du einer Frau damit antust?«

»Sybilla, versteh mich!« Hergarten stützte den Kopf in beide Hände. »Hier auf dem Schiff ist ein Mensch, der mich kaltlächelnd umbringen würde und es vielleicht auch tun wird, wenn wir nicht in jeder Minute wachsam sind.«

»Was du mit mir machst, kann eine Frau nie vergessen. Begreifst du das überhaupt?«

»Laß uns bis New York warten.«

»Warten!« Sie sprang auf, schleuderte mit den Füßen die Decke weg, warf sie in eine Ecke und stand vor ihm, von den Fußspitzen an bebend, ein sonnengebräunter, glatter, herrlicher Körper, von dem ein Hauch wie von Pfirsichblüten ausging. »Du sagst einer Frau, die bereit zur Liebe ist: Warten? Bist du überhaupt ein Mann?«

In maßloser Wut riß sie ihm die Hände vom Kopf weg und drückte mit beiden Händen sein Kinn nach oben. Mit Verblüffung spürte Hergarten, wie stark und hart dieser Griff war. Er mußte aufstehen, weil sein Nacken schmerzte, so unbarmherzig drückte sie seinen Kopf nach hinten.

»Sieh mich an!« sagte sie schwer atmend. »Mein Gott,

sieh mich richtig an! Nimm deine Hände und fühle mich … So … so …« Sie riß seine schlaffen Arme hoch und legte seine Hände auf ihre Brüste. Es durchzuckte ihn, aber Sekunden später fiel die Leidenschaft wieder in sich zusammen. Sybilla beobachtete ihn scharf, als suche ihr Blick sein Herz. »Bin ich aus Holz?« fragte sie rauh. »Hast du kein Gefühl in den Fingerspitzen? Ist in deiner Brust ein Relais statt eines Herzens?« Sie legte ihre Arme um seinen Nacken, während seine Hände wie Fremdkörper auf ihren Brüsten liegenblieben, ohne Druck, leblos, nur ein Gewicht. »Wenn ich dich nicht so lieben würde«, sagte sie leise, »würde ich dich prügeln, kratzen, anspucken … du … du … Holzklotz …«

Hergarten senkte den Kopf und schloß die Augen. »Ich war nie ein Held, Sybilla. Die wenigsten Menschen sind es. Mich lähmt das Bewußtsein, daß ich am Rande eines Grabes stehe.«

»Nicht jetzt. Nicht diese Nacht.«

»Weißt du das so genau?«

»Ja.« Sie sah auf die goldene Handtasche, die auf dem Bett lag. Wer sich auskannte, konnte die Umrisse einer Pistole durch die schimmernden Metallpailletten sehen.

»Ich kann nicht …« Hergarten löste sich aus ihren Armen, ging zum Salon und warf sich in einen Sessel. »Du weißt nicht, was Todesangst ist, nicht wahr?«

»Nein.« Sie kam aus dem Schlafzimmer und setzte sich nackt vor ihm auf die Tischkante. »Ich kenne keine Angst. Was nun?« Sie beugte sich vor und strich Hergarten über das Haar. Es war schweißnaß. Da sprang sie auf, lief in das Badezimmer, holte ein Handtuch und frottierte ihm den Kopf. Dann rieb sie mit Kölnisch Wasser seinen Nacken ein. Er sah sie dankbar an und ergriff ihre Hände.

»Du bist so einmalig, und ich bin so ein armseliger Wicht.«

»Schon gut, Liebling.« Sie lächelte. Auch das war Tapferkeit: sie zwang sich selbst nieder und befahl ihrem Körper, ruhig zu sein. »Auch Vulkane hören einmal auf.«

»Ich liebe dich wirklich, Sybilla.«

»Ich weiß es.«

»Aber jetzt, in dieser Stunde ...«

»Werden wir wieder nüchtern, Liebling.« Sie erhob sich von der Tischkante, ging zu ihrem auf dem Boden liegenden Kleid und stieg in den goldenen Panzer. Hergarten sah ihr zu. Als der Flimmerstoff wieder ihre Brust verdeckte, seufzte er. Ich werde sie nie wiedersehen, dachte er. Nie mehr. »Was nun?« Sie drehte sich um, sah seinen wehen Blick, seine innere Qual und schüttelte den Kopf. »Es ist schon vorbei, Liebling. Der Löffel bittere Medizin ist geschluckt. Ich schlage vor, wir gehen wieder hinauf zu den anderen und tun, als sei gar nichts passiert.« Sie sah auf die Uhr. »Zwei Uhr morgens. Wir können, wenn wir durchhalten, den Sonnenaufgang erleben. Es gibt nichts Schöneres, als wenn die Sonne aus dem Meer auftaucht.«

»Du bist schöner«, sagte er heiser.

»Komm.« Sie ging wieder ins Badezimmer, um für ihn Kamm und einen Handspiegel zu holen. Er tappte ihr nach und stellte sich ihr in den Weg, als sie zurückkam.

»Hau mir eine runter«, sagte er dumpf. »Sybilla, rechts und links; ich habe es verdient.«

»Kämm dich, das ist wichtiger.« Sie gab ihm den Kamm.

»Wenn wir wohlbehalten in New York sind ...«, sagte er stockend.

Sie schüttelte langsam den Kopf. »Nein, Liebling. Von New York an werden wir uns nie mehr wiedersehen.«

In allen Sälen wurde getanzt.

Im riesigen Speisesaal auf dem Restaurant-Deck zog man eine lustige Varietéschau ab. Eine mitreisende Artistengruppe gab eine Sondervorstellung. Bei rotem Licht gab es sogar einen Striptease von »Miß Beauty«, natürlich gemäßigt, denn als die obere Hülle fiel, ging das Licht aus. Im Restaurant Bellevue zog eine Polonaise singender Passagiere in Schlangenlinie um die Tische. Die Deck- und Kabinenstewards begannen auf beiden Augen blind zu werden. Was sich an Pärchen auf dem Lido-Deck herumtrieb, zwischen den Rettungsbooten und im Schatten der großen Entlüfter, wurde einfach nicht bemerkt. Auch die Wanderungen zu den Kabinen nahm man nicht wahr. Zu einem Bordfest gehörte Liebe – wozu bleibt das Rauschen des Meeres denn ständig im Herzen, wozu brennt die Sonne denn auf die Haut, wozu wird man in seinem Bett hin- und hergewiegt?

Im Hamburg-Salon war die Stimmung überschäumend wie der Champagner, der in den geschliffenen Kristallgläsern perlte. Kapitän Selbach stellte sich als Medium zur Verfügung. Ein Hypnotiseur, der in der Kabine 38 wohnte und nach Amerika fuhr, um auf dem Broadway in einer Show aufzutreten, hatte gewettet, den Kapitän der ›Ozeanic‹ willenlos machen zu können. Graf Sepkinow hatte sofort dagegengehalten, daß dies unmöglich sei. Sam Hopkins schlug ein. »1000 Dollar!« schrie er mit hochrotem Kopf. Wenn es ums Wetten ging, war er in seinem Element. »Unser Kapitän wird kopfstehen, wenn es Mr. Hypnose will! Ich kenne das! Habe es in Las Vegas erlebt. Da hat ein Girl unter Hypnose einen Affen geküßt ...«

Lady Anne verzog die Lippen. Sir Surtess sah sie von der Seite an. Wie ein Essigschwamm, dachte er. Da lebt man nun fast vierzig Jahre neben einem Essigschwamm. Immerhin: Säure konserviert!

Kapitän Selbach ließ sich hypnotisieren. Der II. Offizier und der Chefingenieur lächelten still. Sie kannten ihren Alten. Wer einen so eigenen Willen wie Selbach hatte, dem konnte kein anderer einen fremden Willen aufzwingen.

Aber zunächst verlief alles höchst aufregend. Kapitän Selbach machte in Trance auf Kommando Freiübungen, tanzte einen Cha-cha-cha, sang ein Lied, bediente mit einem Tablett voll Wein seine an einem Tisch sitzenden Stewards und zog seine Galajacke aus. Aber als dann – für 50 Dollar Bestechung von Sam Hopkins – Mr. Hypnose befahl: »Und nun die Hose runter!« erwachte Kapitän Selbach plötzlich aus seiner »Hypnose«, ergriff den Artisten wie ein Paket, schob ihn unter seine rechte Achsel und trug ihn unter dem Jubel und dem Pfeifkonzert der Passagiere wie einen strampelnden Hund aus dem Saal.

»1000 Dollar!« sagte Graf Sepkinow lachend und hielt seine offene Hand hin. »Mr. Hopkins, an die Kasse.«

»Die Welt besteht aus Gaunern!« Hopkins zog sein Scheckbuch und füllte den Betrag aus. Sepkinow nahm den Scheck, las ihn und übergab ihn dann Kapitän Selbach, der gerade zurückkam, wieder elegant und korrekt in seiner Galauniform.

»Für das Seemannsheim!« sagte Sepkinow. »Die nächste Runde auf meine Kosten ...«

Während in allen Sälen, auf den Decks und Promenaden Musik und Lachen erklang und die schwimmende Luxusstadt wie ein leuchtender Berg durch die Nacht und den kaum bewegten Ozean glitt, drückte ein Mann im eleganten Frack die Klinke von Kabine 136 herunter, horchte in die Dunkelheit, schlüpfte hinein und zog leise die Tür hinter sich zu.

Ein paar Sekunden blieb er im Dunkeln stehen und hörte auf das rasselnde Atmen, das von den Betten her kam. Dann blitzte der dünne, aber helle Strahl einer Taschenlampe auf und tastete sich an den Wänden entlang. Er huschte über das untere Bett, beschien blitzartig ein schlafendes Greisinnengesicht und glitt dann weiter.

Der Herr im Frack kam leise ins Zimmer. Er schlich zur Kommode, nahm die Taschenlampe in den Mund und zog mit behandschuhten Händen die Schubläden auf. Er schien die richtigen auf Anhieb gefunden zu haben, zarte Wäsche quoll ihm entgegen, Hemdchen, Slips, Strümpfe, Hüftgürtel, Nachthemden, Bikinis ...

In der Schreibtischschublade lag auf der ledernen Schreibmappe der ›Ozeanic‹ der Paß und die Schiffskarte.

Der Herr im Frack blätterte in dem Paß. Lisa Arthberg.

Er griff in die Schublade. Eine Handtasche. Der Verschluß klickte leise.

Nichts Besonderes. Ein gebrauchtes Taschentuch, das

nach Maiglöckchen duftete. Ein kleiner Stielkamm. Ein Lippenstift in goldener Hülle. Ein Augenbrauenstift. Drei Schlüssel, mit einem silbernen Ring verbunden. Ein Autoschlüssel mit einem Anhänger, der die Marke verriet. Ein Notizzettel: 1 Pfd. Butter, Kaffee, Aufschnitt, Salz, 2 Steaks, Marmelade. Sachen bei der Reinigung abholen ... Gedächtnisstütze einer einkaufenden Hausfrau. Ein Feuerzeug.

Der Herr im Frack wollte es gerade hochnehmen, um die Gravur in den Strahl der von seinem Mund gehaltenen Taschenlampe zu bringen, als sich hinter ihm die alte Frau im Bett rührte und einen knarrenden Laut von sich gab. Gleichzeitig saß sie im Bett, hellwach, wie es alte Leute immer sind, wenn sie aus dem Schlaf aufschrecken.

Mit einem Schwung riß der Herr im Frack die Lampe aus seinem Mund und knipste sie aus. Gleichzeitig schob er mit den Knien und dem Unterleib alle Schubladen zu. Das Feuerzeug mit dem Monogramm LH, das ihn stutzig gemacht hätte, polterte über den Boden der zurückgestoßenen Schublade. Aber es war zu spät.

Die alte Dame stieß einen hohen, piepsenden Schrei aus. Dann hörte man, wie sie aus dem Bett sprang und keuchend zu einem neuen, lauteren Schrei ansetzte.

Der Herr im Frack sprang hinzu, griff in der Dunkelheit nach ihr und bekam ein Stück Nachthemd zu fassen. Mit aller Wucht stieß er die alte Dame zurück auf das Bett. Sie kreischte auf, krallenartige Finger griffen nach ihm, zerrten an seinem Frackhemd, er hörte, wie etwas riß – da schlug er mit der Handkante auf die Greisenarme, die alte Dame tat einen grellen Schrei, der Griff löste sich, und er rannte mit langen Sätzen zur Tür, stieß sie auf, schlüpfte hinaus und lief durch den stillen Gang bis zu den Lifts, die gegenüber dem Andachtsraum lagen. Mit einem von ihnen fuhr er hinauf und verschwand irgendwo in dieser leuchtenden, singenden, lachenden, tanzenden und liebenden Stadt auf dem Meer.

Eine Viertelstunde später standen Kapitän Selbach, der Oberzahlmeister und der Obersteward in der Kabine 136.

Die alte Dame lag im Bett, erschöpft von ihrem Erlebnis, die Fäuste noch geballt.

»Das ist unglaublich«, sagte Kapitän Selbach. Der Kabinensteward untersuchte die Schubläden. Um keine Fingerabdrücke zu verwischen, trug er Wollhandschuhe. »Geht es schon wieder los wie damals auf der ›Europa‹? Schon auf der Jungfernfahrt ein Dieb an Bord. Hatte Fräulein Arthberg viel Schmuck bei sich?«

»Ich weiß es nicht!« Die alte Dame zitterte noch immer. »So ein brutaler Mensch! Er hätte mich umbringen können, wenn ich mich nicht gewehrt hätte. Oh, hätte ich doch bloß den Lichtschalter gefunden!«

»Vielleicht war das Ihr Glück, gnädige Frau.« Kapitän Selbach sah zu dem Oberzahlmeister. »Wir müssen sofort Fräulein Arthberg verständigen. Wissen Sie, wo sie ist? Im Salon ist sie nicht.«

Der Oberzahlmeister grinste, beugte sich vor und flüsterte Selbach ein paar Worte ins Ohr. Der Kapitän lächelte.

»Trotzdem. So leid mir die Störung tut ... wenn ihr Schmuck ...«

»Meines Wissens ist er im Haupttresor bei mir.« Der Oberzahlmeister war ein Mann mit Herz. Wie kann man jetzt, gegen 2 Uhr morgens, eine schöne Frau in ihrem höchsten Glück stören? »Ich glaube, der Dieb ist rechtzeitig verjagt worden.«

»Und ob!« Die alte Dame öffnete die rechte Faust. »Ich habe sogar etwas von ihm.« Sie streckte die Hand aus. Ein Hemdenknopf in Form einer Perle lag darin.

»Ein Frackhemden-Knopf!« sagte der Kapitän entgeistert. »Er kam im Frack.«

»Ein Gentleman. Passagier 1. Klasse.«

»Unglaublich!« Kapitän Selbach nahm den Perlknopf an sich. »Ich werde ihn unserem Schiffs-Detektiv Linder geben. Das kann ja noch lustig werden bis New York. Wir haben an Bord schätzungsweise Schmuck für 100 Millionen.« Er wandte sich an die alte Dame, die ihn ruhig ansah. »Ich glaube nicht, gnädige Frau, daß der Dieb noch einmal zu

Ihnen kommt. Sie können ruhig schlafen.«

»Ich habe keine Angst.« Die alte Dame lächelte milde. »Es war nur der erste Schreck. Wenn er wiederkommt, werde ich ihm ins Gewissen reden. Kein Mensch ist rettungslos schlecht.«

»Informieren Sie alle Stewards«, sagte Selbach auf dem Flur zu seinem Oberzahlmeister. Er hatte sich von der alten Dame mit einem Handkuß verabschiedet. »Trotz der guten Meinung von Frau Mynius über die Menschen ist es mir lieber, daß wir in New York ankommen ohne einen Skandal.«

Aber das sollte nur ein frommer Wunsch bleiben.

»Eine Zigarette ...?«

»Ja. Bitte!«

Dr. Dahl steckte sie an und schob sie Lisa zwischen die Lippen. Dann rauchte er still weiter und sah den weißen Wölkchen nach, die träge zur Decke zogen, dem Gitter der Klimaanlage entgegen.

Sie lagen nebeneinander auf dem schmalen Bett, eng aneinandergedrückt. Ihre nackten Körper zitterten noch nach, ihre Augen sahen noch das glückliche Gesicht des anderen, es war, als vermischte sich noch ihr Atem zu dem seligen, sinnlosen Gestammel aller Liebenden in der Umarmung. Vor dem Bett, über den Boden verstreut, lagen Lisas Kleid und Wäsche zwischen der Uniform Dr. Dahls.

»Wie spät?« fragte Lisa.

»Gleich Viertel drei.« Er sah auf seine Armbanduhr. »Warum?«

»Ich muß gehen.«

»Das ist unmöglich.« Er drehte sich halb auf die Seite und sah sie an. Ihr weißer Körper glänzte im Licht der Nachttischlampe. Sie hatte das linke Bein leicht angewinkelt, über ihren flachen Leib tanzten Muster des Lampenschirms. »Wie schön du bist«, sagte er leise. »Wie unwahrscheinlich schön. Du darfst nie mehr sagen: Ich muß gehen.«

Lisa starrte an die Decke. Franz, dachte sie und bemühte sich, nicht aufzuseufzen. Was soll nun geschehen? Ich habe dich betrogen, wie du mich betrogen hast. Sind wir nun quitt?

Quitt. Wie dumm das ist. Ist das Leben eine Rechnung? Geht es da nach Soll und Haben, vergleicht man die Bilanzen? Ist das, was wir getan haben, wie eine Zahl aufzurechnen?

O Gott, es ist doch mehr, viel mehr, unendlich mehr. Es ist wie eine neue Welt, die man erobert hat.

»Liebst du mich?« fragte Dr. Dahl. Er fragte es wie ein kleiner Junge fragt: »Gibst du mir auch ein Bonbon?«

»Wenn du das nicht gefühlt hast ...«, sagte Lisa leise.

Lüge ich? dachte sie. Sag ich es nur so daher, um mein eigenes Gewissen zu beruhigen? Schließlich ist es das erste Mal, daß ich Franz betrogen habe. Wenn mich jetzt jemand fragen würde, wie es geschehen ist – ich könnte es ihm nicht erklären. Kann man ein Erdbeben erklären, wenn man es gerade überlebt hat? Es war ein Naturereignis, es war ein Himmel, der plötzlich auf die Erde fiel. Wie kann man da verlangen, daß man noch denkt? Woher soll der Mut kommen? Soll man sich selbst zerreißen vor Reue?

»Ich habe gefühlt, daß du mich liebst.« Dr. Dahl legte seinen Kopf auf ihre Brust. Sie streichelte sein Haar und war glücklich, so verwerflich sie es im gleichen Augenblick fand. »Man sollte nicht darüber reden. Aber wir müssen es, Lisa. Ich weiß nichts von dir, als daß du wunderschön bist. Du weißt nichts von mir, als daß ich ein Schiffsarzt bin. Ein kleiner Angestellter einer Reederei mit einem leidlichen Gehalt, das gerade hinreicht, um eine Familie zu gründen.«

»Eine Familie?«

»Ich will dich heiraten.« Er sagte es wie das Selbstverständlichste, das es gab.

Lisa rauchte stumm weiter. Mein armer Liebling, dachte sie. Nicht nur meinen Mann, auch dich habe ich betrogen. Soll ich dir sagen, daß neben dir eine Frau liegt, die an Bord der ›Ozeanic‹ kam, um ihren Mann und seine Geliebte zu töten? Wie würdest du reagieren? Wäre die Liebe verflogen wie ein Windhauch?

»Du sagst gar nichts.« Dr. Dahl legte seine Hände auf ihre Schultern. »Ich habe gesagt: Ich will dich heiraten.«

»Das ist schön, Holger.«

»Warum fährst du nach New York?«

»Nur so. Zum Vergnügen.«

»Wie lange bleibst du in Amerika?«

»Ich weiß es nicht.« Wie lange, fragte sie sich selbst. Wer zwei Menschen tötet, bekommt lebenslänglich Zuchthaus. Aber warum sollte sie jetzt noch töten? »Vielleicht fahre ich mit euch gleich zurück nach Europa.«

»Und wir heiraten in Hamburg?«

»Ja«, sagte Lisa ruhig.

Dr. Dahl wollte weiterfragen, aber das Telefon riß ihn von Lisa weg. Vom Hospital rief die wachhabende Schwester an. Zwei Fälle. Passagiere der Luxusklasse.

»Ich muß hinauf zum Hospital.« Dr. Dahl zog sich an. Es war ein wenig ernüchternd, wie er schnell seine Kleidungsstücke vom Boden aufhob und sie überstreifte. »Wartest du hier auf mich, Lisa?«

»Ich möchte gehen. Wegen der anderen Passagiere ... wir haben noch so viele Stunden vor uns ...« Sie sprang aus dem Bett und zog sich ebenfalls an, während sich Dr. Dahl wusch und den Kopf unter einen kalten Wasserstrahl hielt. »Ich gehe zurück in den Club. Kommst du nachher nach?«

»Ja.« Dr. Dahl knöpfte seine weiße Uniform zu. Er zog Lisa an sich und küßte sie noch einmal mit aller Leidenschaft. Da warf sie die Arme um seinen Hals und ließ ihn nicht eher los, bis wieder das Telefon klingelte, ungeduldig, alarmierend.

»Du hast mir ein Rätsel gelöst«, sagte sie, als Dr. Dahl mit bebenden Händen zur Mütze griff und sie aufsetzte. »Ich wußte bis heute nicht, was in mir schlief ...«

Dann stand sie alleine in der großen Arztkabine, starrte auf das zerwühlte Bett und ging langsam zum Spiegel. Ihr fremdes Gesicht unter der schwarzen Perücke und dem bräunlichen Make-up, das so völlig fremd war gegenüber ihrem weißen Körper unter dem silbernen Kleid, sah sie mit großer Nachdenklichkeit an.

»Was soll daraus werden?« sagte sie laut und erkannte selbst ihre Augen nicht wieder. Sie hatten eine herrliche Tiefe. »O Himmel – was soll nur daraus werden!«

Im Hospital saßen Graf Sepkinow und Sam Hopkins. Die wachhabende Schwester hatte das Frackhemd Sepkinows geöffnet, den steifen Kragen entfernt und massierte seinen Brustkorb. Sam Hopkins hockte auf seinem Schemel wie ein Riesenaffe und hielt sich den Kopf. Eine dicke Lage Zellstoff bedeckte den Haaransatz.

»Was ist denn das?« rief Dr. Dahl verblüfft an der Tür. »Hat es ein Duell gegeben?«

»Es bricht uns das Herz, Doktor, daß wir Sie in der angenehmsten Situation, in der sich ein Mensch befinden kann, stören – aber es muß sein.« Graf Sepkinow rang nach Atem. »Mein Kreislauf. Mir wurde schwarz vor den Augen. Man soll eben mit 75 nicht mehr tanzen. Wie ich hier ins Hospital gekommen bin, weiß ich gar nicht.«

»Und Sie, Mr. Hopkins?«

Der Hosenträgerfabrikant sah Dr. Dahl aus großen Kinderaugen an. Er war betrunken. »Ein Feuerlöscher war im Weg, verdammt. Auf der gedeckten Promenade. Ich laufe einem Girl nach ... und da kracht's auch schon. O verflucht ... ich wußte gar nicht, daß es rote und grüne Sterne gibt ...«

Er hob den Zellstoff ab. Am Haaransatz klaffte eine Platzwunde. Sie begann sofort wieder zu bluten.

»Zuerst der Graf«, sagte Dr. Dahl. Er half Sepkinow auf die Liege, wickelte das Luftkissen des Blutdruckmessers um den Greisenarm und pumpte. »Etwas mies, 75 zu 105. Ich gebe Ihnen eine Spritze, und dann gehen Sie sofort ins Bett.«

»In meinem Kopf brummen zehntausend Bienen!« rief Hopkins aus der Ecke. »Doktor, soll ich verbluten? Immer die Bevorzugung des Adels. Mir wird übel, Doktor.«

Dr. Dahl gab dem Grafen schnell die Kreislaufinjektion und überließ es dann der Schwester, ihn wieder anzuziehen. Er ging zu Hopkins, untersuchte die Platzwunde und entschloß sich, sie nicht zu nähen, sondern der Natur zu vertrauen; höchstwahrscheinlich würde sie fast narbenlos wieder zuwachsen. Er desinfizierte die Wunde, während Hopkins mit den Zähnen knirschte, und klebte ein großes Pflaster über die Mullkompresse. Dann bekam auch Hopkins eine Kreislaufspritze und ein Röllchen Tabletten gegen die Schmerzen.

»Wie sehe ich aus, Doc?« fragte er hinterher.

»Wie ein Ehemann nach einer häuslichen Meinungsverschiedenheit.«

»Also lächerlich! Verflucht! Darf ich einen Whisky trinken?«

»Sie haben sich am Kopf, nicht an der Gurgel gestoßen.«

Er sah sich um. Graf Sepkinow stand schon wieder, elegant im korrekten Frack. Sein weißer Bart war sogar gebürstet.

»Ins Bett, Graf!« sagte Dr. Dahl ernst.

»1910 hätte ich den Arzt, der mir so etwas sagte, nach Sibirien verbannen lassen«, sagte Sepkinow würdevoll und verließ das Hospital. Hopkins folgte ihm. Er lief einem Whisky entgegen.

»Sonst noch etwas, Schwester Erna?« fragte Dr. Dahl und wusch sich die Hände.

»Nein, Herr Doktor. Gott sei Dank ist anscheinend auf dem Schiff alles kerngesund.«

»Ich bin im Hamburg-Salon, wenn man mich sucht.« Dr. Dahl zog seinen Arztkittel aus, setzte die Mütze auf und verließ sein Hospital.

Im Hamburg-Salon war es lichter geworden. Ein Teil der Festgäste war zu Bett gegangen, nur die jüngeren Passagiere tanzten unentwegt nach den Klängen der Kapelle Juan Fernandez. Dafür brachte der I. Offizier aus dem Restaurant Hamburg einen Schwall Gäste mit. Jetzt, gegen 3 Uhr morgens, verwischten sich die Schranken zwischen Luxuspassagieren und Reisenden der Touristenklasse. Ausschlaggebend dabei war, daß drei Herren der Atomkonferenz entdeckt hatten: in den unteren Klassen gab es viel hübschere Mädchen. Als einmal der Anfang der Abwanderung gemacht war, gab es kein Halten mehr. Zwischen die Fräcke mischten sich Smokings oder simple dunkle Anzüge. Auch Ulrich Renner war wieder da und tanzte mit einem Mädchen in einem Minikleid einen sensationellen Bossa nova.

Als Lisa den Saal betrat, die Gesichter der anderen musternd, mit der angstvollen Frage, ob sich in ihnen die Gedanken verrieten, sah sie Franz Hergarten wieder an seinem Tisch sitzen, neben sich Sybilla Odenthal. Sie blieb neben der Bar stehen und verlangte mit zitternder Stimme ein Ginger Ale. Hastig trank sie es, als wäre sie ohne ihn verdurstet. Das ist doch nicht möglich, dachte sie und fühlte, wie ihr Herz brannte. Er sitzt wieder da. Er ist nicht mit ihr auf seiner Kabine. Er liegt nicht neben ihr, wie ich vor wenigen Minuten noch neben Holger Dahl gelegen habe. Wenn das wahr ist ... wenn ich mehr gedacht habe, als geschehen ist ... wenn ... oh, es darf nicht wahr sein. Es darf nicht!

Sie nickte dem Mixer zu. »Die Dame in Gold«, sagte sie mit mühsam fester Stimme. »Ist sie nicht vorhin weggegangen?«

»Das ist aber schon lange her, Madame.« Der Mixer sah zu Sybilla hinüber. »Die Herrschaften sind schon lange wieder hier.«

»Danke.«

Wie eine aufgezogene Puppe ging Lisa zu ihrem Tisch zurück. Ein Steward beeilte sich, den leergeräumten Tisch sofort wieder einzudecken.

»Was darf ich bringen, Madame?«

»Champagner.« Lisa stieß das Wort aus wie einen Schrei. »Roten Champagner! Und zwei Gläser!«

»Sehr wohl.«

Sie lehnte sich zurück und sah ihren Mann groß an. Er machte einen müden Eindruck. Wenn er lachte, klang es verkrampft. Sie kannte das. So war er immer, wenn etwas schiefgelaufen war, er aber zu höflich war, es seine Umwelt merken zu lassen.

Er war mit ihr nur draußen, dachte sie. Vielleicht auf der offenen Promenade, vielleicht auf dem Lido-Deck bei den Booten. Romantisch haben sie aufs Meer geblickt, auf die Wellen, die das Schiff aus dem Wasser schnitt, und haben gesprochen wie verliebte Primaner. Sie haben in die Sterne geblickt, bieder und brav, während ich ...

Sie wartete kaum ab, bis der Steward ihr Glas mit rotem Sekt gefüllt hatte, und stürzte es mit einem Zug hinunter.

Laß ein Wunder geschehen, mein Gott, dachte sie weiter. Laß mich erkennen, daß ich mich irre. Sie haben es nicht anders gemacht als ich, und nun sitzen sie da wie zwei Heilige. Sie heucheln besser, das ist alles.

Aber die Zeit. Die Zeit. Sie sind schon lange wieder da, sagte der Barsteward. Wie kann das möglich sein? Liebe ist keine Sache von Minuten. Nicht solch eine Liebe ...

Sie trank das zweite Glas Sekt und fühlte sich elend.

Graf Sepkinow und Sam Hopkins kamen wieder in den Saal. Am Kapitänstisch klang Jubel auf, als man sie hereinkommen sah.

»Da sitzt sie ja schon wieder«, sagte Hopkins und stieß Sepkinow an. »Ich gehe zu ihr hin und entschuldige mich, daß wir sie gestört haben.«

»Unterstehen Sie sich, Sie grober Klotz!« Sepkinow hielt Hopkins an den Frackschößen fest. »Unsere Fee in Gold macht einen Ehrentanz. Sehen Sie bloß! Für solch eine Frau hätte ich früher ...«

»Ich weiß, all Ihre Güter! Mann, seien Sie still, wenn Engel auf die Erde kommen!«

Hergarten und Sybilla tanzten allein auf der großen runden Tanzfläche nach den Klängen des Star-Orchesters Juan Fernandez einen langsamen Walzer. Es war ein Gleiten und

Wiegen, ein schwereloses Schweben, eine Verschmelzung von Gold und Schwarz, eine Einheit von Schönheit.

Als sie an Lisas Tisch vorbeitanzten, sah Sybilla schnell zu ihr hin. Triumph war in diesem Blick, der tödliche Strahl der siegreichen Frau: Ich habe ihn. *Ich!*

Lisa hob die Schultern. Ihre Hände lagen um das Sektglas. Sie nahm den Kampf an.

»Sie ist wieder da«, sagte Sybilla an Hergartens Ohr. »Allein.«

»Ich habe es gesehen, Liebste.«

»Der Doktor wird wohl erschöpft in seiner Koje liegen.«

»Du bist schamlos, Sybilla.«

»Ich spreche aus, was die anderen denken. Auch du.«

»Pfui!«

Ein Gleiten durch die zärtliche Musik. Sybilla legte den Kopf gegen Hergartens Schulter. Es sah wie Demut aus; dabei mußte sie lachen und wollte es nicht zeigen. Irgendwo aus dem Hintergrund des Saales wurde geklatscht. Für Lisa war es wie Kanonenschüsse, sie zuckte zusammen.

»Man sollte einen Preis stiften!« sagte der sonst so stille Philosoph Dubois plötzlich am Kapitänstisch. »Den Preis für das schönste Paar der ›Ozeanic‹! Ich lege 1000 Francs in die Bank.«

»1000 Dollar!« sagte Hopkins sofort.

»100 Pfund!« Sir Surtess sah zu seiner Frau. Lady Anne bekam ein Doppelkinn. Das drückte immer Unwillen aus.

»2000 Francs.« Graf Sepkinow strich seinen Bart. »Meine Herren, das wird nichts anderes als ein Zweikampf. Gold gegen Silber. Frack gegen Uniform. Geben Sie den Wettbewerb bekannt, Herr Kapitän?«

Selbach sah auf seine goldene Uhr. »Um 3 Uhr. Dr. Dahl ist noch nicht da.«

»Er wird gleich kommen und gewaltig schimpfen«, sagte Sepkinow fröhlich. »Im übrigen bestehe ich auf strengen Spielregeln. Wenn wirklich die beiden Paare Gold und Silber übrigbleiben, müssen sie die Partner wechseln. Vielleicht paßt unser Schiffsarzt besser zu unserem goldenen Engel und Dr. Hergarten besser zu der silbernen Fee. Das muß man sehen, wenn sie tanzen. Der ganze Saal soll die Jury bilden und abstimmen, wer zu wem am besten paßt.«

»Das ist ja schon pervers!« schrie Hopkins. »Verdammt, ich erhöhe meinen Einsatz auf 2000 Dollar! Das gibt einen Spaß!«

Der Tanz war zu Ende. Hergarten führte Sybilla zum Tisch zurück. »Sie verfolgt uns mit ihren Blicken«, sagte sie ganz ruhig. Sie blieb am Tisch hoch aufgerichtet stehen. »Küß mich! Demonstrativ.«

Und Hergarten beugte sich vor und küßte Sybilla auf den Mund.

Lautes Klatschen umtobte sie wie nach einer glanzvollen Vorstellung. Und das war es ja auch.

Mit verschlossenem Gesicht trank Lisa ihr drittes Glas roten Champagner.

Ich habe mir nichts vorzuwerfen, dachte sie kalt. Ich werde mit ihm sprechen.

Fast um die gleiche Zeit wachte in ihrem Bett Margret Goltz auf. Ihr Kopf brummte, sie setzte sich auf, knipste das Licht an und sah an sich herunter. Mit einem Schrei sprang sie aus dem Bett und tastete sich ab.

Wieso bin ich nackt? schrie es in ihr. Mein Leib brennt ... meine Kleider liegen verstreut im Zimmer ... wo ist Uli ... was ist geschehen ... Warum bin ich ...

Sie rannte zum Bett zurück, deckte es auf und wußte alles. Das war so schrecklich, so ungeheuerlich, daß sie wieder wegrannte und sich wie ein Tier ganz hinten in die dunkle Ecke neben die Kofferablage setzte. Sie fror plötzlich, zog die Tischdecke, die ihr am nächsten war, herunter und wickelte ihren nackten Körper darin ein. Dann überfiel sie Übelkeit, sie rannte in die kleine Brausekabine, beugte sich über das Waschbecken, umklammerte die Porzellanschüssel und erbrach sich.

Später lag sie im Bett auf dem Rücken und sah an die

Decke. Sie weinte leise und hatte die Hände auf den brennenden Schoß gelegt.

Ist das die Liebe? dachte sie. Wo ist Uli? Warum läßt er mich allein, gerade jetzt, jetzt, wo ich ihn brauche, um mich an das Frausein zu gewöhnen? Warum ist er weggelaufen?

O Mutter, wenn du wüßtest, was passiert ist.

Paps, was würdest du sagen, wenn ich dir beichte?

Ich bin kein Kind mehr, ich bin eine Frau ...

Sie schloß die Augen und weinte weiter. Ihr Körper war wie zerschlagen. Zwischen ihren Schenkeln und in der Tiefe ihres Leibes bohrte ein Schmerz, der bis ins Herz schnitt.

Ich liebe dich, Uli, oh, ich liebe dich.

Warum bist du nicht hier?

Ich brauche dich jetzt ...

»Los, Kapitän, verkünden Sie den Wahlkampf um das schönste Paar der ›Ozeanic‹!« sagte Sam Hopkins. »Es ist 3 Uhr!«

Kapitän Selbach zögerte noch. Das Spiel des Bäumchenwechsle-dich, das man vorgeschlagen hatte, behagte ihm nicht. Er ahnte Komplikationen. Um ihnen aus dem Weg zu gehen, verkündete er etwas anderes, in der Hoffnung, daß das Schicksal nun mitspielte.

»Damenwahl!« rief er und klatschte in die Hände.

Das Orchester Juan Fernandez spielte einen Tusch.

Im gleichen Augenblick erhob sich Lisa und stieß das Sesselchen zurück. Und wie auf ein Stichwort betrat im gleichen Augenblick Dr. Dahl wieder den Hamburg-Salon.

»Die Gladiatoren stellen sich auf«, sagte Dubois. Er sah auf den Deutschen Heinz Niehoff, der bisher still herumgesessen hatte, ein paarmal hinausging, Luft schnappte, viermal tanzte und einen Halbstundenflirt mit einer Dame hatte, bis diese zu Bett ging, ohne daß er ihr folgte. »Machen Sie mit, Herr Architekt?«

»Ja. 1000 Mark dazu«, sagte Heinz Niehoff. Er sah ziemlich betrunken aus und schien nicht viel Interesse zu haben für das Geschehen um ihn herum.

Mit festen Schritten kam Lisa auf Hergartens Tisch zu. Sie machte sich nicht die Mühe, um die Tanzfläche herumzugehen; sie überquerte, stolz wie eine Königin, das Parkett, vorbei an Juan Fernandez, dessen Schlagzeuger sie mit einem Trommelwirbel begleitete. Mit Herzklopfen sah ihr Hergarten entgegen. Als sie drei Schritte von ihm entfernt war, sprang Sybilla auf und vertrat Lisa den Weg. Der Zusammenprall von Gold und Silber war von einmaliger Schönheit.

»Dr. Dahl kommt gerade in den Saal zurück«, sagte Sybilla, als sie nahe voreinander standen. Ihre Stimme war völlig verändert. Es klang, als würden die Worte von einer Metallplatte abgehauen. »Sie sollten sich um ihn kümmern.«

»Es ist Damenwahl.« Lisas Augen waren dunkel vor Erregung. »Gehen Sie aus dem Weg.«

»Die Wahl ist bereits getroffen.« Sie drehte sich um, ging zum Tisch zurück und hakte sich bei Hergarten unter, der aufgesprungen war. Unschlüssig stand Lisa da. Sie spürte alle Blicke auf sich ruhen, das Knistern der Spannung war fast hörbar.

»Jetzt knallt es!« sagte Sam Hopkins genießerisch. »Wenn Frauen aufeinanderprallen, überbieten sie alles an Gemeinheit. Passen sie auf!«

Kapitän Selbach hatte keine Lust, es zum Skandal kommen zu lassen. Er winkte dem Orchester Juan Fernandez zu, der dumpfe Trommelwirbel verstummte, ein Walzer klang auf. Rosen aus dem Süden ...

»Da bin ich wieder«, sagte Dr. Dahl hinter Lisa und legte ihr die Chinchillastola um die Schultern. Sie war etwas heruntergerutscht. Er überblickte nicht die Situation und spürte auch nicht den Sprengstoff, der wie ein leicht entzündbares Gas im Saal lag. »Wollen wir tanzen?«

An ihnen vorbei gingen Hergarten und Sybilla auf die runde Tanzfläche. Über zweihundert Augen verfolgten sie. Als sei es still abgesprochen worden, betrat niemand die Tanzfläche. Allein schwebten Sybilla und Hergarten nach den wiegenden Walzerklängen unter den mit Girlanden dekorierten Kronleuchtern. Ein Traum in Gold und Schwarz.

»Ja«, sagte Lisa knapp. Diese Niederlage war wie ein Fieber, das ihren ganzen Körper zum Glühen brachte. Sie legte die Arme um Dr. Dahl und machte mechanisch die Walzerschritte. Die Musik hörte sie wie ein fernes Brausen und Klingeln; sie sah über die Schulter Dahls hinweg nur das Gesicht ihres Mannes, wie er lächelnd und gelöst vom Glück an ihr vorbeiglitt.

»Da haben wir sie ja auf dem Präsentierteller«, sagte Sam Hopkins genußvoll. »Ich gehe jetzt rum und sammle Stimmen. Mr. Dubois, Sie besorgen einen großen Rosenstrauß. Warum sehen Sie so todernst aus, Kapitän?«

Kapitän Selbach musterte die beiden Paare, die sich auf der Tanzfläche im Walzertakt wiegten und drehten. Daß sein Schiffsarzt in den Kampf der Königinnen hineingezogen wurde, behagte ihm gar nicht. Die Offiziere eines Schiffes sollen höflich und hilfsbereit sein; von jeher sind sie für die weiblichen Passagiere eine Aufforderung zum Flirt bis zum Endhafen. Nichts reizt mehr als eine blaue Uniform mit goldenen Ärmelstreifen. Im Tagebuch einer Reise zu vermerken: »Der II. Offizier war ein toller Mann«, gehörte zu den großen Erlebnissen einer Fahrt. Das alles weiß man, aber es hat diskret zu geschehen, hinter der Hand gewissermaßen. Das Offizierkorps eines Schiffes hat trotz aller verborgenen Aktivität nach außen hin steril zu sein. Warum fiel Dr. Dahl so aus der Reihe? Kapitän Selbach nahm sich vor, am nächsten Morgen mit ihm zu sprechen.

Sam Hopkins war mit der Liste unterwegs von Tisch zu Tisch wie ein Bauchladenhändler. Auf der anderen Seite des Saales sammelte der deutsche Architekt Heinz Niehoff die Meinungen der Passagiere. Graf Sepkinow bewachte, eskortiert von einem seiner livrierten Lakaien, das gespendete Geld.

Dr. Dahl, der gerade an dem Kapitänstisch vorbeitanzte, nickte Sepkinow zu.

»Was habe ich Ihnen gesagt?« sagte er über Lisas Schulter

hinweg. »Ins Bett mit Ihnen! Ihr Herz ist verteufelt schwach.«

Graf Sepkinow lächelte ihn breit an. »Sie tanzen gut, Doktor! Das gibt Punkte.«

»Wieso Punkte?« Dr. Dahl tanzte ein »Fleckerl« vor dem Kapitänstisch, um in der Nähe des Russen zu bleiben.

»Es geht um den ersten Preis. Sie sind nahe daran«, sagte Sepkinow genüßlich. »Nur Ihre Dame wirkt etwas mürrisch.«

Der Walzer trug Dr. Dahl und Lisa zurück zur Saalmitte. Sybilla und Dr. Hergarten schwebten am Rand der Tanzfläche dahin.

»Was sagt er?« fragte Lisa. Dr. Dahl küßte ihr beim Tanzen die Hand.

»Man macht hier scheinbar ohne unser Wissen eine Mißwahl. Mr. Hopkins und Monsieur Dubois hausieren mit einer Liste. Eine Überraschung liegt in der Luft.«

»Der können wir nachhelfen!« Lisa warf den Kopf in den Nacken. Der schwarze Zopf ihrer Perücke flog über die grausilberne Chinchillastola. Ihr Körper straffte sich, ihr Gesicht veränderte sich auf zauberhafte Weise. Es war, als beginne es von innen zu leuchten. Ihr Tanz wurde leichter und weicher ... sie lag in Dr. Dahls Armen wie eine Märchenfee.

Fasziniert verfolgte Kapitän Selbach die beiden Paare. Als Hopkins mit seiner Abstimmungsliste kam, machte Selbach ein Kreuz hinter die Namen Arthberg/Dahl. Es war die Rubrik, die die meisten Kreuze hatte. Graf Sepkinow zögerte vor der Eintragung, dann schloß er sich dem Kapitän an. So herrlich der Anblick Sybillas und Hergartens auch anmutete – die weiße Uniform Dr. Dahls im Zusammenhang mit dem silbernen Kleid Lisas und ihren schwarzen, glänzenden Haaren war unschlagbar. Eine wehmütige Erinnerung stieg in ihm hoch: Petersburg, 1910, Silvesterball im Winterpalais unter den Augen des Zaren. Damals trug auch er eine Galauniform mit goldenen Epauletten und goldenen Streifen. Mein Gott, das ist nun schon zig Jahre her ...

Sepkinow strich sich über die Augen und gab die Liste weiter.

Der Walzer war zu Ende. Aber Juan Fernandez ließ sofort weiterspielen, einen Slowfox, den Sybilla mit einem Winken zum Orchester begleitete. Mit dem neuen Tanz war die Damenwahl beendet, der Angriff Lisas schien endgültig abgeschlagen.

Durch die Tür kam Dubois mit einem riesigen Rosenstrauß. Es sah etwas grotesk aus: Der kleine Philosoph hinter der Kugel von Blüten, als hätten die Rosen eigene Beine bekommen.

Heinz Niehoff kam mit der Liste zurück. Sir Surtess, als unparteiischer Engländer, zählte zusammen mit dem I. Ingenieur die Stimmen aus. Es gab gar keinen Zweifel: Das Paar Dr. Dahl – Fräulein Arthberg hatte die meisten Kreuzchen. Auf einer Speisekarte reichte Sir Surtess das Ergebnis an Kapitän Selbach. Graf Sepkinow legte beide Hände über das Geld, Jerome Dubois setzte sich, nun völlig hinter seiner Rosenkugel verschwindend.

Mit einem Tusch, der den Slowfox abrupt unterbrach, schuf das Orchester Juan Fernandez eine Atmosphäre von Spannung. Wie festgenagelt blieben die beiden Paare auf der Tanzfläche stehen.

»Meine Damen und Herren«, sagte Kapitän Selbach laut. Ich mache es kurz, dachte er. Wenn ich schon die Bombe lege, so soll sie morgen an Deck oder irgendwo platzen, aber nicht hier. Man müßte galant sein und ein Unentschieden verkünden, aber da war der schreckliche Sam Hopkins, der ohne Hemmungen »Schiebung« schreien würde.

»Ohne daß es unsere beiden glanzvollen Paare merkten, hat auf der ›Ozeanic‹ eine Wahl stattgefunden; spontan aus der Freude heraus, auf diesem herrlichen Schiff zu sein, die Jungfernfahrt mitzumachen, diesen fröhlichen Bordball zu erleben und dabei eine Demonstration von Schönheit und Anmut zu sehen, wie wir sie wohl kaum wieder zu Gesicht bekommen werden. So entstand die Idee, das schönste Paar der ›Ozeanic‹ zu küren. Während Sie«, er wandte sich an die beiden Paare, »tanzten, haben die anderen Passagiere abgestimmt, ganz demokratisch, in geheimer Wahl.« Ein paar Passagiere lachten, Hopkins klatschte in die breiten Hände. »Ich darf das Wahlergebnis bekanntgeben.« Kapitän Selbach nahm die Speisekarte und hielt sie sich an die Augen. »Das Paar in Gold –«, er sah zu Sybilla hin, die ihn anlächelte, siegessicher, in der Haltung schon eine Königin. Daß sie zuerst genannt wurde, konnte nur den Sieg bedeuten. Sie schielte zu Lisa. Wie nahm sie die Niederlage hin? »Das Paar in Gold – 53 Stimmen.«

Sybilla zuckte kaum merklich zusammen. Ihr Blick überflog die Anwesenden. Das sind doch mehr als hundert Menschen, durchfuhr es sie. Haben nicht alle gestimmt? Der Druck ihrer Finger auf Hergartens Arm wurde schmerzhaft. Er erkannte sofort die Situation und beugte sich leicht zu ihr.

»Für mich bist du die Schönste«, flüsterte er. »Niemand ist mit dir vergleichbar.«

»Darauf kommt es jetzt nicht an«, zischte sie zurück. »Nicht jetzt ... gerade jetzt nicht.«

Die Stimme des Kapitäns beendete die Kunstpause nach dem ersten Ergebnis.

»Das Paar in Silber«, sagte er laut, »hat 87 Stimmen! Es ist damit von den Passagieren zum schönsten Paar der ›Ozeanic‹ gewählt worden.«

Jerome Dubois marschierte mit seinem riesigen Rosenstrauß heran. Selbach übernahm ihn und betrat die Tanzfläche. Die Kapelle Juan Fernandez spielte einen dreifachen Tusch, als Selbach nach einem Handkuß die Rosen Lisa in den Arm legte. Auch Dr. Dahl drückte er die Hand, aber knapp und etwas abweisend. Zwischen ihnen gab es in den kommenden Stunden noch viele Worte zu reden. Ein Schiffsoffizier engagierte sich nicht so. »Im Namen der Reederei beglückwünsche ich Sie«, sagte er. »Nach dem Ehrentanz darf ich Sie an meinen Tisch bitten. Die Wahl ist auch mit einer größeren gespendeten Geldsumme verbunden.«

Sybilla und Hergarten verließen die Tanzfläche, als der

Ehrenwalzer begann. Die Rosen zwischen sich, schwebten Dr. Dahl und Lisa an ihnen vorbei. Mit verkniffenen Lippen sah Sybilla ihnen zu; was eine Frau an Enttäuschung und Beschämung erleben kann, lag in ihrem Blick. Und dieser Blick wurde zum Leuchten des Hasses, als die Passagiere ihrem »Traumpaar« minutenlang Beifall klatschten.

Hergarten beobachtete Sybilla. Er sah das Zucken ihrer Halsschlagader, das Vibrieren ihrer Nasenflügel, das Beben in den Mundwinkeln. Man hätte auf diese Wahl wirklich verzichten können, dachte er. Den Stolz einer Frau verletzen heißt ein Raubtier hungern lassen.

Er legte den schwarzen Nerz über ihre zarten Schultern und streichelte dabei ihre Halsbeuge.

»Kommst du mit mir?« fragte er leise.

Ihre Antwort verblüffte ihn nicht, auch nicht ihre Reaktion. Sie warf den Kopf in den Nacken wie ein heulender Wolf.

»Nein!« sagte sie hart. »Ich gehe in *meine* Kabine.«

»Ich liebe dich«, sagte Hergarten ehrlich.

»Ich muß jetzt alleine sein.«

»Es ist doch nur eine dumme, unwichtige Wahl. In New York spricht keiner mehr darüber.«

»Aber bis New York sind es noch vier Tage. Vier Tage als Geschlagene auf einem Schiff zu sein ... Begreifst du, was das heißt?«

»Was willst du machen? Willst du dich über Bord stürzen?« Er umarmte sie von hinten, alle sahen es. »Hätte ich mich vorhin nicht so dumm benommen, wäre diese Wahl nie zustande gekommen. Dann lägen wir jetzt ...«

»Sprich nicht mehr davon.« Ihre Stimme war hart. »Ich will gehen. Ob sie« – ein Blick flog zu Lisa, die am Kapitänstisch von einem Schwarm Männern umringt war – »einer der Initiatoren der Wahl war?«

»Das glaube ich nicht. Aber ich kann es herausfinden.«

»Rufe mich an, wenn du's weißt.« Sie hielt ihren schwarzen Nerz über den Brüsten zusammen, als wolle sie andeuten, daß die Menschen den Ablick von soviel Schönheit gar nicht verdient hätten. »Gehen wir!«

Sie verließen den Club und fuhren hinunter zum Oberdeck. Vor der Tür von Kabine 106 blieben sie stehen.

»Darf ich mit hinein?« fragte Hergarten, als sie aufschloß. Sybilla schüttelte den Kopf.

»Nein. Gute Nacht, Liebster.«

Er küßte sie und hielt sie in seinen Armen fest. »Warum nicht? Ich habe eine Dummheit gutzumachen.«

»Dummheiten sind wie Wolken, die der Wind wegtreibt. Der Himmel ist wieder klar ... Bis morgen, Liebster.«

»Ich warte auf dich in meiner Kabine. Frühstücken wir zusammen?«

Sybilla nickte, schlang den schwarzen Nerz keck um ihre Schulter, lächelte Hergarten noch einmal zu und verschwand in ihrer Kabine. Er wartete, bis er das Umdrehen des Schlüssels hörte, und entfernte sich dann.

Sybilla warf ihren Pelz auf den Schreibtisch und wollte den Verschluß ihres goldenen Kleides öffnen, als eine ruhige Stimme aus der Brausekabine sagte:

»Guten Morgen!«

Sybilla fuhr herum. Ihre Finger zuckten zu der Tasche ... die Schnelligkeit, mit der die Pistole in ihrer Hand lag, grenzte an Zauberei.

»Sie?« sagte sie gedehnt.

»Ja, ich.« Der Mann in der Brausekabine kam ins Zimmer. »Legen Sie Ihr knallendes Spielzeug weg. Wir müssen uns ohne die Manieren eines James Bond miteinander unterhalten, liebe Kollegin.«

Sybilla Odenthal ging langsam zurück bis zu der Frisierkommode und lehnte sich gegen den eingebauten Schminktisch. Ihr Gesicht zeigte keine Angst; man konnte den Ausdruck ihrer Augen höchstens spöttisch nennen, mit einem Schimmer Verwunderung gemischt. Die Pistole behielt sie in der Hand. Unterredungen dieser Art enden niemals friedlich, und sie war gespannt, welche Tricks der nächtliche Besucher anwenden würde, um die Hürde ihrer Pistole zu überspringen.

Der Mann setzte sich auf das Bett und schlug die Beine übereinander. Seine Smokingjacke stand offen, die seidene Bauchbinde schimmerte im hellen Deckenlicht.

Aha, dachte Sybille und lächelte leicht. Er trägt ein Schulterhalfter. Gleich wird er in die Brusttasche des Smokings greifen, um sich ein Zigarettenetui herauszuholen. Zum Vorschein aber wird eine Pistole kommen. Glaubst du, ich bin nur ein schönes Lärvchen?

»Zigarette?« fragte der Mann höflich.

Das Lächeln Sybillas verstärkte sich. »Danke«, sagte sie ebenso höflich. »Ich habe heute schon zuviel geraucht. Aber wenn Sie möchten ...« Sie beobachtete scharf seine Hände. Aber er schien auch keine große Lust zu haben und lehnte sich etwas auf dem Bett zurück.

»Es gibt eigentlich keine Probleme«, sagte der Mann. »Ich könnte mich an Dr. Hergarten selbst wenden. Natürlich würde er nie verraten, wo er seine Aktentasche mit den Plänen versteckt hat ...«

»Sie haben sie ja schon gesucht. Es war eine stümperhafte Arbeit.«

Der Mann hob die Schultern. Über sein Gesicht glitt Unmut. »Die Kabine hat keinen Tresor, ich habe alles abgetastet und abgeklopft. So etwas gibt es nicht, habe ich mir gesagt. Man kann Papiere nicht verstecken, als seien sie gar nicht mehr da. Ich gebe zu, auch ich bin zuerst auf Ihren Trick hereingefallen, als Sie in Cherbourg an Bord kamen. Ihre erste Begegnung mit Hergarten, als sei es ein Zufall, das war gut gespielt. Aber dann bekam ich ein Telegramm. Es enthielt Ihre Beschreibung, und da war mir alles klar. Sie sind Hergartens personifizierte Sicherheit. Zugegeben: Ein wunderschöner Schutzengel! Aber in unserem Beruf sind solche Feststellungen nur rhetorischer Art. Wollen wir also offen reden.«

»Was Sie zu sagen haben, wird nicht viel sein«, antwortete Sybilla kurz. »Sie verschwenden Ihre Zeit.«

»Die Pläne sind bei Ihnen, das ist mir jetzt klar.«

Sybilla hob den Kopf und lachte laut. Dann brach das

Lachen abrupt ab, als der Mann vom Bett aufsprang.

»Bleiben Sie, wo Sie sind!« sagte sie hart. »Um ganz klar zu sein: Die Pläne sind nicht bei mir!«

»Bei Hergarten auch nicht. Aber sie sind auf dem Schiff. Ich frage Sie: Wo?!«

»Vielleicht setzen Sie eine Anzeige in die Bordzeitung? ›Agent sucht Raketenpläne. Wer kann mir helfen?‹«

Der Mann lächelte sauer. Zwischen ihm und der schönen Frau in dem langen, goldenen Kleid gab es nun keine weiteren Worte mehr. Er hatte mit dem Überraschungsmoment gerechnet, als er aus der Badekabine hervorkam, aber Sybilla war schneller gewesen. Wer konnte auch ahnen, daß sie in ihrer Abendtasche statt Lippenstift und Puderdose eine Waffe mit sich führte? Nun war sie im Vorteil, aber wie lange noch? Es gab viele Möglichkeiten, sie abzulenken – eine Sekunde nur, aber diese Sekunde genügte, sie anzuspringen und ihr die Pistole aus der Hand zu schlagen.

Der Mann stellte sich an die Wand, den rechten Fuß nach hinten gegen das Holz gestützt, bereit, sich mit einem wilden Schwung abzustoßen und auf Sybilla zu werfen. Er musterte die schöne Frau und tastete sie mit Blicken ab. Man muß sie mit einem Handkantenschlag treffen, genau auf das Handgelenk. Die Pistole wird dann zu Boden fallen, vielleicht wird sie sich den Arm dabei brechen. Schade drum, schöne Dame ... es wird weh tun, aber wer in unserem Beruf arbeitet, darf nicht kleinlich sein.

»Sie wissen, wo die Pläne sind?« fragte der Mann ruhig.

»Natürlich.« Die Antwort kam frei und furchtlos.

Der Mann im Smoking senkte etwas die Lider. Mut hat sie, dachte er. Unwahrscheinlichen Mut. Sie muß ahnen, was mit ihr geschieht, wenn ich sie überrumpele. Es gibt Methoden, die den verschlossensten Mund öffnen. Methoden, bei denen Stumme zu Sängern werden. Man hat so etwas gelernt, in Vietnam, in China, in der Mongolei, im Kongo ...

»Wollen wir es nicht friedlich machen?« sagte er langsam. »Einer schönen Frau wird man vergeben, wenn sie in auswegloser Situation ohnmächtig wird!«

»Ich weiß gar nicht, warum Sie noch reden?« Sybilla sah den Mann kalt an. Ihre Pistole zeigte genau auf seine Brust. »Sie sind in meine Kabine eingedrungen, Sie wollen die Pläne Hergartens, Sie sagen offen, daß Sie für Ihren Auftrag zu allem bereit sind. Also seien Sie bereit zu sterben. Die Pläne Hergartens, in falschen Händen, könnten den Weltfrieden empfindlich stören und das Kräftegleichgewicht der großen Staaten verschieben. Und nicht zum Guten.« Die Stimme Sybillas wurde dunkel. »Ich bin lange genug dabei, um zu wissen, was Sie vorhaben. Ich weiß, daß Sie mich zwingen könnten, das Versteck zu verraten. Auch ich bin nur ein Mensch, der eine gewisse Schmerzgrenze aushalten kann. Deshalb, lieber Kollege, muß ich so gnadenlos sein wie Sie. In jedem Spiel gibt es einen Verlierer...«

Der Mann im Smoking hob ruckartig den rechten Arm. Er zeigte zur Tür hin.

»Da drückt jemand die Klinke herunter!« schrie er.

Sybilla fuhr herum.

In diesem Augenblick stieß sich der Mann von der Wand ab und warf sich mit einem verzweifelten Satz auf die zurückzuckende Frau im goldenen Abendkleid.

Eine Viertelstunde später rief Franz Hergarten Kabine 106 an. Sybilla meldete sich erst nach viermaligem Klingeln.

»Die Wahl war eine Idee von Mr. Hopkins und Jerome Dubois«, sagte Hergarten. »Zufrieden, Liebling?«

»Ja. Ich danke dir. Gute Nacht.«

»Gute Nacht, Liebes.«

»Was tust du jetzt?«

»Ich sitze nackt vorm Spiegel und schminke mich ab.«

»Es muß ein berauschender Anblick sein.«

»Im Moment sehe ich aus wie ein Clown.«

»Ich liebe dich, Sybilla.«

»Gute Nacht, Liebster.«

Franz Hergarten legte nachdenklich den Hörer auf.

Ich liebe sie wirklich, dachte er. Was soll mit Lisa werden? Oder ist alles nur ein Rausch, der verflogen ist, wenn ich das Pflaster New Yorks betrete? Machen Meer, Wind und Sonne den Menschen zu einem Phantasten der Liebe?

Er ging zur Bar zurück, wo nur noch Hopkins saß und einen Bourbon trank.

»So nachtragend, lieber Freund?« Der Hosenträgerfabrikant klopfte Hergarten auf die Schulter. »Warum sind Sie überhaupt allein und nicht längst in den Federn? Bei solch einer Frau?«

»Sie sind ein rauher Bursche, Mr. Hopkins. So etwas brauche ich jetzt. Ich muß Ihnen etwas gestehen: Ich bin verheiratet.«

»Das ist mir klar!« Hopkins lachte schallend. »Um so dämlicher ist es, jede Minute ohne diese herrliche Frau zu verleben. In New York fehlen die Ihnen zur Erinnerung ...«

»Ich war bis heute glücklich verheiratet. Meine Frau ist schön, fleißig, treu, ehrbar. Sie würde mich niemals betrügen.«

»Das erwartet man auch von keiner guten Ehefrau. Aber was hat das mit Ihnen zu tun?«

»Ich liebe Sybilla Odenthal.«

»Wer täte das nicht?«

»Ich müßte meine Frau betrügen.«

»Wenn alle Ehemänner so jammern würden wie Sie, wäre die Welt ein einziger Zitterchor.«

»Ich weiß, daß ich meine Frau vergessen werde, wenn ich Sybilla liebe. Unsere Ehe bräche dann auseinander.«

Sam Hopkins sah Hergarten mit hochgezogenen Augenbrauen an. »Man soll Scheidungsanwälte nicht verhungern lassen, es sind auch Menschen. Würde Sybilla Sie denn wirklich heiraten?«

»Ich glaube, ja ...«

»Sie haben ein Glück!« Hopkins rutschte vom Barhocker. »Die miesesten Hähne haben die schönsten Hühner, das soll einer begreifen.«

Mit starrem Blick sah Hergarten dem Amerikaner nach,

wie er zur Tür schwankte. Das Siegerpaar war auch gegangen, gemeinsam. Sie haben nicht solche Hemmungen, dachte er. Aber sie sind ja auch nicht glücklich verheiratet wie ich.

Er blieb allein an der Bar hocken bis fünf Uhr morgens. Dann brachte ihn ein Decksteward zu seiner Kabine und legte ihn auf das Bett.

Über dem Atlantik dämmerte der Morgen. Die stolze, weiße ›Ozeanic‹ durchschnitt die Wellen, die sich im aufglühenden Sonnenschein golden färbten. Eine Matrosengruppe war dabei, das Sonnendeck zu schrubben. In den Sälen nahmen die Stewards vom Morgendienst die Girlanden ab. Die Kellner stellten die Tische und Stühle in den Speisesälen wieder normal nach Plan. Auf der Kommandobrücke wurde der III. Offizier abgelöst vom II. Navigator. Auch die Funker lösten sich ab.

Ein neuer Tag begann. Ein sonniger Tag mitten auf dem Meer.

Die Borduhr zeigte 6 Uhr.

Der Maschinist Pit, den man auf der ›Ozeanic‹ den ›Schieler‹ nannte, weil sein linkes Auge etwas außerhalb der Richtung gekommen war – eine Vererbung, denn schon sein Vater und sein Großvater schielten erbärmlich –, hatte Freiwache und holte aus dem Restaurant Bellevue seine Freundin, die Marie, ab.

Marie war auf der ›Ozeanic‹ als Küchenhilfe angestellt. Sie war ein dralles Bauernmädchen aus dem Marschland, das neunte Kind unter zwölf Geschwistern. Auf dem kleinen Hof hinter dem Deich gab es für sie keine Arbeit mehr, die machten die älteren acht Geschwister. Umsonst essen wollte sie auch nicht, denn es kam ihr vor, als zähle man jeden Bissen ab, den sie hinunterschluckte, und in allen Augen sah sie das stumme Zählen: Schon wieder für eine Mark gegessen, ohne daß sie dafür etwas tat.

So war sie nach Hamburg gefahren, hatte ein Jahr in einer

Seemannskneipe hinter dem Tresen gestanden, bis ihr jemand sagte: »Mädchen, komm aufs Schiff. Die großen Pötte suchen immer Küchenmädchen. Da lernste die Welt kennen.«

Marie fuhr dreimal nach Westafrika und einmal nach Indien, und nun war sie auf der ›Ozeanic‹, garnierte kalte Platten und wusch den Salat, rührte Salattunke an und verzierte die Essen mit Petersiliesträußchen. Mit Pit, dem Schieler, hatte sie sich schon gleich am ersten Tag angefreundet. Daß sein linkes Auge in die Ecke sah, störte sie nicht. Er hat Herz, sagte sie zu den anderen Küchenmädchen. Er ist treu, das fühle ich. Er hat rote Haare, also ist er leidenschaftlich. Was will man mehr vom Leben, nöch?

An diesem Morgen nun holte Pit seine Braut von der Küche des Bellevue-Salons ab. Die Spuren des Jungfernballes waren beseitigt, das Geschirr in den großen Spülmaschinen gesäubert, die Bestecke poliert.

»Gucken wir übers Meer, Pit?« sagte Marie und hakte sich bei ihm unter. Bis die ersten frühen Passagiere an Deck kamen, gehörte ihnen das Schiff nun allein. So ein Morgen auf See ist herrlich. Der Wind dringt bis in die Seele und lüftet sie aus.

»Nö«, sagte Pit und schob die Mütze hin und her über sein stoppeliges rotes Haar. Er sah Marie auf die Brust und kratzte sich die Nase. »Unter Deck ist's auch schön, Deern.«

»Der Morgen ist so schön, Pit.«

»Im Laderaum ist's noch schöner.« Pit umfaßte seine Marie und drückte sie an sich. »Im Laderaum stört uns keiner, Deern. Da geht nur einmal am Tag die Kontrolle durch. Ich habe da eine Ecke eingerichtet, richtig möbliert habe ich sie ... hinter drei Kisten ...«

Marie wurde rot und lehnte den Kopf an Pits Schulter. Dann legte sie den Arm um ihn und nickte stumm.

Glück ist so selten, dachte sie. Wann war ich jemals glücklich? Man kann es an zwei Händen abzählen. Und Pit ist ein Mann, an den ich mich gewöhnen möchte.

Sie fuhren mit dem Lastenaufzug hinunter zum am tiefsten gelegenen Saunadeck, öffneten dann eine der dicken Stahltüren, auf denen »Eintritt verboten« stand, denn hinter diesen Türen hörte der Luxus auf und der Schiffsalltag begann mit Laderäumen, dunklen Bunkern, winkeligen Gängen, rauschenden Pumpen und stampfenden Turbinen, und küßten sich lange, bevor Pit eine kleine Tür aufstieß, auf der »L I« stand.

Eine eiserne Wendeltreppe führte hinunter in den unbekannten Bauch des Schiffes. Totale Dunkelheit gähnte ihnen entgegen. Ein Geruch von frischem Kistenholz und Moder stieg empor.

»Da?« fragte Marie und klammerte sich an Pit fest. »Sind da auch keine Ratten?«

»Aber Deern! Wir sind ein Luxusschiff!« Pit nahm die Hand Maries und zog sie zur Treppe.

»Muß das so dunkel sein?«

»Ich habe eine starke Taschenlampe in unserer Ecke.« Pit beugte sich vor und drehte an einem Schalter. In der Tiefe des Laderaumes leuchtete eine Birne auf. »Nu komm, Deern!« sagte er und faßte Marie um die Taille. »Hier unten sind wir sicher ... und allein.«

Marie nickte. Wo soll man sich auch lieben, dachte sie. Man muß sich ja verkriechen wie ein Hund. Pit wohnt mit sechs anderen Matrosen in einer Kabine, wir Küchenmädchen hausen zu acht in einem großen Raum. Da ist der Keller der einzige Raum, wo wir allein sind.

Sie stiegen umarmt die Eisentreppe hinunter und blieben auf jeder zweiten Stufe stehen, um sich zu küssen. Dann erreichten sie endlich den Boden des Laderaumes. Das trübe Licht reichte kaum bis zu den vierten Kistenstapeln.

»Endlich allein!« sagte Pit fröhlich und zog Marie wieder an sich. »Bis 12 Uhr habe ich Freiwache, Deern.«

Er wollte sie küssen, als Marie plötzlich steif wurde, als versteinere sie zur Salzsäule wie weiland Lots Weib. Dann riß ihr Mund auf, ein greller Schrei brach aus ihr heraus, ihre Augen drehten sich, sie fiel um, wie ein gefällter Baum, und Pit hatte Mühe, sie aufzufangen.

Da sah auch er, was Marie vor Entsetzen ohnmächtig werden ließ. Langsam ließ er Marie auf den Boden gleiten und wischte sich mit beiden Händen zitternd über das Gesicht.

In einer Ecke des Laderaumes, gleich unter der eisernen Treppe, lag ein Toter.

Er saß an die Wand gelehnt, trug einen schwarzen Smoking und hatte ein kreisrundes, kleines Loch in der Stirn. Seine starren Augen blickten Pit wie in maßloser Verwunderung an.

Kapitän Selbach, der I. Offizier, Dr. Dahl und Harry Linder, ein junger, unscheinbarer Mann mit einem wirren, blonden Haarschopf und einem modernen Kinnbart, standen um den Toten. Harry Linder, den die Reederei als Schiffsdetektiv eingestellt hatte und dessen Aufgabe es war, den immer und auch überall mitreisenden Taschen- und Juwelendieben das Leben schwerzumachen, richtete sich auf, nachdem er dem Toten ins Gesicht gesehen hatte.

»Erschossen!« sagte er.

»Unheimlich klug!« Kapitän Selbach wischte sich den Schweiß von der Stirn. Hier unten gab es keine Klimaanlage wie in den Kabinen. Hier war es heiß wie in einem Treibhaus. Die dicht neben ihm liegenden Maschinenräume strahlten Wärme durch die Wände. »Vor Freude ist er nicht gestorben.«

Der Tote hatte noch seinen eleganten Smoking an. Der Ausdruck in seinem Gesicht schien Erstaunen zu sein. Als der Schuß ihn mitten zwischen die Augen traf, mußte er an alles andere, nur nicht an seinen Tod gedacht haben.

»Zunächst müssen wir feststellen, wer er ist«, sagte Harry Linder.

»Nicht nötig.« Kapitän Selbach atmete tief auf. »Er heißt Jerome Dubois und ist ein französischer Philosoph. Vor drei Stunden saßen wir noch zusammen und tranken Champagner.« Er blickte hinüber zu Dahl, der die Einschußöffnung untersuchte. Es hatte wenig geblutet, nur ein dünner Streifen Blut war über die Nasenwurzel zum Mund gelaufen. »Selbstmord, Doktor?«

»Ganz unmöglich. Wo ist dann die Waffe?«

»Also Mord?«

»Ja.«

»Das hat uns noch gefehlt. Wie, zum Teufel, ist Dubois überhaupt in die Laderäume gekommen? Was hat er hier zu suchen?«

Dr. Dahl richtete sich auf. Sein Gesicht war fahl. »Jeder Schuß hinterläßt einen Geruch von verbranntem Pulver. Vor allem hier, in diesem geschlossenen, nicht entlüfteten Raum. Riechen Sie etwas, meine Herren?«

»Nein«, sagte der I. Offizier und schnupperte.

Harry Linder steckte die Hände in die Taschen. »Daran habe ich auch schon gedacht. Er wurde woanders erschossen und erst dann hierhergetragen.«

»Dann muß ein Besatzungsmitglied der Täter sein.« Kapitän Selbach griff wieder nach seinem Taschentuch. »Auch das noch.«

»Warum ein Besatzungsmitglied?« Dr. Dahl lauschte nach oben. Mit dem Lastenaufzug kamen zwei Stewards und eine Trage herunter.

»Die Passagiere kennen nur ihre Wege zu den Gesellschaftsräumen. Dieser Teil des Schiffes ist ihnen völlig unbekannt.«

»Um einen Toten zu verstecken, sucht man gern Neuland. Das Rätselhafte ist: warum gerade Dubois? Er war ein stiller Philosoph. Er war der unauffälligste von allen Luxuspassagieren. Und ich nehme an, er war auch der ärmste im Vergleich zu Surtess, Sepkinow, Hergarten und wie sie alle heißen.« Dr. Dahl winkte den Stewards zu, die jetzt mit der Trage die Eisentreppe hinunterklapperten. Sie legten den toten Dubois auf die Zeltplane und deckten ihn mit zwei Tüchern zu. »Ich möchte mich jetzt nicht damit aufhalten, Herr Kapitän, nach den Gründen zu suchen, das wird Sache der New Yorker Polizei sein. Wir müssen uns nur eins vor

Augen halten: An Bord der ›Ozeanic‹ ist ein Mörder!«

»Das ist ein Gedanke, der mir den Atem raubt«, sagte Kapitän Selbach ehrlich. »Und eben, weil es so sinnlos ist, daß Dubois erschossen wurde, ist der Mörder eine ständige Bedrohung für alle anderen Passagiere.«

»Der Tod muß auf alle Fälle verschwiegen werden, bis New York«, sagte der I. Offizier. »Die Panik, die ausbrechen kann, nicht auszudenken! Offiziell werden wir sagen, Herr Dubois habe sich beim Bordball übernommen und einen Herzanfall bekommen. Er brauche vollkommene Ruhe. Damit schalten wir auch die Besuche seiner neuen Freunde aus. Das müssen Sie übernehmen, Doktor.«

Dr. Dahl nickte. Der Tote wurde die Treppe hinaufgehoben und dann zum Lastenaufzug gebracht. Im Hospital warteten schon die beiden Krankenpfleger. Es war ein großes Glück, daß alle Passagiere noch schliefen nach dieser festlichen Nacht. Nur ein paar ältere Herrschaften saßen bereits in der Kapelle und hörten die Frühmesse an.

»Was können wir tun?« fragte Kapitän Selbach. »New York verständigen, die Reederei ... und sonst nichts. Und die Augen offenhalten. Es ist ein schreckliches Gefühl, zu wissen, daß unter den fast zweitausend Menschen an Bord ein Mörder ist und man nichts dagegen tun kann. Werden Sie bei einer gründlichen Untersuchung des Toten noch etwas entdecken können, Doktor?«

Dr. Dahl hob die Schultern. »Ich will versuchen, die Kugel aus dem Kopf zu holen. Dann haben wir wenigstens das Kaliber. Aber was nutzt das? Können wir in die Taschen von zweitausend Menschen sehen? Ich wette, daß mehr Waffen an Bord sind, als wir ahnen. Und wenn wir jeden untersuchten, würden wir uns bestimmt wundern, wer alles mit einer Pistole herumläuft.«

»Das wäre eine Idee.« Harry Linder schnippte mit den Fingern. »Die Kabinenstewards sollen unauffällig beim Aufräumen und Säubern herumgucken, ob jemand Waffen im Gepäck hat. Am besten läßt sich das während des Frühstücks oder beim Mittagessen machen. Wir haben dann eine zwar unvollständige, aber immerhin doch sehenswerte Liste.«

»Ich werde das anordnen.« Kapitän Selbach kletterte die steile Eisentreppe hinauf zu dem Vorraum, von dem eine dicke Tür zu dem Teil des Schiffes führte, der Sauna-Deck hieß, ein kleines Schwimmbad enthielt, Massageräume, Sportzimmer, Saunas und sogar medizinische Wannenbäder. Drei Heilgymnastinnen und zwei Diplom-Bademeister betreuten hier die Passagiere, die ganz auf ihre Gesundheit bedacht waren. »Was machen wir, wenn es noch einen zweiten Toten gibt?«

Dr. Dahl sah an Selbach vorbei. Es tat ihm weh, das folgende sagen zu müssen: »Da der Tod von Dubois, wie Sie selbst schon angemerkt haben, so sinnlos erscheint, jedenfalls aus unserer Sicht, befürchte ich, daß es noch mehr Tote geben wird.«

»Doktor!« Der Kapitän fuhr zu Dr. Dahl herum. »Unken Sie bloß nicht!«

»Wenn unser Mörder ein Irrer ist, wird er weitermorden, das steht außer Zweifel. Da es beim ersten Mal so gut gelungen ist, wird er weitermachen.«

»Ja.« Dr. Dahl nickte. »Wir können gar nichts tun ...«

Der Morgen war herrlich, voll Sonne und salziger Frische, die der Wind vom Meer her über das Schiff trieb.

Auf dem Tennisplatz des Sonnendecks, vor den beiden roten Schornsteinen, spielte Ulrich Renner eine Partie mit dem Bordtrainer. Die meisten Passagiere hatten in ihren Kabinen gefrühstückt und lagen nun in den Bordstühlen auf den Promenaden, an der Reling und um den Lido-Swimming-pool, eingekremt mit Sonnenöl, faul und müde von der durchtanzten Nacht. Die Deckstewards hatten genug zu tun, mit kalten Getränken den Nachdurst zu dämpfen. Nur Sybilla Odenthal schwamm im Pool, ein glitzernder Fisch mit einer leuchtendroten Bademütze.

Langsam stieg Margret Goltz die Treppe zum Tennisplatz

hinauf und setzte sich auf die weiße Bank am Rande des Spielfeldes. Ulrich Renner sah sie, winkte ihr zu und spielte weiter.

O Himmel, dachte er, wie sie aussieht! Ein aus dem Nest gefallenes Vögelchen. Sie wird hundert Fragen haben, hundert Vorwürfe, es wird Tränen geben und Beteuerungen ... Es ist immer dasselbe, wenn das erste Erlebnis vorbei ist und die Reue wie Brennesseln im Herzen sitzt. Das aber hasse ich so: dieses heulende Elend, sobald das, was jedes Mädchen irgendwann einmal hinter sich bringen muß, tatsächlich geschehen ist. Ob mit 17 oder mit 27, es ist keine Sache des Alters, sondern des Gefühls. Und du hast Gefühl, mein Püppchen, viel Gefühl. Ich nehme an, du hast es selbst bis heute nacht nicht gewußt ...

Margret sah dem Spiel zu und stützte den Kopf in beide Hände. In ihr tobte etwas, das sie bisher an sich noch nicht wahrgenommen hatte.

Das bist du also, dachte sie und übersah ein neuerliches Winken Renners, der einen Satz gegen den Tennislehrer gewonnen hatte. Du kannst Tennis spielen, während ein Mädchen die Nacht durchgeweint hat und sich nach einem Wort von dir sehnte, nach deinen Zärtlichkeiten, nach der so wichtigen Brücke von Liebe und Vertrauen, die gebaut werden muß, wenn man *das* hinter sich hat. Heimlich bist du weggeschlichen wie ein Dieb, und ich traue dir zu, daß du wieder an der Bar gesessen hast und mit anderen Frauen geflirtet hast. Was du erreichen wolltest, hast du bekommen, was geht dich jetzt das gerupfte Gänschen an? Mag es frieren, die Federchen wachsen schon nach, und über das andere kommt man auch hinweg. Es gehört zum Leben, man entwickelt sich, aus jeder Blüte wird einmal eine Frucht.

Sie verzog die Lippen, als sie Renner laut lachen hörte, warf den Kopf zurück und ließ die langen, blonden Haare im frischen Morgenwind wehen. Der Tennislehrer sah zu ihr hinüber, und sie lachte zu ihm zurück, bewußt provozierend, die langen Beine übereinander schlagend, den Oberkörper dehnend, damit sich die festen Brüste durch die weiße Bluse drückten.

Ulrich Renner hatte den zweiten Satz beendet. Er wischte sich mit einem weißen Frottierhandtuch den Schweiß vom Gesicht, schlang das Handtuch flott um den Hals und machte einen Sprung über das Netz.

»Hallo, Baby!« rief er. Der Tennislehrer ging zu einem kleinen Tisch, auf dem einige Gläser, eine Flasche Orangensaft und ein Siphon standen, und goß sich ein Glas ein. Ulrich Renner beugte sich über Margret und wollte ihr einen Kuß geben, aber sie entzog sich ihm mit einer hastigen Kopfbewegung.

»Nanu?« sagte Renner fröhlich. »Katzenjammer? Das gibt sich, meine Süße. Nehmen wir einen Drink?«

Margret antwortete nicht, erhob sich und ging an Renner vorbei auf das Spielfeld. Verblüfft schaute ihr Renner nach und zog nervös an seinem Handtuch. Sie spürte seinen Blick und wiegte beim Gehen die Hüften, ganz leicht, aber deutlich genug.

»Wann sind Sie frei?« fragte sie den Tennislehrer, blitzte ihn mit ihren großen Augen an, schob mit beiden Händen die Haare zurück und dehnte sich. Ein kleines, süßes Aas, das weiß, wie hübsch und gefährlich es ist. »Ich möchte mich von Ihnen trainieren lassen, Meister.«

»Im Tennis?« fragte der Lehrer keck zurück. Er kannte solche Mädchen von anderen Reisen mit Luxusschiffen. Dieses hier war eines der schönsten und jüngsten; sein Lächeln war dementsprechend aufmunternd.

»Auch.« Margret lehnte sich an den Tisch. »Ich bin Anfängerin.«

»Das sollte man nicht meinen!« Das Grinsen des Trainers wurde breiter. »Gleich nach dem Herrn bin ich frei. Wir haben noch einen Satz.«

»Dann warte ich solange. Es wird nicht anstrengend sein mit mir.«

»Das weiß man vorher nie.« Der Trainer goß ein Glas halb voll Orangensaft und füllte es mit Sodawasser auf. Er reichte es Margret, und sie nahm es, als habe sie es bestellt.

Ulrich Renner kam langsam näher. Er hatte sein Rackett unter den Arm geklemmt und war sichtbar unsicher.

»Kann ich dich einen Augenblick sprechen?« fragte er Margret. Sie sah ihn an, als sei er ein völlig Fremder, und hob die Schultern.

»Warum?«

»Ich hole neue Bälle.« Der Trainer stellte sein Glas hin und entfernte sich höflich. Da liegt was in der Luft, dachte er. Da ziehen Wolken heran. Die Sache wird interessant.

»Du benimmst dich unmöglich«, sagte Renner und trank das Glas des Trainers leer.

»Bist du mein Anstandswauwa?« Margret drehte sich um und sah über das kaum bewegte, in der Morgensonne golden schimmernde Meer.

»Was ist eigentlich in dich gefahren?« Renner legte sein Rackett weg und wollte Margret umarmen, aber sie drückte energisch seinen Arm zur Seite. »Nach dem, was zwischen uns gewesen ist ... Margret ...«

»Was ist zwischen uns gewesen?« Sie lachte etwas schnippisch und drehte die Haare in den Wind. Sie flatterten über Renners Gesicht und nahmen ihm die Sicht. »Ist das so bedeutend? Ein Mädchen verliert seine Unschuld – na und? Soll ich weinen? Soll ich dich verliebt anhimmeln? Vielleicht hätte ich das getan, wenn du neben mir gewesen wärst, als ich aufwachte. Aber du warst Tennis spielen. Vielleicht war das ganz gut, das macht es mir leichter.«

»Werde nicht hysterisch, Süße.« Ulrich Renner war ehrlich verwirrt. Margret Goltz benahm sich so völlig außerhalb aller Erfahrungen, die er sonst mit jungen Mädchen gesammelt hatte. Die meisten hatten geweint, viele waren von übergroßer täppischer Zärtlichkeit, einige waren nicht mehr zu bremsen und wurden unersättliche Raubtiere. Immer aber klammerten sie sich an ihn, den ersten Mann in ihrem Leben, und es hatte Mühe gekostet, sie davon zu überzeugen, daß ein Beinbruch schlimmer sei als der Verlust der Mädchenhaftigkeit.

Und nun Margret. Sie war genau das Gegenteil. Sie brach aus; sie benahm sich wie eine Sturmflut, die einen Deich durchbrochen hatte und nun das ganze Land überschwemmt. Staunend sah er, wie sie jetzt sogar mit den Matrosen flirtete, die das Sonnendeck schrubbten. Ihre aufreizende Schamlosigkeit regte ihn maßlos auf.

»Ich liebe dich!« sagte er heiser.

Sie warf den Kopf zurück und lachte.

»Sei nicht altmodisch, mein Lieber. Über solche Sätze kann man nur lachen.«

»So etwas habe ich noch nie erlebt.« Renner riß sie an den Schultern zu sich herum. Margrets Augen funkelten in einem tiefen Blau. Ihre Lippen waren zusammengepreßt.

»Du wirst noch vieles erleben!« zischte sie. »Du bist nicht der einzige Mann auf dem Schiff! Und ich habe einen Hunger auf Männer, der unwahrscheinlich ist. Er ist kannibalisch. Eigentlich muß ich dir danken. Du hast eine Tür aufgestoßen, und dahinter habe ich das Paradies entdeckt. Was siehst du mich so dumm an, he?«

»Komm unter Deck«, sagte Renner rauh. »Wir müssen uns in deiner Kabine weiter unterhalten.«

Margret lachte wieder und trat zurück. »So sprach der Wolf zum kleinen Geißlein... Aber es gibt kein Geißlein mehr. Ich habe bis gestern davon geträumt, frei zu sein. Ich wollte wissen, wie das ist: frei von der Familie, frei von den Lehren der sittenstrengen Mama, frei von der tolpatschigen Liebe des Papa, frei von allen vermieften Salons, in denen ich herumgereicht wurde. Ich wollte immer ein Gammler sein. Aber oje, Tochter eines Konsuls und Gammler? Ich wollte mit den Ausgeflippten auf einer Wiese liegen. Make love, not war! Ist das ein Wort? Aber nun bin ich frei! Frei! Nun platzt für mich die Welt vor Liebe! Schönen Dank, mein kleiner Playboy.« Sie gab dem versteinerten Renner einen Kuß auf die Stirn, rannte dem Trainer entgegen und hakte sich bei ihm unter.

Ulrich Renner verzichtete auf den dritten Satz, nahm sein Rackett und ging unter Deck. Das Lachen Margrets verfolgte ihn bis zur Tür auf dem Lido-Deck.

Ein Vulkan war geboren worden, der fünf Tage lang die ›Ozeanic‹ entflammen sollte.

Der Tod Dubois' konnte verheimlicht werden.

Beim Mittagessen berichtete der I. Offizier, der anstelle des dienstlich verhinderten Selbach den Kapitänstisch leitete, daß Monsieur Dubois einen Herzanfall erlitten habe und im Hospital unter einem Sauerstoffzelt liege. Ein Besuch sei ausgeschlossen.

»Unser Philosoph!« rief Sam Hopkins. »Das kommt vom vielen Lesen. Da verkümmert der Kreislauf. Sehen Sie mich an, ich habe in den letzten zwanzig Jahren nur mein Scheckbuch gelesen, sonst nichts! Wenn ich einatme, knacken die Nähte. Wir sollten dem guten Dubois etwas schenken. Darf er Rotwein trinken?«

»Gar nichts.« Dr. Dahl, der gerade an den Tisch kam, setzte sich. »Er wird künstlich ernährt.«

»So schlimm?« Sir Surtess beugte sich vor. »Ernst, Doktor? Lebensgefahr?«

»Nicht unmittelbar. Jetzt ist Ruhe die beste Medizin. Herr Dubois ist nicht gerade die widerstandsfähigste Natur.«

»Ihm fehlt das Landleben!« rief Hopkins wieder. »Immer nur dicke Bücher! Blödsinn! Wenn er mal erlebt, wie 'n Stier einer Kuh nachsetzt, bekommt er ein ganz anderes Weltbild. Ich werde mich in New York um ihn kümmern. Ich lade ihn ein auf meine Farm.«

»Tun Sie das, Mr. Hopkins.« Dr. Dahl beugte sich über seine Suppe. Er sah bleich und übernächtigt aus. Er dachte an die Kugel, die er aus dem Schädel Dubois' geholt hatte. Das Projektil einer automatischen Pistole. Das war keine Waffe mehr, die man zum Selbstschutz mitnimmt; das war die Waffe eines Profis! Wer den Schuß auf Dubois abgegeben hatte, der tötete nicht zum ersten Mal. Er hatte Übung. Das Loch zwischen den Augen saß so abgezirkelt, daß man annehmen konnte, dieser Schuß sei lange und eingehend geübt worden.

»Also ist ein Killer an Bord«, sagte Harry Linder, der Detektiv, als Dr. Dahl das Projektil auf einem Stück Zellstoff den betretenen Offizieren der ›Ozeanic‹ zeigte. »In der Kabine Dubois' fehlt übrigens gar nichts. Nichts ist durchwühlt. Das Geld und ein bißchen Schmuck liegen unberührt in den Schubläden. Raubmord scheidet also völlig aus. Eine Liebesaffäre auch; auf dem Schiff hat sich Dubois nicht um Frauen gekümmert. Und daß eine Frau an Bord gekommen sein könnte, die ihn haßte – nein, es ist nicht Frauenart, mit Automatiks um sich zu schießen.«

»Ich erwarte heute noch aus Paris von der Polizei einen genauen Bericht über Dubois«, hatte Selbach dumpf gesagt. »Bevor wir nach New York kommen, werden Beamte des FBI uns mit einem Schnellboot entgegenkommen und an Bord gehen.«

Dr. Dahl schob seine Suppe weg. Sie schmeckte wie Gallensaft. Auch Lisa hatte keine Ahnung, was in der Nacht, als sie neben Dr. Dahl schlief und die Wärme ihrer Körper sie beide wie eine Hülle von Glück umgab, wenige Meter von ihnen geschehen war. Als man den Schiffsarzt zum zweiten Mal von ihrer Seite holte, war sie nicht aufgewacht. Sie verschlief eine Stunde, die sie sonst mit Fragen ausgefüllt hätte. Fragen, die Dr. Dahl ihr nie beantwortet hätte.

Während des Mittagessens kämmten die Kabinenstewards die leeren Kabinen durch. Unter dem Vorwand, die Bettwäsche zu erneuern, stellten sie alles auf den Kopf. Sie blickten in alle Schubläden, tasteten alle Anzüge ab, öffneten alle Koffer und Taschen.

In die Kabinen Sybillas und Lisas kamen sie nur ganz kurz. Die beiden Frauen aßen in der Kabine; sie wollten vermeiden, heute im Speisesaal aufeinanderzutreffen. Für die noch folgende Auseinandersetzung gab es andere Plätze. Der Swimming-pool, die Promenade, das Lido-Deck ... Kampfbahnen, wo die Vorzüge besser zur Geltung kamen als im gesellschaftlich steifen Restaurant.

Die Kabinenstewards räumten schnell auf, nachdem sie um Erlaubnis gefragt hatten. Sie machten die Betten und hängten die Abendkleider weg, die über den Stühlen lagen. Sie trugen auch die Abendtaschen weg und tasteten sie schnell ab. Kein Mienenspiel verriet, daß sie maßlos erstaunt waren, wie hart und klar in den Konturen der Gegenstand war, den ihre flinken Finger da ertasteten.

Während in den Clubs der Tee serviert wurde, lagen die Meldungen der Kabinenstewards vollzählig beim Kapitän. Das Ergebnis war erstaunlich.

»An Bord sind 49 Feuerwaffen, 17 Gewehre und 12 Totschläger«, las der Oberzahlmeister, der Verwaltungschef der schwimmenden Stadt, vor. »Hätten Sie das gedacht? Dabei handelt es sich nur um die Waffen, die in den Kabinen waren. Was die Passagiere in den Taschen herumtragen, ist ja unbekannt.« Er sah hinüber zu Dr. Dahl, der sich Notizen machte. »Wußten Sie übrigens, Doktor, daß Ihre Herzensdame in ihrer Abendtasche eine Pistole mit sich herumschleppt?«

»Das ist doch nicht möglich.« Dr. Dahl sah wie hilfesuchend im Kreis der Offiziere herum. »Ich werde sie fragen.«

»Das lassen Sie mal sein.« Harry Linder grinste breit. »Die Konkurrentin ist nebenbei auch bewaffnet. Trägt auch in der goldenen Abendtasche so ein Knallbonbon.«

»Das wird ja immer schöner!« Kapitän Selbach hieb mit beiden Fäusten auf den Tisch. »Beim nächsten Bordball haben wir wohl Pistolenduelle der Damen zu erwarten, was?! Ich fahre jetzt dreißig Jahre zur See, aber so etwas habe ich noch nicht erlebt.«

»Es hat sich ja auch niemand die Mühe gemacht, den Passagieren unters Hemd zu gucken.« Harry Linder schob die Liste zu Selbach hinüber. »Wir wissen nun, wer alles eine Waffe hat, und wir wissen, daß die sogenannte Dunkelziffer vielleicht noch höher ist. Von zweitausend Menschen an Bord haben schätzungsweise hundert Waffen bei sich. Erfahrungsgemäß kann man die, die ihre Knallkorken in der Kabine herumliegen lassen, als potentielle Mörder ausschalten. Wir sind also genauso klug wie bisher.«

Die Offiziere erhoben sich und verließen die Kapitänsmesse. Sie hatten alle das Gefühl, wie auf einer Bombe zu sitzen.

Wann geschah der nächste Mord? Wer war das Opfer? Wo würde man es finden? Würde es möglich sein, auch diesen Toten zu verschweigen? Würde es wieder ein sinnloser Tod sein? Hatte man einen Wahnsinnigen an Bord, dem man den Blutrausch nicht ansah? Saß man mit ihm am Tisch, trank Wein mit ihm, machte Witze, und in seiner Tasche lag die Automatik, bereit zu töten, wenn die Lust des Mordens über ihn kam?

Dr. Dahl fuhr hinunter in sein Hospital.

Lisa hat eine Pistole bei sich, dachte er. Warum? Fühlt sie sich bedroht? Warum trägt sie die Waffe in ihrer Abendtasche herum? Was weiß man denn von ihr als nur das, daß sie eine wunderbare Frau ist, in deren Liebe man ertrinken kann? Welch ein Geheimnis verbirgt sich hinter ihrem Lächeln?

Das Telefon schrillte. Dr. Dahl schrak auf.

Bloß kein neuer Toter, durchfuhr es ihn.

Es war Lisa. Sie rief aus ihrer Kabine an.

»Was machen wir, Liebling?« fragte sie. »Ich habe etwas geschlafen und bin nun zu neuen Taten bereit. Wollen wir schwimmen?«

»Ich habe in der Unfallstation zu tun.« Dr. Dahl sah auf die Uhr. »Im Maschinenraum ist etwas passiert, drei Quetschungen. Ich kann nicht weg.«

»Soll ich zu dir kommen und in deiner Kabine warten?«

»Es kann länger dauern. Ich komme an Deck, sobald ich hier fertig bin.«

»Ich küsse dich«, sagte sie zärtlich.

»Ich spüre es«, sagte er und dachte an die Pistole in ihrer Handtasche.

»Wer ist sie?« dachte er wieder. Er zuckte zusammen, weil er die Frage laut ausgesprochen hatte.

Der Tag ging herum ohne nennenswerte Ereignisse. Graf

Sepkinow, Sir Surtess und Sam Hopkins spielten eine Partie Bridge, der sich auch der deutsche Architekt Heinz Niehoff anschloß. Er kam etwas später, er hatte seinen Brummschädel der vergangenen Nacht ausgeschlafen, wie er sagte. Lady Anne sonnte sich auf dem Sonnendeck – ein massiges Fossil in einem einteiligen Badeanzug, das selbst ihr Mann, Sir Surtess, mit dem Interesse eines Archäologen betrachtete. Die gelähmte Frau Michaelsen hatte sich an die Reling schieben lassen. Dort saß sie, blickte aufs Meer und ließ sich von ihrer Zofe, der blassen Käthe Peine, aus einem dicken Roman vorlesen. Eine allgemeine Trägheit lag über dem ganzen Schiff. Es war warm, die vergangene lange Nacht lag noch in den Gehirnwindungen. – Aber diese Ruhe täuschte.

Unter Deck war etwas geschehen, das niemand wußte.

Sybilla Odenthal hatte Franz Hergarten aus seiner Kabine abgeholt und war mit ihm hinuntergefahren zu ihrer Kabine 106.

»Ich muß dir was zeigen«, sagte sie, als er sie erwartungsvoll ansah. Sie schloß die Tür von innen ab und schüttelte den Kopf, als sie seinen Blick über ihren Körper gleiten sah.

»Nicht das«, sagte sie mit einem Unterton des Bedauerns. »Der Alltag ist angebrochen.«

Sie ging zur Schublade, zog sie auf, faßte mit spitzen Fingern eine Krokodilledertasche und hob sie auf den Tisch. Es war ihre tägliche Handtasche, in der sie ihren Paß, ihr Geld und ihre Schiffskarte verwahrte. Ihre Puderdose lag darin, ein Lippenstift, zwei Taschentücher, ein Notizbuch, ein goldener Kugelschreiber, ein doppelter Spiegel.

Sie ließ die Tasche liegen, zog Handschuhe an, entnahm ihrer Kosmetiktasche zwei Scheren und nestelte mit ihnen den Verschluß der Krokotasche auf.

Als die Tasche aufklappte, trat sie etwas zurück und klopfte auf das Leder.

Mit starren Augen sah Hergarten, wie sich etwas in der Tasche bewegte. Dann glitt ein schmaler, platter Kopf hervor, eine gespaltene Zunge schnellte durch die Luft, ein feines Zischen ertönte.

Ein Schlangenkopf blinzelte ins Licht, dann folgte der schuppige, glänzende Leib nach und schlängelte sich aus der Tasche hinaus über den Tisch. Der flache, dreieckige Kopf pendelte hin und her wie nach einer unhörbaren Musik.

»Eine südamerikanische Sumpfviper«, sagte Sybilla in die unheimliche Stille. Sie streckte eine der Scheren dem Kopf entgegen – sofort fuhr die Schlange zischend vor und biß in das blinkende Metall. Sie schien hungrig und durstig zu sein. »Ihr Biß ist absolut tödlich. Es gibt bis heute noch kein Serum gegen ihr Gift. Gestern abend lag sie noch nicht in meiner Tasche.«

Es gibt Augenblicke im Leben, in denen rätselhafte Ereignisse lähmend wirken und den Menschen zu starrem Staunen zwingen. Nicht anders erging es Franz Hergarten, als er die sich wiegende Schlange mit dem dreieckigen Kopf vor sich sah, ihr gefährliches Zischen hörte und Sybilla mit den beiden Scheren in den Händen in respektvoller Entfernung neben dem Tisch stand.

»Wie ... wie hast du das gemerkt?« fragte er stockend.

»Ich wollte wie immer meinen Lippenstift aus der Tasche holen. Als ich sie aus der Schublade nahm, fühlte ich, daß sich etwas in ihr bewegte. Ein Glück, daß ich nicht sofort das Schloß geöffnet habe, denn damit hatte derjenige, der mir die Viper in die Tasche praktizierte, gerechnet. Jede Frau, die ihre Handtasche öffnet, greift sofort zum Schloß und öffnet dann den Bügel. In diesem Augenblick wäre die Viper herausgeschnellt und hätte mich in das Handgelenk gebissen. Der Plan war gut ... ich wäre jetzt schon tot.«

»So ein gemeiner Hund!« sagte Hergarten dumpf.

»Wer sagt, daß es ein Mann war?« Sybilla beobachtete die Schlange. Sie hatte sich beruhigt. Mit dem flachen Kopf lag sie nun auf der Tischplatte, aber ihre kleinen, runden, schwarzen Augen sahen unverwandt Sybilla an. Die gespaltene Zunge huschte ab und zu aus dem Maul und glitt über den Tisch. »Es beweist nur eines: Der Kampf hat begonnen.

Die Durchsuchung deiner Kabine war erfolglos, und es gibt mehrere, die an deiner Aktentasche interessiert sind.«

»Mehrere? Wieso?« Hergarten wagte es nicht, einen Schritt vorwärts zu machen. Er war froh, daß die Schlange so ruhig war. Sybilla trat langsam zurück und zog dabei an den Henkeln ihre Tasche vom Tisch. Der Kopf der Schlange ruckte zur Seite, die Zunge spielte über die polierte Platte.

Es ist besser, er erfährt nichts von dem Besuch in meiner Kabine, dachte Sybilla. Zu unserem Geschäft gehören starke Nerven ... er hat sie nicht. Er ist ein sensibler Wissenschaftler, er hat mit seinem Elektronium eine weltverändernde Erfindung gemacht und ist damit in die Schußlinie der Geheimdienste aller Großmächte geraten. Er ahnt gar nicht, in welcher Gefahr er sich befindet. Sein Glaube an das Gute und Vornehme ist so groß, daß er nicht verstehen wird, wieso er mit seiner Erfindung nur eine kaltblütige Jagd nach seiner Formel heraufbeschworen hat, bei der die Beteiligten auch vor Mord nicht zurückschrecken.

Sie nahm die Tasche, schüttelte den Inhalt auf das Bett und griff nach dem Zettel, der zwischen Puderdosen, Lippenstift, Kamm, Zigarettenetui und Taschentuch lag.

»Sieh an«, meinte sie. »Eine Nachricht.«

Es war eine Karte mit dem Aufdruck OZEANIC, wie sie im Schreibzimmer und der Bibliothek in ledernen Schreibmappen herumlagen. Auch der Text schien offensichtlich auf einer der Bordschreibmaschinen geschrieben zu sein.

»Bitte!« sagte Sybille und reichte Hergarten die Karte.

»Ein Gruß aus Moskau!« las er laut und sah dann Sybilla erschrocken an. »Sepkinow?«

»Aber nein!« Sybilla lachte etwas hysterisch. »Unser unbekannter Schlangenbändiger ist zu naiv. Wäre der Anschlag auf mich gelungen und man hätte in meiner Tasche diese Karte gefunden, so wäre der Verdacht – wenigstens hoffte er das – auf einen an Bord befindlichen sowjetischen Agenten gefallen. Den großen Unbekannten also, den man nie entdeckt hätte.« Sie nahm die Karte aus Hergartens starren Fingern und steckte sie wieder in die Handtasche. »Annahme verweigert!« sagte sie dabei. »Die Post geht an den Absender zurück.«

»Wenn man ihn kennen würde ...«

»Er wird keine Ruhe geben, Liebster. Bis New York sind es noch vier Tage – nicht mehr viel Zeit, an deine Pläne zu kommen. In New York ist die Chance vorbei, das weiß man genau. Es *muß* also auf dem Schiff etwas passieren.« Sie sah Hergarten mit großen braunen Augen an. Jetzt lag Angst in ihnen, Angst, wie sie nur die Liebe hervorbringt. »Ich sollte dich jetzt nicht mehr allein lassen«, sagte sie langsam. »Du ahnst gar nicht, was mit dir geschehen kann.«

Hergarten machte einen Schritt auf sie zu. Sofort hob die Schlange den Kopf und zischte.

»Du kommst zu mir?« sagte Hergarten glücklich. »Du ziehst in meine Kabine?«

»Es wird mir wohl nichts anderes übrigbleiben, Liebster.«

»Das klingt nicht gerade glücklich, Sybilla ...«

»Wir werden wenig Zeit zum Glück haben, Franz. Ich bin jetzt wie ein Magnet, der die Gefahren anzieht. Aber es ist besser, ich bin bei dir, als wenn du allein in den Strudel gezogen wirst, der uns heute, morgen oder übermorgen erfassen kann.« Hergarten wollte wieder einen Schritt zu ihr machen, aber sie hob abwehrend beide Hände. »Bleib stehen! Reg das Biest nicht unnötig auf. Ich brauche es noch.«

»Du brauchst ...« Er starrte sie fassungslos an. »Ja, sollen wir denn nicht jemand anrufen, damit er ihr den Kopf abschlägt? Wenn der Kabinensteward mit einem Beil ...«

»Aber warum?« Sybilla nahm die Handtasche vom Bett, schob den Zettel mit der liebevollen Nachricht »Gruß aus Moskau« wieder hinein und öffnete weit den Verschluß. »Der Spender dieses netten Tierchens wußte genau, wie nützlich es sein kann. Ich weiß es auch.«

Mit weit aufgeklappter Tasche, die wie ein Riesenmaul wirkte, näherte sich Sybilla langsam, Schrittchen um Schrittchen, der nun bewegungslos auf dem Tisch liegenden Viper. Hergarten hielt den Atem an. Er wußte jetzt, was Sybilla vorhatte, und trotz aller Angst bewunderte er sie. Welch eine Frau, dachte er, himmlisch schön und kalt wie ein Eisberg. Ihre Küsse entfachen Brände, aber ihr Hirn reagiert wie eine Maschine. Wie ist sie wirklich? Ist sie mehr verführerische Frau oder mehr atemberaubendes, elementares Abenteuer? Man kann sie sich vorstellen, ganz aufgelöst in Zärtlichkeit, flüsternd in der Umarmung und seufzend in Erfüllung – aber man kann sie auch sehen mit hartem Blick, die Pistole in der Hand, oder wie jetzt gespannt wie eine Bogensehne, die weit offene Tasche in beiden Händen, sich an eine Viper anschleichend, deren Vorschnellen und blitzartiger Biß den sicheren Tod bedeutet.

Durch Hergarten flimmerte die Erregung wie ein elektrischer Strom. Er legte die Hände aneinander und spürte, daß sie schweißnaß waren. Schweiß lief ihm von der Stirn über seine Augen. O Himmel, ist das eine Angst, dachte er. Was mache ich, wenn die Viper schneller ist? Es gibt doch kein Gegengift, sagt sie.

»Laß es sein, Sybilla«, flüsterte er, als könnte jeder laute Ton die Schlange zum Angriff reizen. »Ich rufe den Steward. Wir schlagen ihr den Kopf ab ...«

Sybilla schüttelte stumm den Kopf. Sie stand nun dicht vor der Viper, die offene Tasche an die Brust gedrückt. Die Schlange hatte den Kopf erhoben, richtete sich nun etwas auf und stand, etwa fünfzehn Zentimeter groß, aufrecht mit ihrem glänzenden, glatten Schlangenleib. Wieder pendelte der Kopf hin und her, zuckte die gespaltene Zunge hervor. Die schwarzen, runden Augen sahen starr auf Sybilla.

»Bitte ...«, flüsterte Hergarten heiser. »Bitte ...«

Mit einem Ruck, der schneller war als die Reaktion der Viper, stülpte Sybilla die offene Tasche über den Schlangenkopf. Hergarten sah, wie die Viper vorschnellte, um den Feind anzugreifen, und damit vollends in der Tasche verschwand. Der Verschluß klappte zu, das kleine Schloß rastete ein. Mit einem Schwung warf Sybilla die Tasche weit weg und stürzte auf Hergarten zu. Mit ausgebreiteten Armen umfing sie ihn, drückte das Gesicht an seine Brust und begann, wie ein Kind zu weinen. Alle Anspannung, alles Grauen löste sich in diesem Schluchzen; sie klammerte sich an ihn fest wie ein kleines, Schutz suchendes Mädchen, und ihr Körper zitterte wie im Schüttelfrost. Das Bewußtsein, dem Tode so nahe gewesen zu sein wie nie zuvor, überfiel sie erst jetzt, und da half kein Mut mehr, keine einexerzierte Kaltblütigkeit ... ihre Nerven flatterten, und sie war glücklich, Hergarten zu haben, an den sie sich klammern und ausweinen konnte.

Hergarten umfaßte sie mit beiden Armen und ließ sie weinen, ohne ein Wort zu sagen. Was sollte man jetzt auch sagen. Hier gab es keine Worte mehr. Aber das Gefühl, zusammenzugehören, das Gefühl, sich zu lieben, war herrlich.

Sie ist doch nur eine Frau, dachte Hergarten und küßte Sybillas zuckenden Mund. Er küßte ihr die Tränen vom Gesicht, er preßte ihren Kopf an sich, als sie etwas sagen wollte, aber keinen Ton über die Lippen bekam.

»In vier Tagen ist alles vorbei«, sagte er leise.

In vier Tagen ... das sind sechsundneunzig Stunden oder fünftausendsiebenhundertsechzig Minuten.

Fünftausendsiebenhundertsechzigmal Todesangst.

Wer kann das aushalten?

Auf dem Fußboden tanzte die Tasche, als sei sie ein Spielzeug mit einem Federwerk. Die Viper war toll geworden vor Wut.

Der I. Funker der ›Ozeanic‹ hatte endlich die langersehnte Antwort aus Paris aufgefangen und überbrachte sie Kapitän Selbach.

In der Kapitänskajüte des Schiffes hinter der Kommandobrücke saßen der I. Offizier, der I. Ingenieur, der Oberzahlmeister und Bord-Detektiv Harry Linder um die Back und spielten Halma. Kapitän Selbach studierte die Wetterkarte, die man nach Angaben der Meteorologen von Radio Norddeich und des Küstenfunks New Jersey täglich zeichnete.

Die bisherigen Funkmeldungen waren nicht gerade erfreulich gewesen. Die New Yorker Polizei ordnete an, den Leichnam Dubois' auf keinen Fall im Meer zu versenken, sondern an Bord zu lassen, bis die Mordkommission den Fall übernommen hatte. Aus Hamburg war ein Telegramm gekommen, das deutsche Experten ankündigte, die sofort auf dem Luftwege nach New York geschickt wurden. Zu allem Überfluß schaltete sich auch noch der Bundesnachrichtendienst in Pullach ein und befahl, den so rätselhaft ums Leben gekommenen französischen Philosophen und Schriftsteller wie einen Gegenstand aus Gold zu behandeln. Auch von Pullach waren zwei Beamte schon per Flugzeug unterwegs nach New York.

Kapitän Selbach hatte dieses letzte Telegramm mit größter Sorge gelesen. »Was hat der BND damit zu tun?« fragte er seine Offiziere und legte das Telegramm in eine rote Mappe, die sonst im Tresor unter Verschluß lag. »Warum machen die überhaupt eine solche Staatsaktion um einen Mord? Man sollte annehmen, daß ein solcher Skandal unter der Hand behandelt wird. Was ist denn auf meinem Schiff los?«

Die Antwort brachte das Funkgespräch aus Paris. Kapitän Selbach las laut vor, was der I. Funker in die Suite gebracht hatte.

»Polizeipräsidium Paris, Kommissar Lefèvre, Büro für Identifizierungen. Ein Dr. Jerome Dubois in Paris unbekannt. Es gibt in Paris viele Jerome Dubois, aber keiner ist Schriftsteller oder Privatgelehrter. Auch sind alle Jerome Dubois zur Zeit in Paris oder – zwei Ausnahmen – verreist mit Familie und erfreuen sich bester Gesundheit. Haben New Yorker Polizei um Amtshilfe gebeten und bitten um ein Funkbild des Toten. Die angegebene Paßnummer ist im Verzeichnis der Paßstelle Paris nicht registriert. Verdacht auf gefälschten Paß. Polizeipräsidium Paris bittet um nähere Angaben über den angeblichen Dubois.«

Kapitän Selbach warf das Funktelegramm auf den Tisch. Dann nahm er seine Mütze vom Kopf und warf sie hinterher.

»Eine solche Schweinerei!« schrie er. »Verstehen Sie das,

meine Herren? Ein gefälschter Paß, kein Philosoph, ein falscher Name, und jetzt liegt er erschossen im Hospital! Von Deutschland kommt der BND, von Washington der CIA ... fahre ich denn auf einem Schiff voll hochexplosiver politischer Bomben über den Atlantik?«

Der I. Offizier wischte die Püppchen des Halmaspieles vom Tisch. Sie kollerten wie Erbsen durch die Kajüte. »Diese Jungfernfahrt vergesse ich nie«, sagte er heiser. »Ich komme mir vor wie auf einem Pulverfaß. Himmel noch mal, wären wir doch erst in New York!«

»Und wir sitzen hier herum wie die arbeitslosen Weihnachtsmänner«, sagte der I. Ingenieur. »Wir müssen etwas tun!«

»Was denn?« Harry Linder studierte noch einmal das Funktelegramm aus Paris. »Wir haben über tausend Passagiere an Bord und vierhundert Besatzungsmitglieder. Jeder kann der Mörder sein.«

Kapitän Selbach lächelte schief. Er hatte in seinen dreißig Jahren Seefahrt schon vieles erlebt. Sturmfahrten um Kap Hoorn, Havarie vor Indien, Absaufen auf einem Korallenriff in der Südsee. Liebestragödien, Selbstmorde an Bord, Menschen über Bord, einen Fall von Wahnsinn, Hunderte Schicksale voller Rätsel ... aber nie hatte er so hilflos dagestanden wie heute.

»Die gelähmte Frau Michaelsen kann man wohl ausnehmen«, sagte er. Es sollte Galgenhumor sein, aber Harry Linder hob abwehrend die Hand.

»Es gibt Gelähmte, die im Bedarfsfalle rennen können wie Sprinter. Rollstuhl und Pflegerin sind noch kein Beweis. Kapitän, es gibt da ganz andere Masken.«

»Es ist zum Verrücktwerden.« Selbach stülpte seine Mütze wieder auf. »Ich muß Dr. Dahl verständigen. Er muß sich etwas einfallen lassen, wo wir die Leiche vier Tage lang aufheben können ...«

Ruhig, ein weißes Wunder an Luxus und Fröhlichkeit, zog die ›Ozeanic‹ durch den in der Sonne blaugolden schimmernden Atlantik. Auf dem Rivieradeck spielte die Bordkapelle zum Tanz, im Alster-Club war der Fünf-Uhr-Tee in vollem Gange, zärtliche Geigenmusik des Orchesters Juan Fernandez umschmeichelte die Gäste, im Bord-Kino lief der Film »Blow up« – eine erregende Studie über einen ungeklärt bleibenden Mord –, in den beiden Schönheittssalons lagen die Damen auf den Spezialliegen und ließen sich Gesichtspackungen machen, die Fußnägel pediküren und die Haut mit Cremes einmassieren. Im Rauchsalon saßen Graß Sepkinow und Sir Surtess und tauschten Erfahrungen über Gewerkschaften aus. Lady Anne lag ebenfalls auf einer Liege im Schönheitssalon, was Sir Surtess zu der ungalanten Bemerkung hinriß: »Meine Liebe, du kannst von den Mädchen keine Zauberei verlangen!« In der Bibliothek saß der deutsche Architekt Heinz Niehoff und stöberte in einem Stapel Bücher über »Völkerkunde Amerikas«. Überhaupt war Niehoff der stillste der ganzen Exklusivrunde. Man hatte sich daran gewöhnt. Nicht jeder konnte so sein wie Sam Hopkins, dem nichts heilig war.

Überhaupt Hopkins! Er war in Fahrt. Er hatte eine Eroberung gemacht, die sich vorzustellen er nicht einmal im Traume gewagt hätte: Margret Goltz, dieses süße, langmähnige, blonde Mädchen aus Germany, dieses kleine, verführerische Aas mit den blauen Kulleraugen, hatte Ulrich Renner anscheinend stehengelassen und war zu ihm, ausgerechnet zu ihm gewechselt.

Der gute Sam verstand das nicht, aber er nahm es hin wie ein Naturereignis. Wer überlegt, wie so etwas möglich ist, wenn ein Blizzard übers Land heult und die Ernte vernichtet? Wer redet viel über einen Taifun, wenn er das Wasser kilometerweit ins Land treibt? Er ist eben da, und reden hält ihn nicht auf.

Genauso war Margret jetzt da, hing an Sams Arm und schleifte ihn zur Lido-Bar. Sie trug einen nervenaufreibend knappen Bikini, und Sams Gesicht glänzte, wie mit einer Speckschwarte eingerieben, als er Margret auf den Hocker hob und dabei ihre glatte, warme Haut berührte. Die neidvollen Blicke der jüngeren Müßiggänger um den Swimming-pool nahm er mit klopfendem Herzen hin. Oha, dachte er. Nicht nur die Jugend ist gefragt, auch die Erfahrung wird begehrt. Die grauen Schläfen, ihr jungen Schlipse, die machen's! Der väterliche Rat, die onkelhafte Güte und später die Routine ...

Sam Hopkins hatte sich gut darauf vorbereitet. Während Margret nach einem Cocktail zunächst in den Pool sprang und wie ein Fisch im grünen Wasser planschte, drückte Sam dem Obersteward eine große Dollarnote in die Hand.

»Sekt auf Nr. 11«, sagte er und lächelte dabei Margret zu, die ihm zuwinkte und »Huhu!« schrie. »Gebäck, Obst ... und Augen zu, mein Junge.«

»Wie Sie wünschen, Mr. Hopkins.« Der Obersteward steckte das Geld ein, ohne es anzusehen. Man hat es in den Fingerspitzen, wieviel es ist. »Ich werde die Kabinenbar auffüllen.« Er verbeugte sich knapp und ging. Wer zehn Jahre Steward ist, hat gelernt, blind, stumm und taub zu sein wie die drei heiligen Affen.

Wenig später kam mit dem Fahrstuhl eine Tanzkapelle zum Lido-Deck hinauf. Sie postierte sich neben dem Swimmingpool und begann, heiße Rhythmen über das Deck zu schmettern. Liegestühle wurden weggeschoben oder zusammengeklappt, ein Decksteward wischte die Nässe rund um den Pool auf. Ahnend, was nun kommen würde, verließen die älteren Passagiere das Lido-Deck und gingen hinauf zum Sonnendeck oder verzogen sich auf die ungedeckte Promenade, wo die Liegestühle unter den Rettungsbooten neu aufgeschlagen worden waren. Sam Hopkins, durch Alkohol und Lebenslust angeschwellt wie ein Ballon, wippte mit den Füßen und schlug den Takt gegen die Barwandung.

»So ist's richtig!« schrie er und umarmte Margret. Ihr junger Körper machte ihn vollends verrückt. »Das ist Musik, die in die Knochen fährt.«

Margret zog ihn von der Bar weg auf die improvisierte Tanzfläche. Was nun geschah, war eine Stunde lang der

Ausbruch jugendlicher Lebensfreude und Ungehemmtheit. Halbnackte Körper zuckten und ruckten am Rande des Pools im Takt der hämmernden Musik. Über ein Mikrophon peitschte eine Sängerstimme den Rhythmus in die sich windenden Körper. Einige Paare fielen kreischend vom Rand des Pools ins Wasser und schlugen mit den Beinen und Armen den Takt in das aufspritzende Wasser. Haare wehten im Wind, Hüften und Arme und schwitzende, verzückte Gesichter bewegten sich wie in Trance, stießen gegeneinander und trennten sich. Sam Hopkins hielt zwei dieser Tänze aus, dann schwankte er zurück zur Bar, kletterte keuchend auf den Hocker und bestellte einen großen Whisky mit viel Soda.

Voll Neid sah er, wie Margret sich von den Italienern umschwärmen ließ, wie sie in ihre Arme glitt, ein zuckendes Bündel herrlich geformten Fleisches, das mit diesen Bewegungen der Hüften und Schenkel zum Verrücktwerden erotischer wirkte als alles, was Hopkins in den letzten zehn Jahren gesehen hatte.

Am Pool erschien nun auch Ulrich Renner, in einem weißen korrekten Anzug, wie man ihn sonst nur in den Tropen trägt. Margret begrüßte sein Erscheinen mit einem schrillen Schrei und fiel einem Italiener um den Hals. Er küßte sie stürmisch, hob sie mit seinen muskelglänzenden Armen hoch und warf sie in den Swimming-pool. Dann sprang er hinterher und setzte das Liebesspiel im Wasser fort, während die Kapelle erneut zu einem hämmernden Beat einsetzte.

Ulrich Renner starrte düster auf das Paar, das im Wasser sich küßte, tauchte und unter Wasser sich umarmte, auftauchte und eng umschlungen in der strahlenden Sonne trieb. Auch Sam Hopkins ahnte, daß seine Sektbestellung in Kabine 11 ein Fehlschlag sein würde und er den Alkohol allein trinken mußte. Noch gab er nicht auf, pumpte sich voll Luft und lief an den Rand des Pools, um Margret zuzuwinken.

»Komm herein!« rief sie ihm zu.

Hopkins zögerte, dann sprang er, so wie er war, in Hose und Hemd, ins Wasser. Klatschen und Johlen begleiteten ihn, als er auftauchte und prustend auf Margret und den Italiener zuschwamm. Und da erlebte Sam Hopkins die elendste Niederlage seines Lebens. Der Italiener löste sich von Margret, schwamm ihm entgegen, legte beide Hände auf Hopkins Kopf und drückte ihn unter Wasser.

Verzweifelt tauchte Sam weg, stieg empor, schnappte Luft, wollte brüllen, als der Italiener wieder neben ihm war und ihn wieder untertauchte. Die jungen Leute um den Pool jubelten und klatschten, die Musik hämmerte auf sie herunter, die Körper zuckten im Takt.

Hopkins tauchte noch einmal auf. Haßerfüllt sah er den jungen, lachenden Italiener an, sah dessen Zähne blitzen, den spöttischen Blick in den schwarzen, glänzenden Augen, und hob die Faust. »Du elendes Stinktier!« schrie Hopkins in bestem Farmerenglisch. »Du italienische Wanze ...«

Es half ihm nichts, daß er um sich schlug, als gelte es, sein Leben zu verteidigen. Unter dem Johlen der anderen warf sich der schwarzgelockte Kavalier noch einmal über Sam und drückte ihn unhaltbar unter das Wasser.

Geschlagen, Wasser spuckend, mit versagendem Herzen kletterte Sam Hopkins mit Hilfe des Decksstewards die Leiter hinauf. Ein anderer Steward warf ihm ein großes Badetuch über. Trotz der Sonne wehte ein scharfer Wind über das Deck. Triefend schleppte sich Hopkins vom Pool weg zur Treppe. Niemand beachtete ihn mehr, aber die Musik, das Lachen der jungen Menschen, das Zucken der halbnackten Leiber wirkten auf ihn wie Hohngeschrei. An der Tür blieb er stehen und sah zurück. Margret war aus dem Wasser gekommen; naß wie sie war, tanzte sie wild allein in einem Kreis klatschender Menschen, ein Wesen in der Ekstase, mit geschlossenen Augen und kaum verhüllter Nacktheit.

Hopkins sah auf, als eine Stimme neben ihm aufklang. Ulrich Renner lehnte an der Reling.

»Das Rennen haben Sie verloren, Mr. Hopkins«, sagte er

spöttisch. Hopkins ballte die Faust.

»Dieses italienische Aas kaufe ich mir noch! Bis New York habe ich ihm die Schnauze eingeschlagen!« schrie er.

»Auch das wird Ihnen nicht helfen!« Renner blickte hinüber zu Margret. Ihr Tanz wurde zu einer Demonstration, zum lockenden Angebot. Plötzlich zuckte sie zusammen, knickte links ein und hielt sich an zwei Männern fest, die sofort hinzusprangen. Ihr Gesicht hatte alle Ekstase verloren, es war schmerzverzerrt und wieder von weinerlicher Kindlichkeit. »Ich glaube, sie hat sich verletzt.«

»Sie soll zum Teufel gehen!« Hopkins zog das große Badetuch fester um sich. »Sie können gut reden. Sie haben das kleine Aas gestern im Bett gehabt.«

Ulrich Renner verzog den Mund. »Ich wünschte, es wäre nie geschehen«, sagte er nachdenklich. »Wer konnte wissen, daß so etwas daraus entsteht.«

Hopkins wandte sich ab und verließ das Lido-Deck. Er kam sich für alle Zeiten blamiert vor. In seiner Kabine riß er sich die nassen Kleider vom Leib und sah sich dabei im Spiegel an. Ein wäßriger Clown, nackt und dicklich, grinste ihn an. »Du Idiot!« brüllte er seinem Spiegelbild entgegen. »Du dämlicher Hund!« Dann ballte er die Faust, hob sie und ließ sie auf die Tischplatte des Frisiertisches sausen. Es gab einen knirschenden Laut, und die Platte sprang auseinander.

»Na also!« sagte Hopkins und wandte sich von seinem nackten Spiegelbild ab. »Das geht noch! Das hält auch kein italienischer Schädel aus.«

Plötzlich war er wieder zufrieden.

Es lagen ja noch vier Tage vor ihm.

Schiffsarzt Dr. Dahl wollte gerade das Hospital verlassen und hinauf zu Lisa fahren, die ihn in ihrer Kabine erwartete, als von oben die Meldung kam, man brächte eine Patientin. Wahrscheinlich eine Fußverstauchung beim Tanz.

Dr. Dahl zog wieder seinen Kittel an und wartete im

Operationszimmer. Wenig später hüpfte, auf zwei Stewards gestützt, Margret Goltz ins Hospital. Ihr Gesicht war bleich vor Schmerzen, ihre großen blauen Augen bettelten um Hilfe.

»Auf das Sofa«, kommandierte Dr. Dahl. Mit einem Blick sah er, daß der linke Knöchel angeschwollen war. Margret Goltz mußte große Schmerzen haben, denn eine Verstauchung des Knöchelgelenks ist immer problematisch.

Die Stewards trugen Margret zum Sofa und ließen sie dort vorsichtig nieder. Sie legte sich hin, und Dr. Dahl schob einen Schaumgummiblock unter die Wade, damit der Fuß etwas höher lag. Zu den Stewards nickte er dankend. Ihr könnt gehen, hieß das. Vorsichtig betastete er den immer dicker werdenden Knöchel und versuchte, den Fuß zu bewegen, indem er die Zehen faßte und den Fuß ganz leicht im Gelenk zu drehen versuchte. Ein Aufschrei Margrets war die Antwort. Sie ballte die Fäuste und hieb damit auf die Wachstuchunterlage des Untersuchungssofas. Ihr Gesicht verzerrte sich zur Grimasse. Die nassen Haare klebten wie ein zerrissenes goldenes Netz an ihrem Körper und bedeckten fast den ganzen Oberkörper. Ihr Leib in dem knappen Bikini zitterte und bebte.

»Wie ist das passiert?« Dr. Dahl richtete sich auf. »Sind Sie ausgerutscht?«

»Ich weiß es nicht, Herr Doktor.« Die Worte knirschte Margret zwischen den Zähnen. Ein höllischer, stechender Schmerz kroch von dem Knöchel durch ihren ganzen Körper. »Plötzlich durchzuckte es mich. Als wenn jemand meinen Kopf aufschneidet, so war's. Und dann habe ich geschrien ...«

»Es ist beim Tanzen passiert?«

»Ja. Wir hatten eine Party auf dem Lido-Deck ... Beat und so ... Es war sehr lustig ... oh ...« Margret bäumte sich auf. Dr. Dahl hatte wieder ihren Knöchel berührt. »Ist er gebrochen?«

»Das glaube ich kaum, aber wir werden ihn zur Vorsicht röntgen.«

Dr. Dahl ließ Margret liegen und ging in den Nebenraum. Dort saßen zwei Schwestern und verbanden zwei Maschinisten. Sie hatten sich an einer heißen Leitung verbrannt. Dicke Brandsalbe bedeckte ihre Oberarme.

»Bereiten Sie alles für eine Knöchelaufnahme vor«, sagte Dr. Dahl kurz, kontrollierte den Sitz der Verbände und ging in den kleinen OP zurück. Dort lag Margret auf der Seite und versuchte, mit gespreizten Fingern ihre nassen Haare zu kämmen.

»Sie sind hübsch genug«, sagte Dr. Dahl. »Aber Ihr Knöchel wird Ihnen noch Sorgen machen.«

»Finden Sie, daß ich hübsch bin?« Die Augen Margrets verfolgten Dr. Dahl, wie er zu einem Schrank ging und einige Rollen Gipsbinden herausholte.

»Ja. Das wissen Sie doch.«

»Aber ich lege besonderen Wert darauf, daß es ein Mann wie Sie sagt, Herr Doktor.«

»Mein kleines Fräulein ...« Dr. Dahl drehte sich um. »In zehn Minuten werde ich Ihnen den Fuß festgipsen, und dann werden Sie vorerst andere Gedanken haben.« Sein Blick glitt über ihren kaum verhüllten Körper. Ein plötzlicher Vergleich mit Lisa drängte sich ihm auf. Sie ist reifer, schöner, dachte er. Sie ist Erleben. Das hier ist erwartungsvolle Jugend, Verspieltheit und Neugier.

Aus dem Nebenzimmer kamen die beiden Schwestern. Sie halfen Margret vom Sofa und trugen sie zum Röntgenzimmer.

Von nun an ging alles schnell. Röntgenaufnahme, Schnellentwicklung.

»Kein Bruch, Gott sei Dank«, sagte Dr. Dahl. »Aber einen Gips bekommen Sie doch, sonst liegen Sie nie still.«

Das Anlegen der Gipsbinde. Kalt und klebrig. Stechende Schmerzen im Fuß. Margret drückte die Finger tief in die Schulter Dr. Dahls, als er die Gipsbinde umwickelte. Aber sie schrie nicht mehr. Sie wollte tapfer sein. Sie wollte zeigen, daß sie erwachsen war.

Der Kabinensteward vom Oberdeck-Backbord brachte aus Margrets Kabine 107 zwei Schlafanzüge, einen Morgenmantel und Pantoffeln. »Was soll denn das?« fragte Margret. »Muß ich denn hierbleiben?«

»Nur diese Nacht.« Dr. Dahl war mit dem Gipsen fertig und strich mit schweißtriefenden Händen die Oberfläche schön glatt. Dann zog er die Gummischürze aus und hielt die Hände unter Wasser. Eine weiße Brühe füllte das Waschbecken. »Sie werden diese Nacht noch große Schmerzen haben. Da ist es mir lieber, ich bin gleich bei Ihnen, als wenn ich dauernd hinauf- und hinunterfahren muß, um Ihnen Spritzen oder Tabletten zu geben.«

Mit einem Rollstuhl, ähnlich wie ihn die gelähmte Frau Michaelsen hatte, wurde Margret zum Bettentrakt gefahren. Sie bekam in einer schönen, hellen Kabine ein weißbezogenes Bett.

»Bin ich ganz allein hier?« fragte sie, als Dr. Dahl nach zehn Minuten kam, um ihr eine schmerzstillende Injektion zu geben.

»Ja. Die Passagiere sind unwahrscheinlich gesund. Nur vier Besatzungsmitglieder sind noch hier.« Dr. Dahl rieb den straffen weißen Schenkel, den er aufdeckte, mit Alkohol ab und drückte die Luft aus der Injektionsnadel. Er wußte, was Margret jetzt dachte. »Es ist nur diese Nacht. Morgen können Sie in Ihre Kabine. Ich weiß, daß es langweilig ist, aber es geht nicht anders. Immerhin haben Sie Radio am Bett. Die Schwester kann Ihnen auch etwas zu lesen bringen.« Er stieß die Nadel in das feste Fleisch und spritzte. »Schon vorbei!«

»Danke, Herr Doktor.« Margret gab Dr. Dahl die Hand, aber als er sie wieder wegziehen wollte, hielt sie ihn fest. »Sie sind so nett.«

»Ich weiß.« Dr. Dahl lächelte. Auf allen Fahrten hatte er diese gleichen Worte unzählige Male gehört. »Und nun versuchen Sie, ruhig zu liegen. In einer halben Stunde haben Sie keine Schmerzen mehr und schlafen.«

Er drehte ihr noch das Radio an, deckte sie zu wie ein

Kind und verließ dann die Kabine.

Über eine Stunde lag Margret still in ihrem weißen Krankenbett, hörte im Radio eine Übertragung aus dem Restaurant Bellevue der ›Ozeanic‹, wo ein lustiger Nachmittag mit Quiz und Schlagersängern stattfand, und dachte dabei an die drei Tage, die sie nun an Bord war. Tage, die ihr Leben völlig verändert hatten. Tage, die vielleicht ihr ganzes Wesen bestimmen würden. Tage, in denen eine andere Margret Goltz geboren worden war.

Dann wurde es ihr zu langweilig, und sie klingelte nach der Schwester, um sich ein Buch holen zu lassen. Schlafen konnte sie nicht. Die Spritze nahm zwar die Schmerzen deutlich weg, aber sie machte nicht müde. Im Gegenteil, ihr Herz schlug schneller, wenn sie an Dr. Dahl dachte ... oder an die kräftigen Muskeln des Italieners ... oder an die harten Farmerhände von Sam Hopkins, die auch die Schwielen nicht verloren hatten, als er Hosenträger zu fabrizieren begann. Meistens lebte er ja noch auf seiner Farm. Sie dachte an die fordernden Küsse Ulrich Renners, an die Nacht in seinen Armen und an die Frechheit des Tennistrainers, der ihr gleich nach zehn Minuten Flirt in die Bluse gegriffen hatte.

Sie klingelte noch einmal, aber niemand kam.

»Dann eben nicht!« sagte Margret laut. Da sie keine Schmerzen mehr hatte, wurde sie mutig, warf die Bettdecke ab und versuchte, den eingegipsten Fuß auf den Boden zu heben. Es gelang leichter, als sie geglaubt hatte. Dann stemmte sie sich aus dem Bett, hielt sich am Kopfteil fest und klingelte noch einmal.

Niemand kam. Die Schwestern schienen in der Mannschaftsmesse beim Essen zu sein. Dr. Dahl, das wußte sie, saß oben am Kapitänstisch. Es war Dinner-Zeit. In den Speiseräumen saß man jetzt an den Tischen und genoß die Köstlichkeiten der berühmten Schiffsküche.

Margret versuchte einen Schritt. Ein dumpfes Brennen zog durch das Bein, aber die Spritze wirkte noch, der Schmerz war erträglich.

So humpelte sie aus der Kajüte, kam auf einen Gang und rief, ein wenig zaghaft: »Hallo!« Da niemand antwortete, stampfte sie mit ihrem Gipsfuß weiter und machte die Türen aller Kajüten auf, die an dem Gang lagen. Alle waren leer, die meisten mit vier Betten eingerichtet, bereit, auch Epidemien an Bord ohne Raumnot zu besiegen.

Margret sah sich um. Sie war nun am Ende des Ganges. Woher hatte man sie gefahren? Durch diese Tür da hinten, oder durch diese Tür, die jetzt vor ihr lag? Wo waren die Untersuchungsräume? Alle Türen sahen gleich aus.

In der Hoffnung, schon irgendwo auf Menschen zu treffen, drückte sie die Stahltür auf und kam in einen weißgekachelten Vorraum, der fast leer war bis auf eine Trage und einen weißen Schrank.

Aha, ein Untersuchungszimmer! Die Richtung stimmte! Immer geradeaus, und man kam zu den Räumen Dr. Dahls.

Margret durchhumpelte den Vorraum, riß die nächste Tür auf und sah in einen kleineren Raum. Es war kalt in diesem Zimmer, als habe man die Heizung und Klimaanlage abgestellt. Auch dieses Zimmer war kahl wie das vorherige, bis auf ein Bett. Und in diesem Bett lag ein Mann. Er hatte die Hände über der Brust gefaltet und schlief.

Margret blieb in der Tür stehen und zog die Augenbrauen hoch.

Das ist doch Monsieur Dubois, dachte sie. Der französische Philosoph. Natürlich, er ist es! Dr. Dahl sagte ja, er sei krank.

Margret zögerte. Es ist unhöflich, einen Schlafenden zu wecken, aber er war der einzige Mensch in diesem Labyrinth steriler Zimmer. Vielleicht wußte er, wie man eine Schwester ruft, er war ja schon länger hier.

Margret überwandt ihre Scheu. Sie raffte den Morgenmantel vor der Brust zusammen und lehnte sich gegen den Türrahmen. Ihren gegipsten Fuß schob sie etwas vor und verlagerte ihr Gewicht auf den gesunden. »Hallo, Monsieur Dubois!« rief sie leise. »Schlafen Sie?«

Dubois antwortete nicht. Er lag auf dem Rücken, im

abgewandten Profil etwas bleich und grünlich, aber das war die Beleuchtung im Raum, die Neonlampen, die keinen Warmton hatten.

Der hat sicherlich auch eine Spritze bekommen, dachte Margret und klopfte mit dem Gipsfuß auf den blinkenden Kunststoffboden.

»Monsieur Dubois?« rief sie lauter. »Entschuldigen Sie bitte, daß ich Sie störe ... aber ich suche eine Schwester. Wissen Sie, wo sie sind? Ich habe schon dreimal nach ihnen geklingelt.«

Der Philosoph Dubois schwieg. Er lag unbeweglich da. Vielleicht spielte er nur den fest Schlafenden. Es ist immer unangenehm für einen Mann, wenn er im Bett angetroffen wird. Margret hatte dafür Verständnis. Ein Mann in einem Nachthemd, wie es Dubois jetzt trug, wirkte lächerlich.

»Es ist so, Monsieur Dubois«, sprach Margret weiter, »daß sich niemand meldet. Ich habe mir den Knöchel verstaucht beim Tanzen. Oh, wir hatten eine herrliche Party am Swimming-pool, so mit Beatmusik und allem Drum und Dran. Und da bin ich ausgerutscht. Nun muß ich den blöden Gips hier tragen. Mit dem Tanzen ist es aus. Ich liege ganz allein in einem Zimmer, am Ende des Ganges ... bis morgen nur. Ich hab' gedacht, wenn mir die Schwester etwas zum Lesen bringt ...« Sie sah den stummen Dubois etwas ängstlich an. »Wie geht es denn Ihnen, Monsieur Dubois?« fragte sie. Darauf mußte er eine Antwort geben. Kein höflicher Franzose ignorierte die Frage einer Frau. Aber Jerome Dubois schwieg weiter.

»Entschuldigen Sie, bitte«, sagte Margret kleinlaut. »Ich wollte Sie wirklich nicht stören ... es ist nur ... weil niemand auf mein Klingeln kommt ...«

Sie humpelte ins Zimmer, um Dubois die Hand zu geben und ihm weitere gute Besserung zu wünschen. Sie kam ans Bett und sah in das grünliche, unbewegte Gesicht. Unter halb geschlossenen Lidern schauten sie glanzlose, gebrochene Augen an. In der hohen Philosophenstirn war ein kleines, rundes Loch, rot gerändert. Der Kopf lag auf einem

Packen Zellstoff. Der Hinterkopf war rasiert; und es sah aus, als habe man die hintere Hirnschale mit Leukoplast nur notdürftig wieder zugeklebt. Der Mund stand offen. Eine fahle, blutleere Höhle.

Margret stieß einen schrillen Schrei aus, griff um sich, suchte Halt ... dann fiel die Dunkelheit über sie wie ein Tuch, das sie erstickte.

Ohnmächtig fiel sie vor dem Bett auf den Boden.

So fanden sie Dr. Dahl und ein Krankenpfleger, von der wachhabenden Schwester alarmiert, die nach dem Abendessen zu Margret Goltz gekommen war und das Bett leer fand. Da auch ihre Kabine leer war, hatte man das Hospital systematisch durchsucht. Auf den Gedanken, in das Totenzimmer zu sehen, war man zuletzt gekommen.

»Auch das noch!« sagte Dr. Dahl dumpf, als man Margret hinauf in ihre Kabine 107 gebracht hatte. »Wie kann man sie vier Tage lang zum Schweigen verpflichten?«

Da Dr. Dahl im Hospital beschäftigt war, ging Lisa nach dem Dinner zum Bordpostamt, um im Telefonbuch von New York nach einer Adresse zu suchen.

Vor zehn Jahren war eine Kommilitonin nach Amerika ausgewandert. Mit Ellen, wie sie hieß, hatte Lisa sich gut verstanden, bis die Freundin einen amerikanischen Physiker kennenlernte, der in Deutschland als Assistent weiterstudierte. Sie verlobten sich schnell, heirateten im Eiltempo und flogen dann zurück nach Amerika. Lisa wußte nur, daß sie in New York wohnten. Die Verbindung war nach drei Kartengrüßen voller Überschwang abgerissen, wie es so häufig ist. Jetzt konnte Ellen eine wertvolle Hilfe sein; vor allem hatte sie vielleicht einen Platz, wo man schlafen und sich ausweinen konnte.

Als Lisa das Postamt betrat, blieb sie eine Sekunde wie festgebannt stehen, dann raffte sie ihren Chinchilla um die Schulter und ging weiter zur Theke.

Franz Hergarten sah sich um, grüßte sie durch ein leichtes

Kopfnicken und trat zur Seite. Neben einem Stapel Telegrammformularen sah sie ein Kuvert liegen, das Hergarten sicherlich hatte zur Post geben wollen. Mit einer schnellen Reaktion legte sie ihre Tasche auf das Kuvert und versperrte ihm die Sicht auf diese Stelle der Theke, indem sie ihm den Rücken zudrehte.

»Haben Sie ein Telefonbuch von New York da?« fragte sie mit fremder, etwas vibrierender Stimme.

»Aber selbstverständlich, Madame.« Der Zahlmeister, der den Post- und Telegrammverkehr der ›Ozeanic‹ unter sich hatte, holte aus der Theke ein dickes Buch heraus und schob es über die Platte. »Kann ich Ihnen helfen?«

»Danke. Ich finde es schon.« Lisa schob das dicke Telefonbuch über den Brief und rutschte mit allem bis ans äußerste Ende der Theke. Dort stand ein Hocker. Sie setzte sich und hatte das Gefühl, jetzt umzufallen. Die Aufregung war zu stark, vor ihren Augen begann sich das Postamt in Kreise und Wirbel aufzulösen. Aber das war nur sekundenlang, dann verschwand das Phänomen, und sie sah sich vor dem Telefonbuch sitzen und mechanisch die Seiten durchblättern.

Ruhe, sagte sie zu sich. Nur Ruhe! Wie leicht wäre es jetzt zu sagen: »Guten Abend, Franz!« Und man nähme die schwarze Perücke vom Kopf und würde Lisa sein, die er weit weg in einem kleinen Ort bei Frankfurt wähnte.

Sie blätterte in dem dicken Buch und beobachtete aus den Augenwinkeln ihren Mann. Er trug seinen Smoking mit der Eleganz, die auf Frauen unwiderstehlich wirkt. Bisher hatte Lisa nie bemerkt, wie gut ihr Mann aussah. Jetzt empfand sie es, jetzt, wo es zu spät war. Hergarten lehnte an der getäfelten Wand neben den vier Sprechkabinen und rauchte genußvoll eine Zigarette. Lisa schrak zusammen, als sie plötzlich seine Stimme hörte.

»Wie lange kann es noch dauern?«

»Manchmal geht es sekundenschnell, Herr Doktor. Manchmal muß man warten. Wie eben die Leitung frei ist.« Der Zahlmeister sah auf die Uhr. »Für Frankfurt sind zehn

Minuten Warten nicht viel.«

Frankfurt. Er ruft Frankfurt an! Er ruft mich an. *Mich!* Seine Frau, die jetzt zu Hause sein muß. Die jetzt – es ist gleich halb zehn Uhr abends – vor dem Fernseher sitzt und vielleicht ein Glas Wein trinkt und an ihren Mann denkt, der in geheimer Mission nach New York geflogen ist und noch nicht schreiben kann.

Jawohl, geflogen nach New York. Geflogen, Herr Dr. Hergarten, während Sie jetzt auf einem Luxusschiff mit Ihrer Geliebten nach Amerika fahren. Während Sie tanzen und lieben, nehmen Sie an, Ihre Frau sitzt zu Hause vor dem Fernseher und sehnt sich nach Ihnen. Macht sich Sorgen und hofft auf Ihre baldige Rückkehr ... mit dem Flugzeug. Mit dem Flugzeug wirst du ja wohl zurückkommen, nicht wahr? Aber wo wird dann deine Geliebte sein? Wird sie mitfliegen? Wirst du vor der Landung deiner Hure einen Kuß geben und dann aus dem Flugzeug steigen, heuchlerisch die Arme ausbreiten, mich an dich ziehen und mich küssen? Oh, ich weiß sogar, was du sagen wirst: »Endlich wieder bei dir, Liebling! Hast du mir gefehlt! Amerika ist trostlos ohne dich ...« Und hinter uns, während wir uns küssen, steigt sie die Gangway herunter und lächelt mich mitleidig an. Sie, deine Geliebte, der falsche Engel mit dem schwarzen Nerz.

Du Heuchler! Du Lump! Du ... du Schuft ...

Sie blätterte sinnlos in dem dicken Telefonbuch von New York und sah ihn aus den Augenwinkeln an. Dr. Hergarten hatte seine Zigarette zu Ende geraucht und blickte zu ihr hin. Lisa neigte den Kopf tiefer über die Spalten mit Namen.

Diesen Blick habe ich geliebt, dachte sie. Diesen tiefen, alles durchdringenden, die Seele offenlegenden Blick. O Gott, gib mir die Kraft, nicht nach meiner Tasche zu greifen und die Pistole herauszureißen.

Was wirst du mir sagen am Telefon? Was willst du lügen? »Ich rufe aus New York an, Schätzchen. Adresse geheim! Aber sei ruhig, nur noch wenige Tage, und ich bin wieder bei dir ...«

Und die einsame Frau bei Frankfurt soll es glauben, und sie hätte es auch geglaubt. Aber diese Frau ist nicht am Fernseher, und sie trinkt kein Glas Wein und denkt an dich. Nein, diese Frau hockt neben dir auf einem Schemel, das Telefonbuch von New York vor sich und sieht dich an. Du erkennst sie nicht? Die langen, schwarzen Haare, die angeklebten Wimpern, der größer gezogene Mund, die umränderten Augen – das ist nicht deine brave Lisa, nicht wahr?

In diesem Augenblick fiel ihr ein, daß die Verbindung ja gar nicht zustande kommen konnte. Das Hausmädchen hatte ihren Jahresurlaub bekommen, niemand war zu Hause. Wo mochte Lisa Hergarten sein, jetzt, kurz vor zehn Uhr abends ...

»Deutschland, Herr Doktor! Kabine 1. Heben Sie ab!«

Hergarten verschwand in der Telefonzelle. Der Zahlmeister drückte einen Hebel herunter, hörte im Hörer mit und nickte Hergarten mehrmals zu. Dann legte er den Hörer zurück. Die Verbindung nach Deutschland war klar.

Lisa warf den Kopf in den Nacken. Sie sah, wie Hergarten in der Telefonzelle sprach, sich mit nervösen Fingern eine Zigarette anzündete.

Ja, lügen kostet Nerven, dachte Lisa böse. Auch telefonische Lügen. Aber es wird keiner an den Apparat kommen. Du kannst dir die Worte sparen; du brauchst später noch genug davon, und bei jedem werde ich auflachen! Lüge! Lüge! Lüge!

In Kabine 106 wartet dein Liebchen auf dich ...

In der Zelle hängte Hergarten ein und kam wieder heraus. »Fehlanzeige!«

»Die Verbindung war aber da, Herr Doktor.« Der Zahlmeister sah auf seinen Schaltkasten.

»Aber meine Frau nicht!« Hergarten lachte etwas verlegen. »Wird im Kino sein oder im Theater. Wir haben ein Abonnement.«

Für freitags, dachte Lisa. Du weißt es ganz genau. Schon wieder lügst du. Was wolltest du mir sagen? An wen hast du überhaupt geschrieben? Wer sollte deinen ersten Brief bekommen, der in New York noch im Hafenpostamt aufgegeben wird?

Sie zog das Kuvert etwas unter dem Telefonbuch hervor, während Hergarten einige Briefumschläge mit dem Sonderstempel der Jungfernfahrt der ›Ozeanic‹ kaufte.

Frau Lisa Hergarten, las sie. Ihr Herz setzte einen Moment aus. Sie ließ das Telefonbuch wieder über das Kuvert fallen und stützte den Kopf in beide Hände.

An mich. Ein Brief voller Täuschungen. Kein Wort wird darin stehen von der ›Ozeanic‹. Ich habe einen guten Flug gehabt, wird er schreiben. Klares Wetter. Die Polroute ist herrlich. Ich habe mir Labrador ganz anders vorgestellt. Aus der Luft sieht es aus wie ein Teil des Mondes ...

Lügen! Nur Lügen!

Sie nahm den Brief und ließ ihn in ihre Tasche gleiten. Dann klappte sie das Buch zu. Hergarten war gegangen, sie hatte es gar nicht bemerkt. Ihr Herz war schwer wie aus Blei.

»Gefunden, Madame?« Der Zahlmeister schleppte das Telefonbuch weg.

Lisa nickte. »Ja, ich habe gefunden, was ich suchte.« Sie drückte die Tasche an sich und verließ schnell das Bord-Postamt.

In ihrer Kabine riß Lisa mit zitternden Fingern das Kuvert auf. Ein Bogen, beschrieben mit Hergartens steiler, großer Schrift, fiel heraus und zu Boden. Sie bückte sich, entfaltete den Bogen und begann zu lesen. Zuerst tanzten die Buchstaben vor ihren Augen, sie mußte öfters absetzen, denn sie verstand überhaupt keinen Sinn in diesen herumwirbelnden Schriftzeichen. Dann aber war sie ruhig genug, den Brief zu lesen.

Er war erschütternd, denn er war wahr.

»Meine Liebste,

ich schreibe diesen Brief nicht aus New York, auch wenn der Stempel New York sein wird. Ich schreibe ihn in meiner Kabine, einer Luxuskabine Nr. 12 des herrlichsten deutschen Schiffes, der ›Ozeanic‹. Jetzt kann ich es Dir sagen, daß ich nicht nach Amerika geflogen bin, sondern drei Tage später mit diesem Schiff fuhr. Das war ein Wunsch des Ministeriums, um mögliche Agenten fremder Mächte abzuschütteln, die Interesse an meiner Erfindung haben könnten. Der Plan war gut, aber auch die anderen dachten so. Und so sitze ich hier auf dem Schiff und glaube, daß die Fahrt nach New York nicht so glatt verlaufen wird, wie wir dachten. Wenn Du diesen Brief erhältst, kannst Du sicher sein, daß ich wohlbehalten angekommen bin. Was mich in New York erwartet, weiß ich noch nicht. Aber sei beruhigt, ich werde gut beschützt. Die Fahrt über den Atlantik wird auch bald zu Ende sein. Dann nur noch wenige Tage, und ich habe es hinter mir und fliege zurück zu Dir ... Ich küsse Dich –«

Lisa fiel der Brief aus der Hand. Sie starrte auf das Bullauge, hinter dem sie das Rauschen des Meeres hörte.

Das ist eine halbe Wahrheit, dachte sie. Es kann alles so sein, wie er schreibt – aber wer ist sie? Wer ist Sybilla Odenthal? Sie kam mit ihm aus dem Ministerium, sie fuhr mit ihm zur Godesburg, sie kam erst in Cherbourg an Bord, sie ist immer um ihn! Welche Rolle spielt diese Frau im Leben von Franz? Warum ist sie an Bord? Warum benehmen sie sich wie ein Liebespaar? Ist alles nur Theater? Gehört es zu ihrem Auftrag? Habe ich mich benommen wie eine alte, eifersüchtige, keifende Vettel?

Lisa sprang auf. Sie war bereit, ihren Mann zu fragen. Jetzt, ohne Zögern. Laß uns die Masken abnehmen, dachte sie. Laß das Leben wieder schön werden!

Sie setzte sich vor den Spiegel und reparierte ihr etwas verwischtes Aussehen. Dann zog sie sich um, nahm ein Kleid, das er kannte, das er selbst in München ausgesucht hatte und in dem er sie so gerne sah. Dann warf sie den Chinchilla um die Schultern und verließ ihre Kabine.

Wie wird er reagieren, dachte sie, als der Lift sie nach oben trug. Ich werde ihn zum erstenmal sprachlos sehen. Und ich werde laut lachen, weil er mich anstarren wird wie einen Geist. Und dann werden wir uns in die Arme fallen und alles um uns herum vergessen.

»Promenadendeck, Madame!« sagte der Liftboy in der roten Uniform. Lisa gab ihm ein Markstück und verließ den Aufzug.

Sie stand wie verloren in dem großen Vorraum und blickte den Seitengang hinunter. Die Abschlußtür stand offen, der Eingang zur Kabine 12 lag direkt vor ihr. Die goldene Zahl auf dem rötlichen Mahagoni blitzte im Deckenlicht.

Dr. Dahl! Dieser Gedanke fesselte Lisa plötzlich. Jetzt, an der Schwelle zur Wahrheit, waren die Gedanken an die vergangenen leidenschaftlichen Stunden wie ein bitterer Trank. Wie soll das alles werden, durchfuhr es sie. Er darf nie erfahren, was in der Kabine Dr. Dahls geschehen ist. Und Dr. Dahl selbst? Wird er verstehen, daß eine Frau den Himmel sucht, wenn sie in der Hölle steht?

Durch den langen Gang kamen Schritte. Lisa drückte sich in eine Nische, die die große Treppe zum Salon-Deck bildete. Es waren Männerschritte, sie hörte es am Klang. Wenn er an ihr vorbeikam, konnte sie so tun,als ordnete sie etwas an ihrem Kleid.

Die Schritte verstummten plötzlich, dafür hörte sie ein rhythmisches Klopfen. Dreimal kurz.

Lisa streckte den Kopf vor.

Vor der Tür seiner Kabine stand Hergarten und wartete. Sie sah, wie er noch einmal die Faust hob und klopfte.

Er klopft an seine eigene Tür. Er ... klopft ...

Die Tür ging auf, nur einen Spalt. Hergarten schlüpfte hinein. Dann hörte man das Umdrehen des Schlüssels.

Lisa lehnte den Kopf weit zurück an die Wand und starrte gegen die Decke. So schmal der Türspalt auch gewesen war, sie hatte es gesehen.

Sybilla Odenthal war in seiner Kabine. Sie hatte geöffnet. Und im Schein der Deckenlampe hatte es Lisa wie ein Faustschlag getroffen: Sie trug ein hauchzartes Nachthemd, und darunter blinkte ihr nackter Körper im grellen Licht.

Mit bebenden Händen holte Lisa den Brief aus ihrer

Tasche. Sie zerriß ihn in winzige kleine Schnipsel und warf sie dann hoch in die Luft. Sie regneten auf sie herab wie Konfetti.

Mit dem nächsten Lift fuhr sie zum Salon-Deck und suchte Dr. Dahl.

So sah sie nicht, wie Hergarten wieder die Kabine verließ, anscheinend, um etwas zu holen, vor den Schnipseln in der Liftdiele erstaunt stehenblieb, sich neugierig bückte, weil er sah, daß es ein zerrissener Brief war, ein paar Schnipsel aufhob und sie in der hohlen Hand aneinanderlegte.

Dann sprang Erstaunen und Erregung in sein Gesicht, er rannte zurück in seine Kabine und warf die Tür krachend zu.

Jeder Mensch erkennt seine Schrift, auch wenn sie zu Schnipseln zerrissen ist. Vor allem, wenn es ein Stück Papier gibt, auf dem steht: – be Lis –

In der Kabine schrak Sybilla zusammen, als die Tür zukrachte. Sie saß vor dem Frisierspiegel und kämmte sich. Mit einem Satz warf sie sich hinter einem Sessel in Deckung. Dann erkannte sie Hergarten und richtete sich auf den Knien auf. In ihrer Hand lag die Automatik mit dem langen Lauf.

»Du kannst einen aber erschrecken«, sagte sie tief atmend. »Ich denke, du bist auf dem Weg zum Salon?«

»Jemand hat meinen Brief zerrissen«, sagte Hergarten heiser. »Den Brief an meine Frau. Ich habe ihn vorhin dem Postzahlmeister gegeben. Wie kommt er zerrissen vor unsere Tür?«

Er hielt Sybilla das Schnipsel hin und sah sehr hilflos aus.

»An Deck.« Sybilla sprang auf. »Wir müssen an Deck. Nur dort haben wir jetzt Ruhe. Wir müssen unter den anderen bleiben, bis der letzte geht. Und wir müssen die allerletzten sein.«

Sie riß sich das Nachthemd vom Körper. Ungeachtet ihrer herrlichen Nacktheit lief sie zum Schrank und holte ihr Abendkleid heraus. Sie hatte sich in Hergartens Schrank schon völlig eingerichtet.

»Hilf mir hinein!« sagte sie und zog einen Slip an. »Bis

New York müssen wir unter Menschen sein, immer unter Menschen. Das ist unsere beste Sicherheit.«

Und Hergarten hielt das Abendkleid fest, während Sybilla hineinstieg, eine braunhäutige Venus mit einer Haut, als sei sie mit Perlmutt überhaucht.

Oben, im Alster-Club, begann um diese Stunde ein Neptun-Abend. Die Erstüberquerer des Atlantik sollten ihr Diplom erhalten. Es war ein Fest überschäumender Freude, und unter den lachenden, tanzenden und singenden Menschen war auch ein eiskalter Mörder...

Sybilla und Dr. Hergarten wurden im Alster-Club mit großem Hallo empfangen. In allen Restaurants und Bars war die Stimmung schon weit vorgeschritten. Das ganze herrliche, weiße, von Tausenden von Lichtern schimmernde Schiff bestand nur aus Musik, tanzenden Paaren, singenden Angetrunkenen und Verliebten. Sowohl die überdeckte als auch die offene Promenade wurde zum verschwiegenen Platz für Romantiker. Dort stand man am Fenster oder an der Reling, starrte auf das mondschimmernde Meer, hatte sich umarmt und war glücklich. Durch die Wände der großen Festsalons flatterte leise die Musik.

Europa war fern, Amerika war fern. Man lebte zwischen den Welten, zwischen den Zeiten. Ringsherum nur Wasser, eine wogende Unendlichkeit, die sich im Herzen widerspiegelte als eine unbändige Lust zu leben. In vier Tagen war alles vorbei, sobald man an der Freiheitsstatue vorbeifuhr und vom Schlund des Hudson aufgenommen wurde, wenn Polizei, Zoll, Einwanderungsbehörde und Hafenarzt an Bord kamen, die Feuerwehrschiffe das erste Eintreffen der ›Ozeanic‹ in New York mit hohen Wasserfontänen begrüßten und die Schlepper ihre Sirenen heulen ließen. Dann wurden die acht Tage Fahrt über den Atlantik nur noch Erinnerung. Dann gab man sich die Hand, sah sich noch einmal tief in die Augen und ging auseinander. Man sah sich nie wieder, das wußte man. Der eine fuhr weiter zum Erie-See, der andere flog nach San Franzisko. Mabel würde auf einer Farm in Wisconsin leben und Jack als Architekt in

New Mexiko. Und man würde manchmal, in einer stillen Stunde, daran denken, wie schön es auf der ›Ozeanic‹ gewesen war; diese acht Tage Himmel und Meer, Frohsinn und Musik, Liebe und Glück; dieses Wiegen zwischen zwei Welten, der Übergang von dem einen zu einem anderen Leben, eine Zeit ohne Frage und ohne Antwort. Eine Woche des Vergessens.

Am Eingang zum Alster-Club wurden Sybilla und Hergarten vom Chefsteward aufgehalten. Der Neptun-Ball war eine Art Kostümball. Wer nichts bei sich hatte, um sich bunt zu verändern, und wer es versäumt hatte, sich an der Schiffskleiderkammer ein Kostüm zu leihen, wurde nun an der Saaltür geschmückt. Hergarten erhielt eine große, weiße Papierchrysantheme in das Knopfloch seines Smokings gesteckt; Sybilla hängte der Obersteward eigenhändig eine lange Kette aus künstlichen Tropenblumen um den Hals. Dann schwangen die Glastüren auf, Musik prallte ihnen entgegen wie eine Sturmwoge, Kapitän Selbach eilte auf sie zu und küßte Sybilla galant die Hand.

»Wir haben Sie schon vermißt!« sagte er und bewunderte Sybillas schimmernde Haut. »Ein Fest ohne die Königin – wir waren schon alle sehr traurig.«

Der Kapitänstisch war vollzählig versammelt, bis auf Jerome Dubois, von dem es hieß, er müsse noch im Schiffshospital liegen, wahrscheinlich bis New York. Mit großer Geste begrüßte Graf Sepkinow Sybilla. Er sah aus wie ein Urgroßvater der Hippies. In seinen langen weißen Patriarchenbart hatte man Blüten geflochten. Sam Hopkins trug eine hohe, steife Mütze in Form einer Whiskyflasche, was ihm sehr angenehm war, denn jedes Glas, das er hinunterstürzte, begründete er damit: »Die Bottle muß voll werden. Wenn ich schon Reklame laufe ...« Sir Surtess gab sich gemäßigter. Er trug neben der Blume im Knopfloch nur einen roten Fez. Lady Anne dagegen war eine Augenweide; auf dem nur noch schwach gelockten Haar trug sie eine spanische Mantilla mit einem riesengroßen Hornkamm. Der deutsche Architekt Heinz Niehoff, korrekt im Smoking mit einer Nelke, hatte sich für ein arabisches Kopftuch entschieden. Er trug sogar, wie ein echter Wüstenscheich, eine dunkel getönte Brille. Als er Sybilla die Hand küßte, war sein Griff kalt und leblos, als habe seine Hand in einem Kühlschrank gelegen und taue jetzt auf. Die gelähmte Frau Michaelsen in ihrem Rollstuhl wirkte wie ein Schwarzwaldmädel; ihre Pflegerin, die stille, schüchterne, immer verängstigt wirkende Käthe Peine, trug einen Indianerrock und falsche, lange, schwarze Zöpfe. Sie wirkte wie eine Trauernde, von ihrem Indianerstamm Verstoßene.

Etwas abseits saß Ulrich Renner. Er war in der Kleidung und Maske eines Prinzen gekommen. Als Playboy weiß man, was auf einem Schiff voller Frauen und Mädchen ankommt. Ein Prinz aus dem Märchen, der für eine Nacht greifbar ist: So etwas war noch nie eine Pleite gewesen. Renner hatte darin Erfahrung gesammelt auf vielen Seereisen. Er war auch heute umringt von vier Mädchen und voll damit beschäftigt, bonbonsüße Komplimente zu machen, abwechselnd mit ihnen zu tanzen und jeder ein Beisammensein bis zum Morgen zu versprechen. Wie er aus diesem Dilemma wieder herauskommen konnte, wußte er selbst noch nicht.

»Es ist ein Jammer, daß unser Freund Dubois nicht mitmachen kann«, sagte Graf Sepkinow und zog Sybilla neben sich auf einen freien Stuhl. Hergarten wurde von Hopkins und Sir Surtess abgelenkt und zur Bar gedrängt.

»Verzeihen Sie diese Vertraulichkeit«, sagte Surtess an der Bar. »Aber auch Mr. Hopkins leistet mir nur Hilfestellung. Ich mußte einen Grund haben, mich von meiner Frau zu entfernen. Unter Gentlemen die Wahrheit: Ich habe eine Verabredung mit einer Tänzerin des mitreisenden Royal-Balletts.«

»Sir Surtess ... Sir Surtess ...« Hergarten drohte lächelnd mit dem Zeigefinger. »Wer hätte das gedacht?«

»Mein lieber junger Freund.« Der Stahlmagnat blinzelte Hergarten an. »Ich bin fast doppelt so alt wie Sie. Was Sie noch vor sich haben, kann ich nie mehr nachholen. Ich muß mich mit Augenblicken zufriedengeben. Wenn wir jetzt so tun, als gingen wir in den Rauchsalon ...« Er sah sich zum Kapitänstisch um. »Ihre Dame, Herr Hergarten, ist bestens versorgt. Der Graf kümmert sich um sie.«

Hergarten sah zu Sybilla hinüber. Sie hatte den Kopf hochgereckt und blickte zu ihm hin. Ihre Augen waren eine große, stumme Frage. Hergarten schüttelte den Kopf und lächelte beruhigend. Keine Sorge, ich bleibe nicht lange. Und ich bin nie allein. Hopkins ist bei mir. Du brauchst keine Angst zu haben, daß man mich stiehlt.

»Ein Walzer«, sagte Graf Sepkinow, als die Kapelle einen neuen Tanz aufspielte. »Das ist das einzige, was mir aus Petersburg geblieben ist; die Kunst, mich im Kreise zu drehen. Wollen Sie es wagen, mit einem alten Mann zu tanzen, Madame?«

»Wer den Bart voller Blüten hat, ist nicht alt.« Sybilla lachte. Ganz alte Schule, führte Graf Sepkinow seine Tänzerin auf das Parkett, machte eine zackige Verbeugung und begann dann den Walzer.

Er tanzte für sein hohes Alter noch recht gut, in der steifen Offiziershaltung russischer Adeliger. Seine Augen blitzten. »Karascho!« sagte er. »Es geht wirklich noch!«

Sie tanzten an einem Tisch vorbei, der direkt an der runden Tanzfläche stand. An ihm saßen, wie rot und gold bemalte Salzsäulen, die drei russischen Lakaien Sepkinows. Sie tranken Fruchtsäfte und sahen in die tanzende, fröhliche Menge wie Schaufensterpuppen. In ihren Gesichtern lag keinerlei Regung, nur die Augen lebten. Der eine von ihnen, ein tatarischer Typ mit schräg gestellten Augen und einer gelblichen Hautfarbe, wirkte wie aus Wachs. Selbst wenn er trank, war es, als schütte ein maschineller Arm die Flüssigkeit in den spaltbreit geöffneten Mund.

Sybilla ließ ihren Blick über diese seltsame Dreiergruppe gleiten, während Sepkinow sie zu einer Drehung brachte, die ihn begeisterte, weil sie gelang. »Sie haben furchterregende Diener, Graf«, sagte sie.

»Sie sehen nur so aus. Es sind gutmütige Burschen.«

Sepkinow warf einen Blick auf seine livrierten Lakaien. »Für mich würden sie sich häuten lassen.«

»Der Asiate ist mir unheimlich.«

»Shura Aitmanow? Er ist ein Engel, ein harmloser, lieber Kerl, der die Fliegen von den Fliegenfängern löst und sie wieder freiläßt, weil sein Herz jegliche Gewalt haßt.«

»So kann man sich durch das Äußere täuschen lassen.«

»Vergessen Sie die Burschen, wenn sie Ihnen einen Schreck einjagen. Am besten, ich jage sie weg.« Graf Sepkinow hob beim Tanzen die rechte Hand und machte eine ruckartige Bewegung. Die drei stummen livrierten Lakaien erhoben sich wie auf ein Kommando und gingen hintereinander, wie aufgezogene Puppen, aus dem Saal. »Weg sind sie!« lachte Sepkinow. »Zufrieden, Märchenkönigin?«

»Sie regieren noch immer wie in Petersburg, nicht wahr?« Der Walzer war zu Ende. Sie standen in der Menge der anderen Paare auf der Tanzfläche und klatschten. Graf Sepkinow schloß halb die Lider. Plötzlich war er ein müder, alter, vom Tanz ausgepumpter Mann. Eine Karikatur mit seinem blütendurchflochtenen Bart.

»Sprechen wir nicht von Rußland«, sagte er leise. »Wenn ich an Sie eine große Bitte habe, Prinzessin der Schönheit: Fragen Sie mich nicht nach meiner Heimat. Sonst können Sie mit mir altem Narren alles tun!«

Der nächste Tanz war ein schneller Fox. Sepkinow hob die Arme. »Ich passe. Das Hüpfen muß man den Fohlen überlassen. Ein alter Ackergaul kann nur noch stampfen. Gehen wir zur Bar? Ein Glas Sekt?«

Sybilla sah sich um. Wo war Hergarten? Warum kam er nicht wieder? Wohin war er mit Sir Surtess und Hopkins gegangen? Ein Gefühl von Angst kroch in ihr hoch. Sie drückte die goldene Abendtasche an sich. Unter ihren Händen spürte sie die harte, längliche Form der Automatik.

»Ich warte an der Bar, Königin der Nacht.« Graf Sepkinow küßte ihr die Hand und ging dann aufrecht durch die Tanzenden davon. Sybilla zögerte keinen Augenblick mehr. Sie lief durch die gleiche Tür, die Hergarten genommen hatte, und fragte im Vorraum einen der Stewards, ob er Dr. Hergarten gesehen habe.

»Ich habe gehört, Madame, die Herren wollten in den Rauchsalon«, sagte der Steward. Das stimmt, denn Sir Surtess hatte als Alibi laut diese Richtung angegeben.

Aber im Rauchsalon saß Hergarten nicht. Der Raum war fast leer. Nur ein paar Engländer saßen herum, rauchten Pfeife und spielten Bridge. Sybilla lief zurück. Sie sah in den großen Hamburg-Salon hinein und bemerkte Sir Surtess in einer verschwiegenen Ecke. Er war mit einem zauberhaften Mädchen beschäftigt und tätschelte ihm dauernd die Hand, die Wange oder die Schultern. Auch Hopkins war da; mit schwitzendem, verzücktem Gesicht tanzte er einen Ballaballa. Aber von Hergarten keine Spur.

Sybilla überkam eine Art Panik. Sie lief zum nächsten Telefon und ließ zur Kabine 12 klingeln.

Keine Antwort.

Mit zusammengekniffenen Lippen lehnte sich Sybilla an die getäfelte Wand und starrte auf die Paare, die durch die großen Pendeltüren ein und aus gingen. Die Musik war in ihren Ohren wie ein Kreischen, wie ein Heulen, wie ein Aufschrei.

Mein Gott, dachte sie. Mein Gott, wenn ihm etwas geschehen ist!

Sie lief zurück zum Alster-Club, blickte in den Saal und verließ ihn dann wieder über die gedeckte Promenade. Verzweifelt stieß sie die Tür zum Riviera-Deck auf und atmete tief die kalte Nachtluft ein. Sie zog den Nerz enger um ihre Schultern und stellte sich an die Reling, blickte über das Meer und versuchte, Ordnung in ihre wild durcheinanderwirbelnden Gedanken zu bekommen.

Wo kann er sein? Was könnte man mit ihm gemacht haben? War er der nächste, den man irgendwo auf dem Schiff fand, eine Kugel in der Stirn? Aber welchen Sinn sollte das haben? Man wollte seine Pläne. An einem Tod Hergartens war niemand interessiert.

Sie griff in die Tasche, zog eine Zigarette heraus und

brannte sie an. Bis auf die gedämpfte Musik war es still auf dem Riviera-Deck. Der Swimming-pool lag wie ein weggeworfenes Tuch dunkel im Deck. Über ihr wiegten sich die Rettungsboote lautlos in den Davits und Taljen. Nur der Wind raschelte in den Persennings. Sybilla sah sich um. Sie war allein auf diesem Deckstück. Das nächste Liebespaar träumte jenseits des Pools hinter einem Aufbau, in dem die Sportgeräte lagerten.

Die Zigarette, die Sybilla rauchte, war wie das Abbrennen einer Zündschnur. Wenn sie beendet war, begann die große Aktion. Ihr Plan stand fest: Sie wollte jede Kabine durchsuchen, vom Promenadendeck bis hinunter zum Sauna-Deck. Es gab dann kein Versteckspielen mehr. Der Kapitän und die Offiziere mußten unterrichtet werden.

Sybilla sah kurz auf. Von der geschlossenen Promenade kam ein Herr herauf auf das Deck. Er trug, wie alle Gäste der I. Klasse, einen Smoking. Daß er außerhalb des Saales aber auch noch seine Maske trug, fand Sybilla übertrieben fröhlich. Sie sah kurz hin und drehte sich dann weg, starrte über das Meer und in die schäumenden Wirbel, die die Schraube der ›Ozeanic‹ erzeugte.

Der Mann in der schwarzen Halbmaske warf seine Zigarette über Bord und sah sich um. Bis auf das ferne Liebespaar waren sie allein. Wo Sybilla stand, war Schatten ... ihr goldenes Kleid schimmerte durch die fahle Dunkelheit wie ein Stückchen Meeresleuchten.

Der Mann machte einen Schritt vorwärts. Dann, lautlos, geschmeidig wie ein Raubtier, schnellte er vor, überbrückte die zwei Meter zwischen sich und Sybilla im Bruchteil eines Wimpernzuckens, warf sich auf die nach vorn gelehnte Frau und packte sie mit starken Händen.

Ehe Sybilla merkte, was geschah, fühlte sie sich emporgehoben und schweben. Aber dann begriff sie blitzartig, was das bedeutete ... sie drehte sich in den Händen, schlug mit der Handkante auf seinen Arm und fühlte, wie sie auf die Deckplanken plumste.

Der Mann mit der schwarzen Halbmaske stand keuchend

vor ihr. Wieder griff er nach ihr, diesmal nach den Schultern, warf sich mit seinem ganzen Gewicht gegen sie und versuchte, Sybilla nach hinten über die Reling ins Meer zu werfen.

Sybilla reagierte eiskalt. Nichts mehr von Angst war in ihr, keine Verwunderung, keine Schrecksekunde. Was sie immer und immer wieder geübt hatte, auf der Matte, in einem großen Sandkasten, auf weichem Waldboden, am Ende auf hartem Beton, das ließ sie jetzt an der Schwelle des Todes wie eine Maschine wieder ablaufen.

Der Griff an die Revers, das Knie hoch bis zur Magengrube, Verlagerung des Gewichtes, sich fallen lassen, den anderen mitreißen und über sich hinwegschleudern, dann herumschnellen, ehe der andere sich wieder aufrappelte ... es lief alles wie auf dem Übungsplatz der Agentenschule ab.

Noch im Fallen versuchte Sybilla, mit einer schnell hervorschießenden Hand die Maske vom Gesicht des Mannes zu reißen. Aber ihr Gegner war reaktionsschnell. Er lächelte sogar anerkennend, als er über Sybillas Kopf hinweg gegen die Planken krachte, und es war der einzige Sieg, den er ihr überließ. Bevor sie sich auf ihn werfen und einen Halsschlagader-Schlag anbringen konnte, rollte sich der Mann katzenhaft weg, trat nach der Hand Sybillas, die nachfuhr, sprang auf und rannte geduckt, ein gleitender Schatten, zwischen Himmel, Meer und fahlem Mondschein kaum erkennbar, quer über das Riviera-Deck und verschwand hinter einigen Aufbauten.

Sybilla erhob sich von den Planken und lehnte sich tief atmend an die Reling. Sie warf den Kopf weit in den Nacken und saugte kalte, reine Seeluft in sich hinein, als müsse sie sich füllen mit dem Leben, das sie behalten durfte.

So stand sie eine ganze Zeit, bis sich die Nerven entspannten. Und erst da merkte sie, daß ihre Tasche weg war. Beim Zugreifen, als es um das Leben ging, hatte sie sie fallen lassen. Sie konnte nicht weit geschliddert sein, sie mußte irgendwo auf dem Deck liegen.

Aber so gründlich Sybilla auch suchte – die goldene

Tasche mit der Automatik-Pistole war nicht zu finden.

Sie suchte jede Ecke ab, sie ging bis zum Pool, sie rannte die Treppe hinunter zum Oberdeck und suchte dort. Es war ja möglich, daß ein Fußtritt des Mannes die Tasche auf das andere Deck geschleudert hatte. Aber auch auf dem Oberdeck fand sich nichts. Eine Gruppe fröhlicher Menschen kam vom Restaurantdeck herauf und veranstaltete hier einen privaten Beat-Club. Sie hatten Gitarren und eine Klarinette mitgebracht.

Ergebnislos brach Sybilla die Suche nach ihrer Tasche ab. Sie stieg wieder hinauf zum Salon-Deck und stellte sich an die gleiche Stelle wie vorhin.

Wo kann sie sein? War sie ins Meer gefallen? Sie bückte sich über die Reling. Unter ihr rauschte der Atlantik, der ihr Tod hätte sein sollen. Nur ein paar Meter ... am nächsten Morgen wäre die Frage nach Sybilla Odenthals Verbleib ein unlösbares Rätsel gewesen. Den Körper hätte man nie gefunden; hier war man mitten auf dem Ozean, in dem ein Mensch soviel wie ein Tropfen ist.

Die Tasche ist ins Meer gefallen, dachte Sybilla. Unter der Reling ist sie weggerutscht. Ein kleiner Verlust ... im Koffer Sybilla Odenthals lagen noch zwei Pistolen unter der zarten Unterwäsche.

Die Tür zur gedeckten Promenade klappte wieder. Sybilla fuhr herum, ihr Gehör war jetzt katzenhaft. Wieder trat ein Mann heraus auf das Deck, im Smoking, die Hände in den Taschen. Noch lag sein Gesicht im Schatten, aber für Sybilla kam eine glückliche Erlösung. Sie breitete die Arme aus, lief dem Mann entgegen, küßte ihn wild, klammerte sich an seinem Hals fest und benahm sich wie ein kleines, durch die Liebe verstörtes Mädchen.

»Wo bist du gewesen?« stammelte sie. »Ich habe dich überall gesucht ... Du sollst doch nicht weggehen, du mußt bei mir bleiben ... Was kann alles passieren ... was kann alles ...« Die Nerven verließen sie ... sie weinte, lachte und schluchzte in einem Atemzug.

»Mein Gott, was ist denn?« Hergarten drückte sie an sich.

»Ich war mit Surtess und Hopkins im Hamburg-Salon, und nachher habe ich kurz ins Hauptrestaurant geguckt. Und dann suchte ich dich. Was hast du denn, Sybilla?«

»O nichts, nicht ...« Sie machte sich von ihm los und lehnte sich gegen die Reling. Hinter ihrem Rücken rauschte das Meer. Ein Schauder überflog sie. »Ich habe meine Tasche verloren ... sie ist über Bord ... ins Meer ... mit allem Inhalt ... Ach Gott, das ist nicht so schlimm ... Komm, wir gehen wieder in den Saal.«

Sie hakte sich bei Hergarten unter und strich ihre Haare zurecht.

»Der Wind ...« Sie lachte etwas schrill. »Ich muß morgen bestimmt zum Friseur ...«

Sie gingen zurück in den Saal, umrauscht von Musik und Lachen. Kapitän Selbach steuerte auf Sybilla zu. Den ganzen Abend hatte er auf diese Gelegenheit gewartet: Der Ehrentanz des Kapitäns!

Hergarten setzte sich an die Bar. Dort hockte Sir Surtess wieder und trank einen Kognak.

»Schon wieder zurück?« fragte Hergarten wie ein alter Vertrauter.

»Mit siebzig wird man bescheiden, mein Lieber.« Sir Surtess legte die Hände um sein Glas. »Glauben Sie, ich wollte mich blamieren?«

Das Neptun-Fest ging wieter.

Über das nächtliche Meer zog eine gleißende, singende, tanzende Stadt.

Der Mann mit der Maske sah sich um, als er Sybilla entronnen war, und merkte, daß sie ihm nicht folgte. Dann zog er seinen Smoking gerade, kontrollierte den korrekten Sitz seiner Schleife, kämmte sich mit gespreizten Fingern durch das zerwühlte Haar und nahm die Maske ab. Er steckte sie in die Rocktasche und ging dann als luftschnappender Bummler weiter über das Deck zur Backbordtür der anderen Promenade.

Dort, an der Reling stehend, sah er zwei rote, livrierte Gestalten, die ihn stumm musterten. Der Mann warf einen Blick zurück zur anderen Seite des Decks. Im schwachen Widerschein des Mondes erkannte er Sybillas Gestalt, ihr goldenes Kleid; es hob sich gegen den Himmel klar ab.

Der Mann blieb ruckartig stehen und musterte die beiden livrierten Diener. Sein forschender Blick war deutlich: Wie lange standen sie schon hier? Hatten sie alles mit angesehen?

Die Mienen der beiden Russen waren ausdruckslos. Sie hielten dem Blick stand, als seien sie Wachsfiguren. Der Mann ging weiter, betrat die gedeckte Promenade, griff in die Tasche und nahm eine Zigarette aus seinem Etui. Doch ehe er in die andere Tasche greifen konnte, um das Feuerzeug zu holen, flackerte neben ihm eine Flamme auf. Der Russe, den Graf Sepkinow als Shura Aitmanow bezeichnet hatte, hielt sein Feuerzeug hoch. Der Mann zuckte zusammen. Er hatte nichts gehört, und doch waren ihm die livrierten Diener gefolgt, lautlos wie Schatten.

»Danke», sagte der Mann gedehnt. »Sie tragen wohl dicke Gummisohlen, was?«

»Bitte, gehen Sie geradeaus bis zu den Toiletten und dann rechts ab zu den Lifts«, sagte der Russe ruhig. Das tatarische Gesicht blieb dabei glatt wie eine Maske.

»Einen Teufel werde ich tun!« Der Mann lachte etwas schrill. »Trinken Sie weniger Wodka, Iwan ... Wohl verrückt, was?«

»Es würde uns leid tun, Gospodin, Schwierigkeiten zu machen.« Der andere Russe lächelte jetzt. Er hielt in der rechten Hand einen kurzen Dolch mit einer beidseitig geschliffenen Schneide. Mit einem höflichen Nicken setzte er die Spitze in den Rücken des Mannes. Nur ein leichter Druck ... Der Tod brauchte nicht laut zu sein.

»Was wollen Sie von mir?« Der Mann rauchte hastig ein paar Züge. Sein Blick irrte umher. Sechs Meter weiter lehnte ein Pärchen an den Fenstern. Sollte man schreien?

»Gehen wir«, sagte Shura Aitmanow. »Bitte, seien Sie klug, Gospodin. Es hat keinen Sinn, um Hilfe zu rufen. Wir werden an vielen Menschen vorbeikommen, und Sie werden keinen Ton sagen. Das Messer Grigorijs ist scharf. Es schneidet durch Stoff, Haut und Fleisch wie durch Butter. Sie könnten nur einen Ton von sich geben, dann wäre das Messer in Ihnen. Wir werden Sie dann auffangen und erklären, es sei Ihnen schlecht geworden und wir wollten Sie zum Arzt bringen. Jeder wird es uns glauben. Sie sehen das doch hoffentlich ein, Gospodin?«

»Was soll das heißen?« Der Mann warf seine Zigarette weg. Dienstbereit zerdrückte sie der andere Russe mit dem Schuh. »Was habe ich mit Ihnen zu tun? Sie werden sich wundern, wie ich protestieren werde! Das ganze Schiff rufe ich zusammen! Ihrem Herrn, Graf Sepkinow, werde ich sagen, daß ...«

»Bitte, Gospodin!« Shura Aitmanow zeigte auf den langen Gang der Promenade. »Das Wasser im Fluß kann Tag und Nacht murmeln – ein Mann sollte handeln, sagt man bei uns. Gehen wir schnell!«

Der Mann hob die Hände, als wolle er winken und schreien. Dann sanken seine Arme schlaff herunter. Die Spitze des Dolches hatte sich durch den Smoking gebohrt, wirklich widerstandslos, und ritzte ihm die Haut unterhalb der linken Lunge auf. Er machte einen Schritt vorwärts, und Shura Aitmanow stützte ihn, als sei er krank.

So gingen sie an den Paaren vorbei, die in der geschlossenen Promenade umschlungen aufs Meer schauten, schwenkten in das große Foyer, von dem die Türen zum Hamburg-Salon und zum Alster-Club abgingen, und stellten sich an einem Lift auf. Ein Schwall von fröhlichen Menschen umspülte sie, drei Musikkapellen spielten, eine Polonaise zog durch die Säle und über die Foyers. Im Alster-Club war Neptun mit seinem Gefolge erschienen und weihte die Neulinge auf See zu Atlantikfahrern. Auch Hergarten war darunter. Er kniete vor Neptun, im Zivilberuf II. Zahlmeister, und erhielt den Ritterschlag mit dem Dreizack.

Das war die kritischte Situation. Shura Aitmanow erkannte es zu gut: Er stellte sich vor dem Mann auf, und seine geschlitzten asiatischen Augen glühten gefährlich.

Der Lift kam. Die drei stiegen ein, fuhren zum Promenadendeck, stiegen dort aus und nahmen den Mann wieder zwischen sich. Schnell gingen sie die langen Gänge hinunter, schwenkten in den Kabinentrakt ein und kamen in den Teil des Schiffes, der jetzt um diese Zeit wie ausgestorben war. Der Mann blieb verwundert stehen. Ein paar Türen weiter war seine eigene Kabine.

»Um mich ins Bett zu bringen, brauchen Sie keinen Dolch«, sagte er mit bitterem Humor. Mit einem Sprung war er plötzlich aus der Mitte der Russen und lehnte sich gegen die Tür von Kabine 17. In ihr wohnte die gelähmte Frau Michaelsen, die jetzt oben im Salon Wein trank und ausgelassen fröhlich war. Gleichzeitig mit dem Sprung riß er einen Revolver aus der Hosentasche ... aber ebenso schnell blitzte das Messer durch die Luft und blieb im rechten Handrücken des Mannes stecken. Der Revolver polterte auf den Gang. Grigorij hob ihn auf und steckte ihn ein.

»Sie sind dumm, Gospodin«, sagte Shura Aitmanow ruhig. Er stieß die Tür der gegenüberliegenden Kabine 19 auf, eine kleine Kabine mit zwei Etagenbetten. Der Raum war hell erleuchtet. Der dritte Lakai Sepkinows wartete dort; der Mann sah ihn deutlich, er stand hinter einem Sessel, mit nacktem Oberkörper, die Arme verschränkt, wie ein Scharfrichter, der auf den Delinquenten wartet.

»Was wollt ihr?« brüllte der Mann. Er preßte ein Taschentuch auf die blutende Hand. Seine Augen flatterten vor Angst. »Hilfe! Hilfe!«

Shura Aitmanow gab ihm einen kräftigen Stoß. Der Mann fiel gegen Grigorij, der ihn mit einem Hieb in die Kabine beförderte. Dort nahm ihn der dritte Russe in Empfang und drückte ihn in den Sessel. Ein Lederband schlang sich sofort um seinen Hals, um Füße und Handgelenke klickten Fesseln.

»Ich bin nur ein kleiner Handlanger!« brüllte der Mann. »Ich habe keinerlei Funktionen ...«

»Wir wollen uns ohne Aufregung unterhalten, Gospodin.« Shura Aitmanow setzte sich dem Mann gegenüber. Der Russe mit dem nackten Oberkörper ging zu einem elektrischen Ofen und erhitzte zwei eiserne Nadeln. Er benutzte dazu eine Zange. Die Spitzen der Nadeln waren hellrot. Der Mann starrte auf Shura. Schweiß rann ihm über das Gesicht. Er wußte, was mit ihm geschehen würde. Nun wußte er es ganz genau.

»Erzählen Sie uns von Ihrem Auftraggeber, Gospodin«, sagte Shura und lehnte sich gelassen zurück. »Und gehen wir methodisch vor: Zuerst die Namen, dann die Adressen, darauf die Kleinigkeiten. Wo ist die Zentrale, wie ist der Funkcode, wo ist Ihr Verbindungsmann, wie lautet Ihr Auftrag, was plant man? Verstehen wir uns, Gospodin?«

Der Mann nickte stumm. Der halbnackte Russe hob eine der glühenden Nadeln heraus und zeigte sie ihm.

»Machen Sie es kurz ...« stöhnte der Mann. Sein Kopf sank auf die Brust. Grigorij riß ihm das Smokinghemd auf, damit die Brust bloßlag. »Erschießen Sie mich! Ihre verdammte asiatische Methode hat keinen Erfolg bei mir ... ich werde schnell ohnmächtig, und dann nützt sie einen Dreck! Ich sage gar nichts ...«

»Sie sind ein dummer Mensch, Gospodin.« Shura Aitmanow winkte. Der Halbnackte kam näher, die glühende Nadel zwischen den Zangenbacken. »Ein Held ist man fürs Vaterland, Sie sind's wegen des Geldes! Daß ihr nie den Unterschied begreift. Daran wird die westliche Welt zugrunde gehen.«

Er stellte das Radio an, aber die Tanzmusik war nicht laut genug, den ersten Schrei zu übertönen.

Man spielte: »Komm doch in meine Arme ...«

Dr. Dahl hatte sich zum Restaurant-Deck begeben und mischte sich unter den Trubel im Restaurant Helgoland, nachdem er wußte, daß Margret Goltz gut versorgt war. Er hatte ihr eine starke Schlafinjektion gegeben und eine der

Schwestern abkommandiert, bei ihr zu wachen. Bis zum Morgen war die Gefahr gebannt, daß das Mädchen seine Entdeckung über das ganze Schiff schrie. Was dann kam, wußte Dr. Dahl noch nicht. Er rechnete mit der Vernunft Margrets. Er wollte ihr die volle Wahrheit sagen und sie so zur Mitverschwörerin machen. Er wollte ihr klarmachen, daß die Ruhe von tausend Passagieren an ihrem Schweigen hing. Vielleicht verstand sie es.

Lisa erwartete ihn an der Sektbar. Er hatte ihr bestellen lassen, daß er als Vertreter des Kapitäns bei den II.-Klasse-Passagieren sein müßte. An der Sektbar möchte sie auf ihn warten.

Lisa sah merkwürdig aus. Sie hatte hektisch gerötete Wangen und unnatürlich glänzende Augen. Sie fiel Dr. Dahl ungeniert um den Hals und küßte ihn. Es war wie eine Demonstration: Seht, er gehört mir! Und ich gehöre zu ihm! Jetzt trennt uns keiner mehr. Am allerwenigsten mein Mann, der über uns in Kabine 12 mit seiner Geliebten zusammenlebt. Wie Mann und Frau wohnen sie schon, und sie macht ihm auf in einem durchsichtigen Nachthemd.

Vorbei! Vorbei! Man soll Enttäuschungen nicht aufblasen. Man wirft sie weg und sucht das Schöne im Leben.

Aber der Brief? War er wirklich nur Lüge, Wort für Wort? Warum schrieb er überhaupt, wenn er wußte, daß in New York auch sein neues Leben beginnt? Man konnte es doch einfacher machen; ein Abschied über mehrere tausend Kilometer. Das ersparte Szenen, da sah man keine Tränen, da hörte man kein Weinen. Warum schreiben: Ich komme schnell wieder?

O wenn man die Lüge doch analysieren könnte wie ein chemisches Produkt ...

Nach einigen Pflichttänzen als Vertreter des Kapitäns zog Dr. Dahl Lisa vom Barhocker und verließ das große Restaurant. Er stieg mit ihr einige unbekannte, im Inneren des Schiffes und für Passagiere gesperrte Treppen empor und öffnete eine Eisentür. Kühler, salziger Wind wehte sie an. Vor ihnen lag das freie Oberdeck, rauschte das Meer, wölbte sich der mondfahle Himmel mit den wehenden Wolkenfetzen.

»Hier sind wir allein«, sagte Dr. Dahl und zog Lisa ins Freie. Sie schlang den Chinchilla um ihre bloßen Schultern und lehnte sich an ihn. Die jungen Leute mit der improvisierten Beatband waren wieder verschwunden. Das Deck gehörte ihnen allein. Über ihnen, auf dem Salon- und Promenaden-Deck war mehr Betrieb. Dort standen die Paare an der Reling und sagten sich tausend dumme und liebe Worte, Beschwörungen für die kommenden Stunden unter Deck.

»Ich liebe dich«, sagte Lisa. In diesem Augenblick klang es nicht jungmädchenhaft-romantisch, sondern ehrlich. Es gab keine anderen Worte dafür. »Ich muß dir etwas gestehen.«

»Ich dir auch.« Dr. Dahl sah über das dunkle Meer. »Darum will ich mit dir allein sein. Ich kann jetzt die lustigen Menschen nicht sehen, ich kann es einfach nicht. Kommst du mit zu mir?«

»Ja.« Sie nickte ihm zu. »Willst du mir sagen, daß du auch verheiratet bist?«

»Nein! O nein, wie kommst du darauf?« Dr. Dahl schüttelte den Kopf. Das »auch« überhörte er in seiner Erregung.

Er hat es gewußt, dachte Lisa erlöst, als er nicht darauf reagierte. Er will nicht darüber sprechen. Er hat recht, vergessen wir Franz Hergarten. Es fiel ihm ja auch leicht, mich zu vergessen.

»Es ist etwas anderes. Berufliches, wenn man so sagen kann.«

Er umklammerte die Reling und blickte weit über die Unendlichkeit des Meeres. »Wir gehen zu mir«, sagte er leise.

Aber dazu kam es nicht. Einige Paare erschienen auf Deck und winkten ihm zu. »Hallo, Doktor!« riefen sie.

»Ich gehe schnell hin und begrüße sie«, sagte Dr. Dahl. »Ich komme sofort zurück.«

Lisa sah ihm nach, dann ging sie die Reling entlang bis zu den Treppen, die zum Salon-Deck führten. Der Nachtwind spielte in ihren Perückenhaaren und zerrte an ihrem Pelz um ihren Schultern. Plötzlich blieb sie stehen und bückte sich. In der Nische unter der Treppe blinkte etwas. Sie griff hinein und zog eine goldene Abendtasche aus dem Schatten, und als sie sie in der Hand hielt, wußte sie, wo sie diese Tasche schon gesehen hatte und wem sie gehörte. Mit einem Ruck riß sie sie an sich und tastete sie ab. Etwas Hartes, Langes füllte die Tasche fast völlig aus. Es war die gleiche Form, die man fühlte, wenn man Lisas Tasche knetete. Nur hatte der Gegenstand hier einen längeren Lauf.

Lisa sah sich schnell um. Dr. Dahl begrüßte die lärmenden Passagiere, niemand beachtete sie. Sie steckte die Tasche unter ihren Pelz und ging langsam zurück zum Kabineneingang. Dr. Dahl sah sich um. Sie machte ein schnelles Zeichen – ich komme nach unten –, und Dr. Dahl nickte. Dann war sie im Gang und rannte ihn entlang bis zu ihrer Kabine 136.

Ihre Mitreisende, die alte Dame, schlief fest. Um ihren Kopf hatte sie ein Tuch gewickelt, als habe man ihr den Kopf eingeschlagen und dann verbunden.

Lisa knipste die kleine Lampe am Schreibtisch an und öffnete Sybillas Tasche. Schwarz, kalt, feindlich sah die Pistole sie an – kein Spielzeug wie Lisas Waffe, sondern ein Werkzeug zur Tötung, eine automatische Waffe. Lisa ließ den Verschluß wieder zuschnappen, trug die Tasche zu ihrem Bett, steckte sie unter die Matratze und verließ leise wieder ihre Kabine.

Voller Gedanken fuhr sie hinunter ins Hospital II, wo auch die Suite Dr. Dahls lag. Hier, im A-Deck, war wieder völlige Einsamkeit, die Passagiere tanzten oben im Restaurant.

Wie kommt die Tasche unter die Treppe?

Was soll das bedeuten?

Ist sie dort bewußt versteckt worden?

Dr. Dahl war schon in seiner Kabine. Stumm zog er Lisa an sich und liebkoste ihren Rücken, während er sie küßte. Und ebenso stumm, als sei es selbstverständlich, zog sich Lisa aus und legte sich in das Bett Dr. Dahls. Sie gehörte zu ihm, in diesen Minuten empfand sie es ganz deutlich.

Dr. Dahl hatte seinen Offiziersrock ausgezogen und seine Schleife abgebunden. Nun saß er auf der Bettkante, sah auf den nackten Oberkörper Lisas und spürte ihre Hände, die nach ihm tasteten in stummer Aufforderung.

»Ich habe einen Toten an Bord«, sagte er unvermittelt. Die Hände Lisas blieben auf seinen Knien liegen.

»Was hast du?« fragte sie.

»Einen Toten. Du kennst ihn gut ... Jerome Dubois ...«

»Er ... er ist tot?«

»Ja. Er wurde gestern erschossen!«

»Mein Gott.« Lisa riß die Bettdecke hoch und bedeckte sich bis zum Kinn. Ein Kälteschauer durchjagte sie. »Ermordet?«

»Ja. Ein Schuß mitten in die Stirn. Abgezirkelt. Ein Meisterschuß. Ich habe die Kugel aus dem Gehirn entfernt. Der Mörder schoß mit einer Automatikpistole.«

»Mit einer Automatik ...«, hauchte Lisa.

Plötzlich wurde ihr schwarz vor Augen. Sie lehnte den Kopf zurück an die Wand. Die Tasche Sybillas. Die Pistole mit dem langen Lauf. Es paßte so herrlich in dieses Bild ... und wenn es nicht paßte, so konnte man es passend machen. Sybilla eine Mörderin! Welch ein Trumpf lag da in ihrer Hand! Welche Rache! Welch einmalige Chance des Hasses! Sie atmete schwer und drückte die Hände auf das Herz. Dr. Dahl erhob sich vom Bett und ging in der Kabine hin und her.

»Ja, es ist furchtbar«, sagte er. Er verstand, daß Lisa sich so entsetzte, aber er übersah das Flammen in ihren Augen. »Wir haben einen eiskalten Mörder an Bord. Und wir alle, die wir es wissen, nur eine Handvoll, die Offiziere und die Oberstewards, warten stündlich auf einen neuen Mord. Das ist das Nervenfressende: Wir wissen, daß es einen Mörder gibt, er ist neben uns, und wir können nichts tun, um ihn an weiteren Morden zu hindern. Jeder von uns kann das kalte Biest sein ... auch du ...«

»Auch ich?« Lisa lächelte schwach. Sie ließ sich zurückgleiten aufs Bett und warf dann die Decke von sich. »Sieht so ein kaltes Biest aus ...?«

Dr. Dahl schüttelte den Kopf. Er löschte das Licht bis auf eine kleine Lampe, die über dem Bett brannte.

Der Morgen war wieder ein Sonnentag, obwohl alle Nebel erwartet hatten, wie es auch das Fernsehen vorausgesagt hatte. Die meisten Passagiere schliefen noch nach dieser langen Nacht der Freude, aber auf dem Sonnen- und Sportdeck gab es doch Unermüdliche, die Frühsport betrieben, einen Dauerlauf um die Pools machten, unter den Rettungsbooten turnten, Luft pumpten, den Rumpf beugten, die Arme schlenkerten und auf der Stelle hüpften. Eine Meisterleistung vollbrachte jeden Morgen um 7 Uhr ein alter Herr, der mit zwei dicken Hanteln übte und sich aus der Gerätekammer vom Decksteward einen ledernen Bock holen ließ, über den er zwanzigmal sprang, nach jedem fünften Sprung immer etwas höher. Dann schwamm er noch zehn Runden im Pool und ließ die Zeit stoppen.

»Ich bin sechsundsiebzig Jahre«, sagte der eiserne Turner einmal zu seinen verblüfften Zuschauern. »Ich turne seit meinem siebten Lebensjahr. Ich sage Ihnen: Der alte Turnvater Jahn war ein Genie! Besser als Kräuter und Pillen ist die gut durchatmete Haut. Unsere moderne Zeit erstickt sich selbst im Mief.«

In den Küchen hatte man jetzt Zeit. Vor zehn Uhr war mit dem Frühstück nicht zu rechnen. Die Deckstewards bauten die Liegestühle auf; sie würden heute gebraucht werden, um die schweren Köpfe auszulüften.

Dr. Dahl hatte Lisa schlafen lassen und hatte sich leise gebadet, rasiert, angezogen und seine Kabine verlassen. Sein erster Weg führte zu Kabine 107. Margret Goltz saß im Bett und winkte ihm rätselhaft fröhlich zu, als er eintrat und seine Arzttasche auf den Frisiertisch stellte. Die Schwester nickte ihm stumm zu und ging. Keine Vorkommnisse. Eine ruhige Nacht. Eine brave Patientin.

»Na, was macht unser Knöchel?« fragte Dr. Dahl und setzte sich auf einen Hocker neben das Bett. Er schlug die Decke zurück und befühlte den Gips. Er saß gut und fest. Der Ausflug Margrets in die Totenkammer hatte ihm nicht geschadet.

»Ein verstauchter Knöchel ist doch ein Klacks gegen einen Kopfschuß, finden Sie nicht auch, Herr Doktor?« sagte Margret laut. Ihre Stimme hatte einen fordernden Unterklang. Dr. Dahl schlug die Decke wieder über das Bein, aber Margret schob sie ganz von ihrem Körper. Sie knöpfte sogar die Pyjamajacke auf und legte sich mit ausgebreiteten Armen zurück. »Sie haben nur den Fuß untersucht, Herr Doktor. Bei einem Fall kann man aber auch innere Verletzungen haben, nicht wahr? Ich glaube, ich habe welche. Es sticht hier in der Herzgegend, und hier im Magen und tiefer auch ... ganz tief ...«

Dr. Dahl übersah den entblößten Mädchenkörper, er sah gegen die Kojenwand.

»Für innere Verletzungen liegen keine Anzeichen vor.«

»Sie haben mich nicht abgetastet, Herr Doktor!«

»Man kann so etwas auch ohne manuelle Aktionen feststellen. Sie haben nur den Knöchel verstaucht, sonst nichts.«

»Und das Brennen im Körper?« Margrets Augen waren groß und dunkelblau. Ihre Lippen bebten. »Wenn ich einen Milzriß habe?«

»Dummheit!« sagt Dr. Dahl grob.

»Oder Prellungen an den Rippen? Herr Doktor, ich muß darauf bestehen, daß Sie mich gründlich untersuchen. Ich fühle mich so elend.«

Dr. Dahl ergriff die Bettdecke und zog sie über den Körper Margrets. Sie ließ es geschehen, aber ihre Augen flimmerten.

»Sie erwähnten eben einen Kopfschuß. Es gibt keinen Kopfschuß, Fräulein Goltz.«

»Und der tote Dubois bei Ihnen?«

»Sie haben ihn nie gesehen.«

»Aber ja! Ich stand vor seinem Bett.«

»Sie haben nichts gesehen.« Dr. Dahl sah Margret jetzt voll an. Ihre Blicke kreuzten sich wie Klingen. »Sie wissen trotz Ihrer Jugend, was ein Skandal bedeutet. Sie können ahnen, was es bedeutet, wenn die Passagiere erfahren, daß hier an Bord ein ... ein Unglück geschehen ist. Im Interesse von tausend Passagieren, von vierhundert Mann Besatzung, im Namen des Kapitäns und auch in meinem Namen bitten wir Sie, nichts gesehen zu haben. In drei Tagen sind wir in New York, dann klärt sich alles auf ... Fräulein Goltz, wenn Sie eine Panik verhindern können, dann nur, wenn Sie schweigen. Versprechen Sie es mir!«

Er hielt Margret seine Hand hin. Sie ergriff sie und hielt sie fest.

»Wie alt sind Sie, Herr Doktor?«

»Was hat das damit zu tun? Dreißig Jahre.«

»Sie haben schon wunderbar graue Schläfen. Sie sind ein schöner Mann.« Margret hob das gesunde Bein und trat die Decke wieder von sich weg. Ihre Brust wölbte sich aus der aufspringenden Jacke. »Ich mag Sie. Ich habe in der Nacht von Ihnen geträumt ... von *uns* geträumt. Es war wunderbar. Haben Sie ein steinernes Herz ...?«

»Versprechen Sie mir, kein Wort über den Toten zu sagen, bis wir in New York sind.«

»Gut. Machen wir einen Handel.« Margret zog die Hand Dr. Dahls an sich und legte sie auf ihre Brust, ehe er sie zurückziehen konnte. »Ich sage kein Wort. Nie in meinem Leben sage ich ein Wort über den Toten dort unten – wenn Sie diese Nacht bei mir bleiben!«

Dr. Dahl sprang auf und stieß den Schemel vom Bett.

»Man sollte Ihnen den Hintern versohlen!« sagte er laut.

»Auch das dürfen Sie.« Margret räkelte sich wie eine Schlange auf einem sonnenwarmen Stein. »Sie dürfen alles mit mir, wenn Sie heute nacht kommen.«

Wortlos verließ Dr. Dahl die Kabine und fuhr mit dem Lift hinauf zur Brücke, zum Kapitän. Lars Selbach saß vor der Seekarte und studierte die Wetterlage.

»Ich bin am Ende«, sagte der Arzt und setzte sich schwer

auf das Sofa des Kapitäns. »Was ich Ihnen jetzt erzähle, wird Sie sehr erheitern. Aber eins vorweg: Sosehr ich das Schiff und die Schiffahrt liebe ... sagen Sie nachher bloß nicht: Doktor, opfern Sie sich für das Schiff.«

Und so war es! Kapitän und I. Offizier sagten einstimmig: »Lieber Doktor, die ›Ozeanic‹ erwartet Ihr Opfer.« Und der I. Offizier setzte noch hinzu: »Ich würde es Ihnen sogar abnehmen, wenn mein Typ gefragt wäre.«

Wütend verließ Dr. Dahl die Brücke. Bis zum Abend war noch viel Zeit.

Um 11 Uhr klingelten alle Schellen, gellten die Sirenen, schepperten die Glocken.

Alarm! Alles in die Boote! Das Schiff havariert! Alarmstufe I. Ablauf nach Plan I.

Die Alarmübung traf die Passagiere gerade zwischen Frühstück und den Überlegungen, wie man den Vormittag herumbringen könne. Wie in einem Manöver eine gut geschulte Truppe durch nichts aus dem Tritt zu bringen ist, so wußte jeder Steward, jedes Besatzungsmitglied bis hinunter zum Schiffsjungen und Liftboy, was er jetzt zu tun hatte. Auch die Passagiere wußten es; sie hatten schon am ersten Tag an Bord ein großes Merkblatt bekommen mit der Bitte, es genau durchzulesen. Im Ernstfalle konnte das Leben daran hängen, daß alles ohne Panik und geordnet eingeschifft und von Bord gebracht werden konnte.

Auf den einzelnen Decks übernahmen die Offiziere das Kommando. Aus den Gängen quollen die Passagiere, die Schwimmwesten in der Hand. In jeder Kabine gab es ein Extrafach, wo die Schwimmwesten lagen. Die meisten Passagiere lachten und machten Witze, vor allem, als einige noch in Schlafanzügen an Deck rannten, getreu der Anweisung: Bei Alarm hat jeder so an Deck zu kommen, wie er gerade ist. Langes Anziehen kann den Verlust wertvoller Minuten bedeuten.

Mr. Hopkins erschien mit einem Feuerlöscher in der

Hand, den er aus der Halterung im Gang gerissen hatte.

»Eisberg oder Brand?« brüllte er. »Bei Brand auf Sammy hören! Ich bin Chef der Freiwilligen Feuerwehr von Hephards Springs!«

Es gibt immer jemanden, der ein Clown sein muß. Die Stimmung jedenfalls war herrlich. Die Offiziere und Stewards teilten die Bootsbesatzungen ein. Die Gruppen marschierten zu den angegebenen Booten, wo die Matrosen die Persennings abrissen und über die Davits die Boote einschwenken ließen. Die Alarmhörner gellten noch immer über das Meer. Von der Brücke aus beobachtete Kapitän Selbach die Bootsmanöver. Er nahm daran nicht teil; er würde im Ernstfall sowieso der letzte sein, der von Bord ging. Oder nicht ... Wie so viele Kapitäne vor ihm, die mit ihren Schiffen untergingen, wie es die Seemannsehre befiehlt.

Auf dem Lido-Deck standen die Bootsbesatzungen und warteten. Wurde das Manöver bis zum letzten durchgeführt? Mußte man in die Boote, wurde man ausgeschwenkt und an der hohen Schiffswand heruntergelassen auf das Meer? Es sah fast so aus; die Matrosen rollten die Persennings ein und nahmen an den Taljen Aufstellung. Ein Glück, daß es ein sonniger Tag und die See nur leicht bewegt war.

Aus der Tür zur Promenade kam Lisa. Sie trug über einem Hosenanzug ihre Schwimmweste und um den Kopf ein festverknotetes Tuch. In der Hand trug sie eine große Badetasche. Dr. Dahl war unter Deck. Er mußte sich um sein Hospital kümmern. Seine Krankenwärter und einige Stewards trugen leere Tragen nach oben, als wenn das Hospital mit Kranken belegt wäre. Auf dem Vorschiff versammelte sich die Besatzung. Köche, Metzger, Bäcker, Maschinisten, Matrosen, Boys, Schiffsjungen, Stauer, Funker, Hilfsarbeiter, Schreiner, Schlosser, Schneider, Büglerinnen, Stewardessen ... die ganze unterirdische Stadt quoll aus dem Schiffsbauch; die Anonymen, die tausend Passagieren ein zufriedenes Leben verschafften. Hier wurden große, grellgelbe Schlauchboote aufgeblasen, große runde Rettungsinseln mit eingebauten Funkgeräten und Signalraketen.

Sicherheit über alles! Wenn die ›Ozeanic‹ untergeht, braucht kein Mensch zu sterben. Für alle ist Platz! Es gibt keine ›Titanic‹ mehr, keine ›Andrea Doria‹. Die ›Ozeanic‹ rettet jeden.

Bei Boot III stand Sybilla, ebenfalls mit einer Schwimmweste angetan. Hergarten wartete bei Boot VI. Man hatte Frauen und Kindern von den Männern getrennt, wie es üblich ist. Zuerst die Frauen und Kinder von Bord, das war schon immer so.

Über das Gesicht Lisas glitt ein triumphierendes Lächeln. Mit großen, festen Schritten ging sie auf Sybilla zu und sagte laut: »Guten Morgen!«

»Guten Morgen«, antwortete Sybilla. Ihre braunen Augen waren lauernd. So blickt ein Tier in der Gefahr, dachte Lisa. Und du bist in Gefahr, mein Seelchen, du stehst am Abgrund.

Sie griff in eine offene Badetasche und holte langsam, damit es alle Umstehenden sahen, die goldene Abendtasche heraus. Mit einer großen Geste überreichte sie das goldfunkelnde Ding.

»Das ist doch Ihre Tasche?« fragte sie dabei.

Sybillas Augen wurden fast schwarz. Sie griff zu und fühlte sofort, daß die Pistole herausgenommen worden war.

»Ja«, sagte sie. Ihr Lächeln war gefroren. »Ich danke Ihnen. Ich habe sie gestern irgendwo liegengelassen. Sie hätten sich nicht die Mühe machen brauchen, sie aufzuheben. Sie ist nicht viel wert.«

»Das kann man nicht sagen.« Lisa lächelte zurück. Aber ihr Lächeln war voll tiefster Wonne. So kann nur eine Frau lächeln, die ihre Feindin am Boden sieht. »Auch wertlose Dinge können ein ganz indiviuelles Eigenleben haben ...« Dann sah sie sich plötzlich um, als gehe sie Sybilla gar nichts mehr an. »Wo gehöre ich hin!« rief sie. »Steward, soll ich schwimmen?«

»Boot I, Madame!« rief der II. Offizier mit der Liste. »Bitte!«

Sybilla sah Lisa nach und drückte die Tasche an sich. Ihr Blick war kalt und abschätzend.

Sie hat die Pistole, hieß dieser Blick. Und sie wird gnadenlos von diesem Wissen Gebrauch machen.

Und plötzlich sprang ein Funke in ihr auf. Woher hatte sie die Tasche? Gefunden ...? Das war unmöglich. Es gab keinen Winkel der beiden Decks, den Sybilla nicht in der Nacht abgesucht hatte.

Wo hatte sie also gelegen? Von wem hatte sie die Tasche? Kannte sie den Mann im Smoking mit der schwarzen Halbmaske? War die Überreichung der Tasche eine neue Warnung? War es blanker Hohn?

Welche Rolle spielte der Schiffsarzt Dr. Dahl?

Wer war Dr. Dahl?

Das Klingeln der Glocken und Schellen verstummte. Die Sirenen schwiegen. Die Übung schien geklappt zu haben.

Sybilla sah auf ihre goldene Tasche. Der Funke in ihr wurde zum Feuer. Zum Brand. Zur Explosion.

Dr. Dahl!

Ihn müßte sie sich näher ansehen.

Die Katastrophenübung lief weiter.

Die Boote wurden zu Wasser gelassen, aber unbemannt, nur die Matrosen, die die Boote abseilten, waren darin. Über Deck rollte die Brandwache die langen Löschschläuche aus, in den Kabinengängen bezogen die Löschtrupps Stellung, tief unten im Bauch der herrlichen ›Ozeanic‹ gab es das Signal: Leck durch Eisberührung. Die Schotten wurden zugeworfen, die Notlenzpumpen, kontrolliert von den Ingenieuren, erwiesen sich als einsatzbereit ... die schwimmende Stadt war bestens bewacht; das sollte das Manöver auch beweisen.

Die Passagiere an Deck nahmen die Übung mit Humor hin. In ihren Schwimmwesten wirkten sie plötzlich wie eine riesige Familie, die Unterschiede verwischten sich. Ob Millionär oder Küchenjunge: Wenn die ›Ozeanic‹ wirklich sinken würde, waren sie alle gleich im Kampf um das bißchen Leben.

Graf Sepkinow erzählte von einem Schiffsunglück, das er auf dem Schwarzen Meer erlebt hatte. Siebenundzwanzig Tote, weil eine Panik ausbrach und alles übereinandertrampelte, wie eine wilde Herde Elefanten, die alles niederwalzt, was sich ihr in den Weg stellt. Sam Hopkins gab Kommandos an die Brandwachen, Sir Surtess hatte sich einen Klappstuhl geben lassen und saß unter den Davits. Fachmännisch beobachtete er das Wassern »seines« Bootes. Er wäre kein Engländer gewesen, wenn er nicht als Jüngling auch zur See gefahren wäre. Indien, Singapore, mit einem Kreuzer Seiner Majestät. Er verstand etwas vom Ausbooten. In ihrem Rollstuhl saß Frau Michaelsen und blickte übers Meer. Es schien, als könnte man ihre Gedanken erraten: Warum sollen Sie mich im Notfall retten? Was ist der Welt verloren, wenn eine alte, lahme Frau im Atlantik untergeht? Ihre Pflegerin, Käthe Peine, stand bleich und stumm hinter dem Rollstuhl, ein fast blutleeres Geschöpf.

Während über Deck alles mit militärischer Präzision ablief, kam es unter Deck zu einem Zusammenstoß.

Die Kabinenstewards kontrollierten, genau wie im Ernstfall, ob alle Kabinen verlassen worden und die Passagiere an Deck gegangen waren.

Ein großer Teil der Kabinen war abgeschlossen; mit ihren Zentralschlüsseln schlossen die Stewards auf und gingen schnell durch die verlassenen Räume. Dabei stellte sich heraus, daß nicht alle den Ernst der Übung erfaßt hatten. Neun Liebespaare wurden gestört und mußten wohl oder übel auch an Deck gehen. Selbst ein Paar auf der Hochzeitsreise mußte einsehen, daß Flitterwochen auf dem Meeresgrund nicht ideal sind.

»Diese Übung findet unter den gleichen Voraussetzungen wie im Ernstfall statt«, sagte er Obersteward höflich. »Ich muß Sie bitten, meine Herrschaften, an Deck zu kommen und die Schwimmwesten anzulegen.«

Der II. Steward vom Promenadendeck hatte wenig Arbeit. Alle Luxuskabinen waren verlassen – es blieben nur noch die Innenkabinen 18 und 19, die beide verschlossen waren. Ahnungslos steckte der Steward seinen Hauptschlüssel in das Schloß Nr. 19 und schloß auf. Aber die Tür öffnete sich nur einen Spalt. Im Innern der Kabine drückte sich ein Mann gegen die Tür. Eine tiefe Stimme knurrte: »Gehen Sie weg!«

»Ich muß Sie bitten ...« Der Steward sah auf die Tür, die wieder zuschlug. Er klopfte höflich und wartete. Als niemand antwortete, klopfte er härter. »Bitte, gehen Sie an Deck!« rief er. »Die Übung ist Pflicht für alle Passagiere ...«

Diese Russen, dachte er. Diese drei Lakaien des Grafen. Auch wenn es dem Alten gleichgültig ist, ob sie im Ernstfall absaufen: Sie müssen an Deck.

Die Tür schwang auf. Durch die Spalte schlüpfte Shura Aitmanow und sah den Steward böse an. Die schrägstehenden Augen glitzerten.

»Mach, daß du wegkommst, du Mißgeburt!« sagte er in einem rauhen Englisch. »Wir brauchen keine Kindermädchen.«

»Alle Passagiere ...« Der Steward wurde wütend. »Befehl des Kapitäns!« rief er.

»Dein Kapitän kann uns das Ärschlein lecken!« sagte Shura dumpf. »Und nun geh, du Abortwischer!«

Der Steward wollte noch etwas sagen, aber in den Augen des Tataren sah er einen Widerstand, den er nicht brechen konnte. Er wandte sich ab und lief zum nächsten Telefon. Von dort rief er den Oberzahlmeister an. Der gab die Meldung an den I. Offizier weiter, der das Hinaufhieven der Boote befehligte.

»Danke, das werde ich schon machen«, sagte er. Er winkte dem II. Offizier und ging zu Graf Sepkinow, der in ein Gespräch mit Sir Surtess über Indien verwickelt war.

»Was?« sagte der Graf und sah den Offizier ernst an. »Meine Diener wollen nicht? Gut, dann lassen Sie sie ... Sollen sie absaufen.«

»Darum geht es nicht, Herr Graf.« Der I. Offizier sah wie hilfesuchend auf Sir Surtess. »Im Ernstfall müssen *alle* an Deck.«

»Das ist aber nur eine Übung, mein Lieber.«

»Unter Katastrophenbedingungen.«

Graf Sepkinow strich seinen langen, weißen Bart. »Bitte, verschonen sie mich mit Ihrer preußischen Korrektheit. Ich schone meine Diener nicht, sie haben jetzt ihre freien Stunden, wenn sie müde sind, lassen Sie sie ruhen.«

»Ich muß aber darauf bestehen, Herr Graf ...« Der I. Offizier hob die Stimme, aber ebenso schnell reagierte Sepkinow.

»Ich bestehe darauf, daß Sie mich in Ruhe lassen mit Ihrem Militärton!« rief er. Plötzlich war seine Stimme anders, hell und hart. Die Worte kamen wie Schüsse. »Meine Diener bleiben unter Deck. Haben Sie verstanden?«

Der I. Offizier wurde rot. »Befehle nehme ich nur vom Kapitän des Schiffes entgegen.«

»Dann sagen Sie Ihrem Kapitän, daß ich mich durch nichts, auch nicht durch Ihre Vorschriften, einengen lasse.« Er riß sich die Schwimmweste vom Körper und schleuderte sie weit weg. »Ich gehe auch unter Deck! Und ich möchte den sehen, der mich daran hindern will!« Er sah sich um. Betretene Gesichter starrten den alten Grafen an. »Ist jemand hier, dem das mißfällt? Ich verabscheue Kadavergehorsam.«

Sir Surtess faßte Sepkinow am Ärmel. Ihm war der Vorfall peinlich. »Seien Sie vernünftig, Graf«, sagte er begütigend. »Der Kapitän ist auf seinem Schiff wie ein Staatschef. Er darf befehlen ...«

»Dann bin ich Anarchist! Ich nehme keine Befehle an!« Graf Sepkinow riß sich los. Er wollte das Deck verlassen, als er Kapitän Selbach kommen sah, der vom Oberzahlmeister benachrichtigt worden war. »Aha!« rief er. »Da kommt die Autorität! Bevor Sie etwas sagen, Kapitän: Meine Leute bleiben unter Deck, wenn es ihnen paßt. Weitere Worte darüber sind sinnlos.«

Kapitän Selbach befand sich in einem Zwiespalt. Es ging jetzt wirklich um seine Autorität als Kommandant der ›Ozeanic‹. Gab er nach, war das eine Schwäche, die nie wieder gutzumachen war. Das Wort eines Kapitäns gilt an Bord, und sonst nichts. Andererseits schätzte er Graf Sepkinow sehr. Es tat ihm leid, daß er gezwungen war, einzugreifen.

»Darf ich fragen, warum sich Ihre Leute weigern, an Deck zu kommen? Es ist ja nur noch für eine Viertelstunde.«

»Ich gebe als Russe keinerlei Erklärungen über Handlungen ab!« sagte Sepkinow mit einem unnachahmlichen Stolz. »Wenn Ihnen das nicht paßt ...«

»Es paßt mir durchaus nicht«, sagte Kapitän Selbach scharf. Graf Sepkinow senkte den Kopf wie ein Kampfstier. Der Bruch war da, und keiner der herumstehenden Passagiere begriff, warum so etwas geschah. Es war alles so sinnlos.

»Bestrafen Sie mich«, sagte Sepkinow laut. »Geldstrafe? Haben Sie einen Karzer an Bord? Werde ich vom Schiff geworfen? Wie bestraft man in der christlichen Seefahrt?«

Kapitän Selbach atmete heftig. Sir Surtess strich sich verzweifelt durch die weißen Haare. Er empfand das Unglück Selbachs nach. Wer hätte das von Sepkinow gedacht? Ein so netter, höflicher Mensch, und jetzt war er wie ein Steppenreiter, mit den Manieren eines Kosaken.

»Ich werde diesen Vorfall ins Bordbuch eintragen«, sagte Selbach mit bewunderungswürdiger Ruhe.

»Tun Sie das, Kapitän. Spielen Sie Schulmeisterlein! Verteilen Sie Zensuren. Der böse Sepkinow – eine Sechs in Betragen!« Sepkinow sah sich um. Die anderen Passagiere senkten den Blick. Es war niemand, der lachte, keiner, der zu ihm hielt. Über das Gesicht des Greises glitt ein Lächeln. »Ich sehe, ich stehe allein! Wir Russen brauchen unsere Feinde nicht zu suchen, sie wachsen uns zu wie die Sonnenblumen.«

»Aber Graf, was soll jetzt die Politik?« sagte Sir Surtess konsterniert. »Eine einfache Übung darf doch nicht ...«

Graf Sepkinow wandte sich ab, drängte sich durch den Kreis der anderen Passagiere und setzte sich schmollend abseits in einen Deckstuhl. Dort blieb er sitzen und starrte aufs Meer, bis die Übung abgeblasen wurde. Sie war, bis auf diesen Zwischenfall, ein Erfolg.

Die ›Ozeanic‹ würde kein Grab werden. Jeder konnte gerettet werden. Das wußte man jetzt.

Und niemand hatte gesehen, daß während der Auseinandersetzung Sepkinows mit dem Kapitän Sybilla Odenthal langsam zur Tür gegangen und unter Deck verschwunden war.

Durch die leeren Gänge rannte Sybilla zu ihrer Kabine und riß den Wäscheschrank auf. Unter ihrer Unterwäsche holte sie eine kleine, automatische Pistole hervor und nahm aus einer Schachtel, auf der »Lavendel-Seife extra mild« stand, zwei kleine schwarze Kugeln, die eher wie Metall und nicht wie Seife aussahen. Beides steckte sie in die Taschen ihres Sportjacketts, das sie unter der noch immer umgeschnallten Schwimmweste trug. Dann ging sie zurück zum Lift, fuhr hinauf zum Promenadendeck und betrat ohne Zögern den Gang, in dem Kabine 19 lag. Sie klopfte an die Tür, als sei es wieder der Steward, griff dann nach den beiden kleinen Kugeln, zog an einer winzigen Reißleine und stellte sich so, daß sie genau vor der Türspalte stand, wenn diese geöffnet werden sollte.

Im Inneren der Kabine war es still, als sei sie verlassen. Von Deck tönten schwach die Sirenen der Barkasse, die wieder an Bord gehievt war. Die Übung ging dem Ende zu.

Sybilla klopfte noch einmal, diesmal mit der Faust. Hinter der Tür hörte sie einen russischen Fluch. Ein hartes Lächeln überzog ihr Gesicht, als sie das Zurückschnappen des Sicherheitsriegels hörte. Die Tür ging auf ... Shura Aitmanow sah sie aus bösen Augen an.

»Falsche Kabine Madame«, sagte er, als er Sybilla erkannte. »Hier ist Nummer 19.«

»Das ist schon richtig!« Sybilla schob die Spitze des Schuhes in den Türspalt. Mit einem Ruck, dem die Knie nachhalfen, brach sie den Spalt weiter auf, und das geschah so plötzlich, daß Aitmanow nicht schnell genug reagieren und sich gegen die Tür werfen konnte. Im gleichen Augenblick flogen die beiden kleinen Kugeln in die Kabine, fielen auf den Boden, zersprangen und gaben ein nebelartiges, süßlich riechendes Gas frei, das sofort den kleinen Raum füllte.

Mit offenem Mund starrte Aitmanow Sybilla an, als ihre Faust ihn gegen die Brust stieß und zurückwarf in das Wogen der Gasnebel. Dann fiel er um, ohne einen Laut, während Sybilla die Tür aufriß, gegenüber die Kabine von Frau Michaelsen öffnete, dort das Doppelfenster aufriß und sich nebenan ins Bad flüchtete. Dort wartete sie, bis das Gas abgezogen war. Wie eine träge Wolke kroch es über den Gang, in die Kabine Nr. 17 und dort hinaus aufs Meer, von der frischen Seeluft wie von einem Magneten angezogen.

Auf Deck hielt der Kapitän eine Ansprache an die Passagiere, an die Besatzung und an Graf Sepkinow persönlich, ohne dessen Namen zu nennen. Er dankte für die Mitarbeit und schilderte, was alles durch undiszipliniertes Verhalten geschehen könne, wenn die ›Ozeanic‹ wirklich in Gefahr käme. Man klatschte laut Beifall.

Sybilla hörte es, als sie aus dem Badezimmer von Nr. 17 herauskam und hinüberging zu Kabine Nr. 19. Das Gas hatte sich verflüchtigt. Die Russen lagen betäubt übereinander, regungslos, wie hingeworfene Schaufensterpuppen. Auf dem unteren Bett der Kabine sah Sybilla einen halbnackten Mann, dessen Oberkörper mit Blutstriemen und häßlichen, aufgequollenen Brandwunden übersät war. Das Gesicht war zerschlagen und deformiert, aber trotzdem erkannte sie ihn sofort.

Es blieb nicht mehr viel Zeit, wählerisch in den Mitteln zu sein. Die Übung war gleich beendet, dann strömten die Passagiere wieder zu ihren Kabinen, um die Schwimmwesten zu verstauen und sich fürs Mittagessen umzuziehen. Das Vorderdeck wurde bereits geräumt, die Besatzung fuhr unter Deck, vor allem die Köche und Küchenarbeiter.

Sybilla rollte den Mann aus dem Bett auf den Kabinenboden, ergriff seine Beine und schleifte ihn hinter sich her aus der Kabine, über den Gang und hinein in die Kabine Nr. 9. Dort ließ sie ihn auf dem dicken Veloursteppich liegen, warf sich in einen Sessel und breitete erschöpft die Arme weit aus. Wie ein Maikäfer vor dem Flug pumpte sie Luft in sich hinein. Ihr Herz schlug wie rasend. Sie warf den Kopf weit in den Nacken und sah an die getäfelte Decke der Luxuskabine. So saß sie ungefähr zehn Minuten, bis sie die Kraft hatte, wieder aufzustehen und sich um den gräßlich zugerichteten Mann zu kümmern. Sie rannte ins Badezimmer, tauchte alle greifbaren Handtücher in kaltes Wasser und warf sie über den nackten Oberkörper des Mannes. Der kalte Schock wirkte. Der Körper zuckte, die Arme schlugen um sich, der Kopf ruckte. Aus den Lippen brach ein Schrei.

»Nein! Nein!«

Dann lag er still, die Augen öffneten sich. Der erste Blick war völliges Nichtbegreifen, aber das Zittern des Körpers hielt an.

Langsam wandte der Mann den Kopf zu Sybilla und starrte sie ungläubig an.

»Wo bin ich?« Seine Worte waren ein heiseres Gurgeln.

»In Ihrer Kabine.«

»Wie komme ich da hin?«

»Ich habe Sie hergebracht!«

»Sie?« Der Mann wandte den Kopf wieder ab. »Sie gehören also auch dazu? Was haben Sie auf Lager?« Die nassen, kalten Handtücher schienen ihm gutzutun. Seine Sprache wurde klarer. Auch die Gedanken befreiten sich aus der Umklammerung von Schmerz und Grauen. »Ich wußte gar nicht, daß Sie Russin sind. Wie ist Ihre Folter? Frauen haben eine besondere Phantasie dafür. Während der chinesischen Revolution sollen die weiblichen Kommissare die grausamsten gewesen sein. Also legen Sie los, Sie Engel.«

»Ich rufe jetzt gleich den Schiffsarzt.« Sybilla starrte auf den Mann vor sich auf dem Boden. »Was Sie ihm erzählen, ist Ihre Sache. Sie müssen auf jeden Fall ins Hospital, dort sind Sie sicher. Ich glaube auch nicht, daß sich die Russen noch einmal mit Ihnen beschäftigen; sie werden sich jetzt an mich halten. Können Sie gehen?«

»Ich hab's noch nicht wieder versucht.«

Der Mann richete sich auf, stöhnte, warf die nassen Handtücher von sich. »Oh, die taten gut.« Er wälzte sich auf die Seite, stemmte sich auf die Knie und hockte so, schwer atmend. Sybilla half ihm nicht. Nun, wo er wieder halbwegs Mensch war, wo er weiterleben konnte, wurde er für sie wieder zum Gegner.

»Was haben sie gemacht?«

»Mongolische Nadelspiele.«

»Schweine.«

»Wer kann es ihnen übelnehmen? Sie tun nur ihre Pflicht – wie wir.« Der Mann kroch zu seinem Bett, zog sich an ihm hoch und warf sich keuchend und ächzend auf die kühle Decke. Er streckte sich aus und lag dort wie aufgebahrt. Sein Atem rasselte.

»Haben Sie Dubois getötet?« fragte Sybilla nüchtern.

»Ja.«

»Warum?«

»Ich stand in der Kleiderkammer, als Sie ihn aus der Kabine katapultierten. Warum Sie nicht geschossen haben, ist mir ein Rätsel.«

»Ich hasse das Töten.«

»In Ihrem Beruf?« Der Mann drehte den Kopf zu Sybilla. »Ich ahnte, daß Dubois wiederkommen würde. Und so war es. Als er annahm, daß Sie schlafen würden, schlich er wieder zu Ihrer Tür und wollte sie mit einem Nachschlüssel aufschließen. Da kam ich aus der Kleiderkammer. Wir sahen uns stumm an und wußten, daß einer zuviel war. Ich war schneller, trotz des hinderlichen Schalldämpfers. Das ist die ganze Geschichte.«

»Dann haben Sie mir das Leben gerettet? Ausgerechnet Sie?«

»Nur aus Eigennutz. Sie sollten mir erhalten bleiben.«

»Auf jeden Fall sind wir quitt.« Sybilla beugte sich vor

und griff zum Telefon. Auf Deck und in den Gängen war jetzt Lärm, Trampeln, Rufen, Lachen. Die Übung war beendet, die Passagiere kehrten zurück. »Wollen Sie Hergartens Pläne noch immer haben?«

»Nein, danke. Ich ziehe mich zurück. Ich habe die Schnauze voll.« Der Mann lächelte Sybilla verzerrt an. »Auch meine Auftraggeber werden nach Besichtigung meines Körpers dafür Verständnis haben. Ich kann immerhin vorweisen, so heldisch gewesen zu sein, meine Regierung nicht zu verraten. Trotz dieser Sauerei hier ...« Er strich über seinen gemarterten Körper. »Auch Ihnen sage ich es nicht.«

»Mir genügt, daß Sie aufgeben.« Sybilla nahm den Hörer ab. »Werden Sie rückfällig, rettet Sie keiner mehr.«

»Ich weiß, Wunder gibt's nur einmal.« Der Mann seufzte. »Wie haben Sie das nur gemacht?«

»Es war nicht schwierig.« Sybilla wählte die Bordnummer des Hospitals. Dr. Dahl war gerade angekommen, die Tragen wurden wieder verstaut.

»Kabine neun, bitte«, sagte sie. »Herr Doktor, kommen Sie bitte persönlich und mit viel Diskretion. Und bringen Sie Brandsalbe, Penicillinpuder und Verbände mit. Herr Architekt Niehoff braucht das sehr dringend ...«

»Sie sind ein Aas, holder Engel! Der Doktor wird mich bis New York nicht aus den Krallen lassen.«

»Genau das soll er auch nicht. Ich besuche Sie mal im Hospital.« Sybilla winkte Heinz Niehoff zu und verließ schnell die Kabine.

Was wird nun geschehen? dachte sie. Wie wird sich Dr. Dahl benehmen? Gehört er zu irgendeiner Gruppe, dann weiß er jetzt, daß die Gefahr woanders ist. Ist er wirklich nur ein harmloser Schiffsarzt, wird er vor neuen Rätseln stehen.

Und so war es.

Dr. Dahl untersuchte mit innerem Schaudern die gräßlichen Wunden Niehoffs.

»Wollen Sie nicht sagen, wer Sie so zugerichtet hat?«

fragte er dann. Niehoff stöhnte, als Dr. Dahl die Brandsalbe auf die Wunden strich.

»Nein, Doktor! Fragen Sie nicht.«

»Man hat Sie gefoltert!«

»Kümmern Sie sich um die Wunden.«

»Ich müßte dem Kapitän und der Polizei ...«

»Ich appelliere an Ihre ärztliche Schweigepflicht, Doktor.«

»Wer war die Dame, die mich zu Ihnen rief?«

»Ein Engel, Herr Doktor! Ein wahrer Engel.«

»Wir haben hier an Bord einen Mörder! Sollten Sie das nächste Opfer dieses Verbrechers werden?«

»Verbinden Sie, Doktor.«

»Verdammt! Es ist Ihre Pflicht auszupacken! Wenn wir hier an Bord einen Wahnsinnigen haben, der alle Passagiere gefährdet ...«

Heinz Niehoff schüttelte schwach den Kopf. Die schmerzstillende Injektion, die ihm Dr. Dahl gegeben hatte, begann zu wirken. Müdigkeit senkte sich über ihn. »Das kann ich Ihnen ehrlich beantworten, Doktor. Ein Wahnsinniger ist es nicht. Und es geschieht keinem Passagier etwas ... nur ein paar bestimmten. Und die sind es gewöhnt, die rechnen damit, das ist Berufsrisiko. Dubois hatte eben Pech, das war alles.«

»Also wird auf dem Schiff eine politische Sache ausgetragen?«

»Wenn Ihre Verbände so gut sitzen, wie Sie fragen können ... alle Achtung, Doktor. Umwickeln Sie mich weiter, ich übe das Schweigen.« Heinz Niehoff schloß die Augen. Kurz darauf schlief er ein. Er merkte nicht einmal, daß ihn zwei Sanitäter auf einer Trage ins Hospital schafften. Dort bekam er ein Einzelzimmer, das Dr. Dahl abschloß. Den Schlüssel steckte er in seine Tasche.

Dr. Dahl begann, Zusammenhänge zu ahnen. Und als er sie erkannte, wünschte er sich nichts sehnlicher, als bald in New York zu sein.

Aber bis dahin waren es noch dreieinhalb Tage und drei Nächte.

In den Speisesälen der ›Ozeanic‹ begann das Essen.

Weißgekleidete Stewards mit goldenen Schulterstücken trugen auf silbernen Tellern auf.

Filet of Turbot Dugleré. Masthähnchen Florida. Salate der Saison. Eisbombe-Ozeanic flambiert. Käseplatte.

Graf Sepkinow erhob sich galant, als Sybilla, etwas verspätet, an den großen Tisch kam. Er küßte ihr die Hand und sah sie mit strahlenden Augen an.

»Ich beglückwünsche Sie, Gnädigste!« sagte er und hielt ihre Hand fest. Sein Druck war hart. »Sie hatten einen erfolgreichen Morgen ...«

»O ja, danke.« Sybilla lächelte herzlich zurück. »Ich habe meine verlorene Tasche wiedergefunden.«

Es wurde ein langes, fröhliches und fast familiäres Essen.

Sogar die drei livrierten Lakaien Sepkinows waren an ihrem Seitentisch. Aber sie aßen nichts; sie tranken Milch und husteten öfter unterdrückt, als hätten sie alle eine fatale Erkältung.

Am Nachmittag war Lisa allein. Dr. Dahl hatte im Hospital zu tun. Den Toten hatte er ihr gestanden, über den mißhandelten Niehoff schwieg er. Er spürte, daß es nicht gut war, Lisa in alles einzuweihen. Je mehr sie wußte, um so größer wurde auch die Gefahr für sie selbst. Ein unbedachtes Wort, eine Bemerkung, die die anderen nicht verstanden, wohl aber die, die es anging, und die dunklen Mächte auf diesem herrlichen, weißen Schiff würden sich auch um Lisa kümmern.

Das war nicht auszudenken und jagte Dr. Dahl eisige Schauer über den Rücken.

Um Niehoff kümmerte er sich wie eine Mutter um ihr verletztes Kind. »Die Übung hat einige Unfälle gebracht«, sagte er zu Lisa, die in seiner Suite wartete. »Ich habe alle Hände voll zu tun. So ist das nun, wenn man einen Arzt liebt.« Er küßte sie. »Überleg es dir! Vier Fünftel des Lebens mußt du mich an die Patienten abgeben.«

»Mir genügt das eine Fünftel, wenn es nur ganz mir gehört.«

»Ausschließlich dir.«

Sie küßten sich. Und dann lag ein langer Rest des Tages zwischen ihnen, an dem sie allein mit sich und ihren ureigensten Problemen waren.

Lisa hatte noch einmal gegen sich gekämpft, und sie hatte gesiegt. Der Drang, zu ihrem Mann in die Kabine zu gehen, ganz gleich, ob diese Sybilla bei ihm war oder nicht, mit ihm zu sprechen und ihn zu fragen: »Wo willst du bleiben? Bei mir, deiner Frau, oder bei ihr?« – diesen Zwang zur Wahrheit hatte sie unterdrückt. Ihr Stolz schob sich dazwischen und dann der Gedanke, bedrückend und belastet mit einem Schuldgefühl, daß alle diese Pläne nun sinnlos waren. Die Entscheidung war ja schon gefallen ... in zwei Nächten, in denen sie in den Armen Dr. Dahls gelegen hatte. Das war nicht mehr rückgängig zu machen, das war etwas Endgültiges. Und es war nicht nur ein Racheackt gewesen – nein, als sie seine Liebe spürte, war auch ihr Herz dabei, gab sie alles, was eine Frau an Seele geben konnte. Sie träumte in seinen Armen, sie war unendlich glücklich, und sie gestand sich sogar, so eine Seligkeit von Liebe bei Franz Hergarten nie empfunden zu haben. Es war, als sei sie erst jetzt hier an Bord der ›Ozeanic‹, zur wirklichen Frau geworden, als sei etwas in ihr geweckt, aufgebrochen worden, was sie vorher nie gekannt hatte: das völlige Hinströmen im Glück.

Als sie das spürte, war ihr Franz Hergarten plötzlich wie ein Fremder geworden, wie eine Erinnerung an einen Mann, neben dem sie drei Jahre gelebt hatte, ohne genau zu wissen, wie er in Wahrheit ist. Drei Jahre des Erforschens ohne Entdeckung – das war es. Eine Ehe zwischen Laboratorium und polierter Bürgerlichkeit. Als sie heirateten, war auch das wie ein abgeschlossener physikalischer Versuch: Man hatte erkannt, daß die Stoffe Hergarten und Lisa Arthberg durch Verschmelzung einen neuen Stoff hervorbrachten, den man Ehe nannte. Und Lisa war glücklich gewesen, solange sie nichts anderes kannte; solange sie nicht ahnte, wie Liebe sein kann.

An diesem Nachmittag allein, hatte Lisa eine verrückte Idee. Sie kam ihr, als sie das Telefon ansah. Es war wie ein Blitz, der in sie hineinfuhr.

Wir klären das jetzt alles, dachte sie. Wir ... wir werden uns aussprechen und den Irrtum unseres Lebens einsehen.

Sie hob den Hörer ab. Die Telefonzentrale meldete sich. Eine freundliche Stewardeß. »Bitte Kabine 12«, sagte Lisa.

Es knackte in der Bordleitung. Ob er unter Deck ist? dachte sie.

Eine Stimme. Seine Stimme. Nah, als säße er neben ihr.

»Ja, bitte?«

Lisa holte tief Atem und raschelte mit der Tasche an dem Hörer. Es mußte sich anhören wie atmosphärische Störungen. Mit verstellter Stimme sagte sie:

»Bitte – warten ... bitte – warten ... bitte – warten ...« wie das Tonband bei einer besetzten Leitung.

Dann ließ sie den Verschluß knacken und hörte, als sie den Hörer wieder an ihr Ohr hielt, Hergartens fragende, etwas aufgeregte Stimme.

»Hallo! Was ist denn? Hallo!«

»Franz –«, sagte Lisa mit mühsam fester Stimme. Am anderen Ende vernahm sie ein tiefes Einatmen.

»Lisa ...?«

»Ja.«

»Mein Gott, du rufst mich an? Du ... woher weiß du denn ... Wieso kannst du ...« Er kam ins Stottern. Seine Fassungslosigkeit tat ihr gut. Jetzt peinigt ihn das schlechte Gewissen, jetzt muß er aus dem Stegreif lügen. Kann er das?

»Warum bist du so entsetzt?« fragte sie ruhig.

»Ich bin nicht entsetzt, Lisa, ich bin einfach platt! Du rufst mich an! Wo bist du denn?«

»Bei uns zu Hause.«

»Es ist so klar, als wenn du mir gegenüber säßest.«

»Ja, die Technik!«

»Woher weißt du denn, daß ich auf der ›Ozeanic‹ bin und

nicht mit dem Flugzeug übergesetzt habe?«

»Du siehst, ich weiß es eben. Ich weiß noch noch viel mehr.«

»Ich habe dir einen Brief geschrieben, Lisa.«

»Mit der Flaschenpost?« unterbrach sie ihn bitter. Sie hörte, wie Hergarten sich den Schweiß abtupfte. Du Schuft, dachte sie. Los, suche dir Lügen aus dem Ärmel! Mach es wie der Zauberer, der Kaninchen aus dem Hut zaubert.

»Er liegt beim Bordpostamt und sollte als erster in New York sofort weggehen. Das heißt, er lag dort. Jemand hat ihn gestohlen und zerrissen.«

»Bist du auf einem Schiff, mit dem mal Karl May gefahren ist?«

»Lisa, ich bitte dich, hör mich an. Hier an Bord ist der Teufel los! Ich bin auf dieses Schiff umgestiegen, weil man glaubte, man könne damit mögliche Agenten, die nach meinen Plänen fahnden, irreführen. Das war ein Irrtum. Auf dem Schiff wimmelt es von Agenten.«

Wie raffiniert du lügst, dachte Lisa bitter. Seit vier Tagen bin ich an deiner Seite, und ich habe noch keine Drängelei der Agenten bemerkt. Oh, welch ein schäbiger Kerl du doch bist, Franz Hergarten!

»So schlimm ist es?« sagte sie mit dickem Spott. »Und du spielst James Bond? Hast du auch wie er so viele Frauen im Bett?«

»Lisa!« Hergarten schrie ins Telefon. »Bitte, hör mich an. Ich ...«

Sie unterbrach ihn wieder. Kühl und doch bis zu den Zehen bebend. »Ich weiß, dir genügt eine! Du siehst, ich weiß alles. Soll ich dir beschreiben, wie sie aussieht?«

»Mein Gott, Lisa, das ist doch alles ein Irrtum! Das ist eine Verkettung von Dingen, die man nicht mit zehn Worten erklären kann! Hab doch Vertrauen zu mir! Es mag vielleicht auf die Entfernung so aussehen, als wenn ... Lisa ... hörst du mich noch ...?«

Oh, ich höre dich sehr gut, dachte sie. Aus der Entfernung ... ich habe von nahem gesehen, wie sie in deinem

Zimmer war, nackt unter einem hauchdünnen Nachthemd. Das ist kein Irrtum.

»Hast du mit ihr geschlafen?« fragte sie. Ihr Herz zersprang fast dabei.

»Nein, Lisa!«

»Warum lügst du so feig?«

»Ich schwöre es dir!«

»Du liebst sie aber ...«

»Ich gestehe, daß sie faszinierend ist. Aber unser Zusammensein ist nur rein beruflich ...«

Nackt in der Kabine, das ist auch ein Beruf, bestimmt. Nur hat das mit Wissenschaft nichts mehr zu tun und nichts mit Staatssicherheit. So etwas nennt man schlicht Hurerei. Ist das dein neuer Beruf, Franz Hergarten?

»Ich weiß, was geschehen ist. Bis du in New York angekommen bist, wirst du mit ihr geschlafen haben. Das ist ganz sicher. Und wenn du ehrlich bist: Hast du nie darüber nachgedacht, ob wir wirklich zusammenpassen?«

»Aber Lisa! Lisa! Was ist denn mit dir los?!« Die Stimme Hergartens überschlug sich. »Ich liebe dich doch ...«

Es traf sie wie ein Schlag. Der Hörer fiel ihr aus der Hand und pendelte an der Strippe hin und her. Sie hörte Hergartens rufende Stimme und schüttelte langsam den Kopf. Mit müder Hand nahm sie den Hörer und legte auf. Zu Ende, Franz, zu Ende. Wenn es wahr sein sollte, was du sagst, wenn es wirklich war ist... es ist nun zu spät. Ich habe versagt, *ich* bin ausgebrochen, *ich* habe mit einem anderen Mann geschlafen ... und sie, dieses Aas, dieses Scheusal mit dem schwarzen Nerz, dieses Höllenweib hat mich dazu getrieben. Man sollte sie umbringen deswegen ... auch jetzt noch, gerade jetzt, wo alles zusammengebrochen ist und es kein Zurück mehr gibt.

Der Haß, der in Lisa emporstieg, war so groß, daß er ihr die Luft nahm. Sie fiel nach hinten auf das Bett Dr. Dahls und riß sich die Bluse von der Brust.

Luft! Luft! Ich ersticke am Haß ...

Verzweifelt flehte Hergarten die Stewardeß der Telefonzentrale an, Deutschland zu erreichen. Der Funker in der Funkkabine, der die Verbindungen herstellte, konnte nur immer das gleiche melden:

»Die angegebene Nummer meldet sich nicht.«

»Aber das ist doch Blödsinn!« schrie Hergarten die unschuldige Stewardeß an. »Meine Frau ist da. Sie hat eben noch mit mir gesprochen. Wir sind nur getrennt worden. Versuchen Sie es noch einmal. Immer wieder.«

Nach zwei Stunden gab es Hergarten auf.

»Der Teilnehmer hebt nicht ab«, sagte die Stewardeß. »Wir haben mehrmals drei Minuten lang durchklingeln lassen. Wir können unsere Leitungen nicht mit einem einzigen Gespräch blockieren. Vielleicht versuchen Sie es morgen wieder.«

»Gut, ich versuche es.« Hergarten stützte den Kopf in die Hand. »Dann schicken Sie wenigstens ein Telegramm hinaus. Text: Anrufe sofort. Ich warte am Telefon. Franz. Adresse ...«

Aber es kam kein Anruf mehr.

Dafür kam Sybilla vom Sonnendeck zurück, in einem Bademantel, die braune Haut naß und herrlich kalt vom Schwimmen. Sie warf den Mantel ab, löste das Oberteil des Bikinis und stieg aus dem nassen Höschen. Nackt lief sie hin und her und rieb sich mit einem Handtuch den Rücken. Hergarten saß auf dem Bett und sah sie an, wie sie an ihm vorüberlief, eine Venus, die ihm gehören könnte. Der Traum von einem Weib.

Er ergriff ihren Arm, als sie wieder an ihm vorbeilief, und hielt sie fest.

»Komm!« sagte er mit belegter Stimme. »Du hast gesiegt.«

Sie gab seinem Drängen nach und fiel neben ihm aufs Bett. Und sie breitete die Arme aus, als er sich über sie beugte.

Der Fünf-Uhr-Tee fand ohne Sybilla und Hergarten statt.

Margret Goltz hatte sich schöngemacht. Alle Raffinements, die eine im Bett liegende Frau zu bieten hat, hatte sie aufgeboten, um die Visite Dr. Dahls zu einem intimen Erlebnis werden zu lassen.

Sie trug ein Nachthemd, dessen Ausschnitt sie so weit eingeschlagen hatte, daß ihre festen Brüste nur halb bedeckt waren. Das lange blonde Haar floß offen über ihre Schultern. Sie hatte ihr Puppengesicht geschminkt, die Augen umrändert, den Mund mit Lippenstift vergrößert. Ein wenig Verworfenheit ging von ihr aus, Lockung und Angebot, und doch auch ein bißchen Clownerie, hinter der das Mitleid stand.

Sie hatte sich nur halb zugedeckt. Das gegipste Bein lag bloß, das andere Bein, nackt und am Fuß mit einem Fellpantoffel verziert, lag über der Decke, wie ein Wegweiser zu dem halbverhüllten Körper. So traf Dr. Dahl Margret Goltz an, als er am späten Nachmittag in ihre Kabine kam.

»Wie geht es uns denn?« fragte er. Mit dem Knöchel klopfte er gegen den Gipsverband. Dann glitt sein Blick das Bein entlang über den Körper. »Noch Schmerzen?«

»Nicht im Bein, Doktor. Sie wissen es doch.« Margrets Stimme war süß und angereichert mit zurückgedrängten Seufzern. Sie räkelte sich, und die gewölbte Landschaft ihres Körpers veränderte sich ständig. Als sie sich reckte, schob sich das dünne Nachthemd bis über die Hüften. Die weißen Schenkel öffneten sich ein wenig, durchaus nicht obszön, sondern eher wie eine Frage des Leibes: Erkennst du, wie schön ich bin? Es war ein Anbieten mit dem Unterton der Angst.

Dr. Dahl öffnete seine Arzttasche und entnahm ihr eine Flasche Kirschlikör und zwei Gläser. Er stellte sie auf den Tisch, schraubte die Flasche auf und goß die Gläser voll. Margrets Augen wurden groß und fragend.

»Sie haben Likör mitgebracht, Doktor?«

»Wie Sie sehen.« Er sah bewußt deutlich auf seine Armbanduhr. »Ich habe ab jetzt keinen Dienst mehr und nehme Ihr Angebot an. Ich freue mich auf die Stunden mit Ihnen.«

Er reichte ihr ein Glas hinüber, sagte »Prost« und trank es leer. Mit zitternden Händen tat Margret das gleiche.

»Sie bleiben jetzt bei mir?« fragte sie.

»Ja. Die ganze Nacht. Ich freue mich.« Dr. Dahl zog seine Jacke aus, ging zur Tür und schloß sie ab. »Es wird uns niemand stören. Ich habe dem Kabinensteward befohlen, Sie in Ruhe zu lassen.« Er kam zum Bett zurück, setzte sich neben Margret, nahm ihren Kopf und küßte sie lange und etwas brutal. Tief atmend fiel sie in die Kissen zurück, als er sie losließ. Ihr Leib bebte, daß die Matratze knirschte.

»So hat mich noch keiner geküßt«, stammelte sie. Mit einem Ruck setzte sie sich hoch und zog das Nachthemd über ihren Kopf. »Das ist wie Feuer ... das brennt durch den ganzen Körper ...« Sie krallte beide Hände in Dr. Dahls Schulter, wie eine Katze, die ihre Beute schlägt. »Ich hätte große Lust, dich zu kratzen«, stöhnte sie. »Ich möchte dir weh tun ... ich will dich schreien hören ...« Sie warf sich zurück und spreizte Arme und Beine, als schnalle man sie auf eine Streckfolter. »Ich verbrenne ... o Gott, ich verbrenne ... Küße mich noch einmal ... komm zu mir ...«

Dr. Dahl goß noch einmal die Gläser mit Likör voll. Was Margret aber nicht sah: In ihr Glas schüttete er aus einer kleinen braunen Medizinflasche eine Menge Tropfen, ehe er den roten, süßen Likör darüberfließen ließ. Margret streichelte unterdessen mit der Zehe ihres gesunden Fußes über den Rücken Dr. Dahls. Ihr Atem flog, wie Wellen eines heißen Windes überzog die Hitze ihrer Sehnsucht ihren Schoß.

»Bin ich verrückt?« fragte sie plötzlich.

»Nein.« Dr. Dahl reichte ihr das Likörglas.

»Wie nennt man das, was ich bin? Wenn ich einen Mann sehe, wird es mir heiß.«

»Dafür gibt es eine Menge Erklärungen. Trink erst einmal.«

»Es ist schlimm. Den ganzen Tag denke ich nur an einen Mann. In der Nacht träume ich die tollsten Geschichten. Bin ich mannstoll?«

»Vielleicht.«

»Ich war immer ein braves Mädchen. Aber keiner konnte in mich hineinsehen.« Sie nahm das Glas, trank es mit einem Zug leer und reichte es Dr. Dahl zurück. Sie legte das gesunde Bein um seine Hüfte und zog ihn damit zu sich heran. Es war wie die würgende Umklammerung einer Schlange. »Ich liebe dich. Du bist so hübsch, so stark, so männlich, so überlegen. Ich will sehen, wie deine Augen sind, wenn du bei mir bist. Werden sie groß und dunkler und starr? Eine Freundin hat mir das erzählt ... sie hat mit fünfzehn zum erstenmal geliebt. Werden deine Augen dunkler?«

Dr. Dahl lächelte ein wenig. Er streichelte über Margrets Schultern. Ihre Haut hatte den Duft von Pfirsichen. Was wird aus ihr werden? dachte er. Hunderte Männer werden dich besitzen, denn du bist schön und wirst schöner werden, je reifer du wirst. Du wirst die Männer einfangen wie Spinnen die Fliegen, aber die Unersättlichkeit wird bleiben, und sie wird größer und größer werden, je mehr Männer du in dir empfängst. Sie werden kommen und gehen, und mit jedem wird eine Leere zurückbleiben, und in dir wird die Sehnsucht sich steigern, die Jagd nach dem Sattsein, und am Ende wirst du nicht mehr wissen, was Liebe ist, sondern die Männer einnehmen wie Essen und Trinken, weil es dein Körper braucht. Dagegen kann man nichts tun ... du wirst zu den Frauen gehören, die jeden Mann, den sie ansehen, in Gedanken schon mit sich vereinigen. Du wirst ein Gefäß sein, in das man hineinschüttet und hineinschüttet und das doch nie voll wird.

»Komm!« sagte Margret. Ihre Stimme hatte eine plötzliche Trägheit, die Worte schleppten sich dahin. »Komm endlich ... ich brenne ja so ... Leg die Hand hin ... o Gott ... tue etwas ...« Sie riß Dahls Hand an sich und führte sie zu ihrem Schoß. Als sie den Druck spürte, bäumte sie sich auf und stöhnte hell.

Dr. Dahl beobachtete sie mit dem nüchternen Blick des Mediziners. Er sah, wie ihre Augen glasiger wurden, wie die Lider zitterten und sich vom Willen lösten, wie sie herunterklappten und nur mühsam wieder zurückgingen ... er hörte, wie der Atem ruhiger wurde und der Druck ihrer Hände nachließ ... und dann lag sie ganz ruhig, ein nackter, dargebotener, junger Körper, die Verkrampfungen lösten sich, der Kopf sank zur Seite, nur die grell geschminkten Lippen bewegten sich noch.

»Komm ...«, sagte sie müde. »Komm doch ...«

Dann schlief sie.

Dr. Dahl erhob sich vom Bett, zog seine Jacke an und räumte die Flasche, die Medizin und die Gläser wieder in seine Tasche. Er deckte Margret zu und sah auf seine Uhr. Nach der Dosis, die er ihr gegeben hatte, mußte sie bis zum Morgen fest durchschlafen. In der Nacht wollte er noch einmal nach ihr sehen. Morgen früh, wenn sie aufwachte, war er wieder bei ihr und lag neben ihr im Bett. Und sie würde glauben, daß die Nacht, die sie nur geträumt hatte, Wirklichkeit gewesen war.

Dr. Dahl verließ die Kabine Margrets und schloß sie ab. Dann fuhr er hinauf zum Promenadendeck. Dort lagen die unentwegten Naturanbeter in den Deckstühlen, eingemummt in dicke Wolldecken, und erlebten den Sonnenuntergang und einen blutroten Atlantik. Auch Lisa lag an der Reling und sah über das Meer. Neben ihr, wie Mumien eingerollt, unbeweglich, lagen Sir Surtess, Lady Anne und Graf Sepkinow. Frau Michaelsen, in ihrem Rollstuhl, eine Pelzdecke um sich, ließ sich von ihrer Pflegerin auf der Promenade hin und her fahren. Ein Steward folgte ihr mit einem Tablett, auf dem ein Glas dampfenden Arraks stand. In Abständen von fünf Minuten winkte sie wortlos dem Steward, ließ sich das Glas reichen und nahm einen Schluck. Sybilla und Franz Hergarten fehlten an Deck; sie lagen in der Kabine, die Arme unter sich geschoben und sprachen von der Zukunft, die jetzt ganz anders aussah als noch vor einem Tag.

»Ich bleibe in Amerika«, sagte Hergarten. »Wir werden irgendwo in Florida wohnen. Ich habe seit Jahren ein Angebot der amerikanischen Raumfahrtforschung. Aber Lisa wollte nie nach Amerika ...«

Graf Sepkinow begrüßte Dr. Dahl mit einem Wackeln seines weißen Bartes, der über den Decken hing und im Abendwind wehte. »Ist das nun gesund, Doktor?« rief er. »Sir Surtess behauptet es!«

»Wenn Sie Asthma haben, Graf ... sehr gut!«

»Ich habe Arthrose, Doktor.«

»Das schadet auch nicht. Kalk und Salz vertragen sich.«

Die Herumliegenden lachten laut. Dr. Dahl setzte sich auf einen Hocker zwischen die Eingemummten. Auf der Kommandobrücke stand der II. Offizier und bestimmte mit dem Sextanten den Standort der ›Ozeanic‹. Kapitän Selbach war sauer. Er ließ sich seit der Übung nicht mehr bei den Passagieren um Sepkinow sehen. Dem Kapitänstisch, dem Ehrentisch an Bord, präsidierte der I. Offizier. Kapitän Selbach aß in der Offiziersmese. Ein stummer, aber deutlicher Protest. Graf Sepkinow sagte es zu Dr. Dahl.

»Es tut mir leid, aber ich bin ein Mensch, der vor den roten Teufeln in die Freiheit flüchtete, um wirklich frei zu sein. Ich hasse die Vokabeln: müssen, sollen, Verfügung, Paragraph, Bestimmung, Befehl, Verordnung und gehorchen. Ich hasse sie wie die Pest! Ich lebe mein eigenes Leben, und das geht keinen etwas an. Ich gliedere mich ein in die Ordnung der Ethik – damit ist aber auch Schluß. Jeden, der Zwang ausüben will, könnte ich umbringen wie meinen ärgsten Feind. So war es auch heute morgen. Wenn meine Diener unter Deck bleiben wollen, so bleiben sie. Doch reden wir nicht mehr darüber.«

Dr. Dahl sah sich um. Wo waren die drei Lakaien? Nur einer stand stumm und wächsern an den Aufbauten, bereit zur Bedienung seines Herrn. Shura Aitmanow und der andere fehlten.

»Erzählen Sie, Doktor, was Sie von der Welt schon gesehen haben«, sagte Sir Surtess. »Vorhin war der Herr Bordpfarrer hier und ging von Stuhl zu Stuhl. Er wußte nichts Neues. Er sagte: Gott ist überall.«

»Er hat mich zu einer Diskussion eingeladen!« rief Sam Hopkins aus seinem Liegestuhl. Er hatte eine Decke um seinen Kopf gelegt und sah aus wie ein riesiges Wickelkind.

Der Abend sank über das Schiff und das Meer. Tausende Lichter schimmerten auf. In den Salons waren die Tische zum Dinner gedeckt, die Passagiere schälten sich aus den Decken und gingen hinunter zu ihren Kabinen. Die abendliche Toilette begann. Smoking und Cocktailkleid. Die schwimmende Stadt zeigte wieder ihren glitzernden Luxus. Die Millionen, die hier über den Atlantik schwammen, waren nicht zu schätzen.

Dr. Dahl und Lisa blieben zurück, bis alle vom Promenadendeck verschwunden waren. Dann gingen sie langsam hinauf zum Sonnendeck und waren dort völlig allein unter einem Himmel, an dem die Sterne erschienen, als würden sie einzeln gegen eine dunkle Wand geworfen.

»In dreieinhalb Tagen sind wir in New York«, sagte er und legte den Arm um Lisas Schulter. »Du hast mir immer noch nicht gesagt, was du dann tun wirst. Wie lange bleibst du in Amerika? Fliegst du zurück nach Deutschland? Wo sehen wir uns? Die ›Ozeanic‹ bleibt nicht lange am Pier. Weihnachten und Neujahr sind wir in Teneriffa. Ende Januar beginnt die große Westafrika-Fahrt. Dann wieder Bremerhaven – New York ... Wann sehen wir uns wieder, Lisa?«

»Immer.« Sie legte den Kopf an seine Schulter. »Ich habe in Amerika nichts verloren. Ich fahre zurück nach Deutschland ... ich bleibe bei dir ...«

Es war der schönste Satz, den Dr. Dahl je in seinem Leben gehört hatte.

Kurz vor Ende des Dinners und dem Beginn der Abendunterhaltung – an Bord war immer etwas los, ob Tanz, Kino oder Varieté – wurde vom Obersteward des Promenadendecks Kapitän Selbach angerufen. Als Selbach die hastigen Worte gehört hatte, warf er mit einem echten Seemannsfluch seinen Teller an die Wand und hieb auf den Tisch. Die anderen Offiziere starrten ihn entgeistert an.

»Nun ist es soweit!« schrie Selbach. »Nun haben wir den Mist! Es ist zum Kotzen!«

Im Promenadendeck hatte sich folgendes zugetragen:

Die Wäschefrau Erna Hansmann, die für die Bett- und Tischwäsche der Luxuskabinen zuständig war, hatte die Wäschekammer betreten. Morgen war Wäschewechsel, und sie wollte noch einmal durchzählen, ob genug Bettücher vorhanden waren oder ob aus der Bordbügelstube noch ein Stapel heraufgeschafft werden mußte.

Sie schloß die Kammer auf, die neben der Kabine 19 lag, knipste das Licht an und stieß einen grellen Schrei aus.

An den Wäscheschrank gelehnt, saß auf einem Stuhl der Kabinensteward Ludwig Budde. Seine Uniform war ein einziger roter Blutfleck. Mit einem harten Gegenstand hatte ihm jemand die Schädeldecke zertrümmert. So gewaltig war der Schlag gewesen, daß der Kopf aufgeplatzt und Blut und Hirnmasse hervorquollen.

Erna Hansmann warf die Tür sofort wieder zu, rannte zum Obersteward und schrie dort weiter. Nur mühsam konnte sie sagen, was sie gesehen hatte, dann sank sie ohnmächtig um. Jetzt kümmerte sich eine Schwester um sie. Erna Hansmann hatte einen Nervenzusammenbruch bekommen und weinte ohne Unterbrechung.

Vor der kleinen Wäschekammer standen Selbach, der I. Offizier, der Borddetektiv Harry Linder und der Oberzahlmeister, während Dr. Dahl den Toten flüchtig untersuchte. Der Steward sah schrecklich aus. Derjenige, der ihn so zugerichtet hatte, mußte keine Nerven mehr haben.

»Dieser Schlag war fürchterlich«, sagte Dr. Dahl heiser vor Aufregung. »Der Schädel ist regelrecht aufgebrochen.«

Harry Linder sah sich um. Die Leiche war blutüberströmt, aber der Stuhl, auf dem sie saß, war sauber, der Boden ringsherum zeigte keinerlei Blutspuren. Bei einem solchen Schlag mußte das Blut an den Wänden und Schränken kleben – sofern man Budde hier in der Wäschekammer erschlagen hatte.

»Er ist woanders erschlagen worden«, sagte Linder. »Dann hat man ihn hierher geschleppt. Irgendwo auf diesem Schiff müssen Blutspuren sein. Herr Kapitän, auf die Gefahr hin, daß alles den Passagieren bekannt wird: Wir *müssen* das ganze Schiff untersuchen! Alle Kabinen! Von der Funkbude bis zum tiefsten Ladebunker. Und zwar sofort! Wie lange ist Budde tot, Doktor?«

»Grob geschätzt: Eine Stunde nur.«

»Das reicht nicht aus, um alle Spuren bis in die letzten Winkel zu verwischen. Herr Kapitän, wir müssen sofort alle verfügbaren Leute losschicken.«

»Nicht nötig.« Dr. Dahl hatte die blutdurchtränkte Jacke des Stewards aufgeknöpft und dessen Brieftasche herausgeholt. Im untersten Fach stak ein schmaler, in Leinen eingebundener Ausweis. Dr. Dahl klappte ihn auf und trat von dem Toten zurück. »Sie brauchen den oder die Mörder nicht zu suchen; es sind Profis, meine Herren.« Er hielt den Ausweis gegen das Deckenlicht. John McHarder«, las er vor. »Geboren am 19. September 1930 in Baltimore. Nicht verheiratet.«

»Er hieß doch Ludwig Budde und kam aus Kiel«, rief der Obersteward.

»Es war McHarder!« Dr. Dahl gab den Ausweis an den erstarrten Kapitän. »Seit neun Jahren ist er Mitglied des amerikanischen CIA, des Geheimdienstes.« Er knipste das Licht aus und kam aus der Wäschekammer heraus. Den Toten ließ er vorerst drin. »Wir werden seinen Mörder nie entdecken. *Wir* nicht. Aber vielleicht wird die andere Partei dafür sorgen.«

»Ja, ist mein Schiff denn ein Tummelplatz der Mafia?« schrie Selbach. Er gab den Ausweis an den I. Offizier weiter.

»Wir erleben hier ein Stück *der* Politik, von der die Welt kaum etwas weiß: Den gnadenlosen Kampf der Geheimdienste.« Dr. Dahl lehnte sich gegen die verschlossene Tür der Kammer. »Verständigen Sie den CIA in New York, Kapitän. Sie werden sehen, was man Ihnen sagt: Stillschweigen und abwarten. Das war nun der zweite Fall.«

Nein, der dritte, dachte er. Unten liegt Heinz Niehoff, gefoltert bis zum Wahnsinn. Er schweigt, und er weiß, warum.

Mein Gott, wären wir doch erst in New York.

Um die gleiche Zeit fand auf der Steuerbordseite, in der Luxuskabine 10, eine kurze Besprechung statt. Shura Aitmanow hatte seinen Herrn Graf Sepkinow aus dem Speisesaal gebeten. Nun war man in Sepkinows Kabine versammelt. Jeder hätte gestaunt, wenn er einen Blick hätte hineinwerfen können: Die Klassenunterschiede waren verschwunden, die livrierten Lakaien saßen auf dem Bett des Grafen und rauchten nervös. Sepkinow lief wie ein wildes Tier hin und her.

»Das ist unmöglich!« schrie er plötzlich. »Wenn ich dich nicht kennen würde, Shura Alexandrowitsch ...«

»Ich habe damit gar nichts zu tun, Genossen.« Der Tatar hob beide Hände, wie um zu zeigen, daß sie sauber waren. »Wir kommen in unsere Kabine, und da liegt er da. Der Schädel zerplatzt wie eine Kastanienfrucht. Überall Blut. Bis zur Decke. Wir haben wie die Verrückten gearbeitet, um alles wegzukriegen. Man will uns das in die Schuhe schieben, Genosse.«

»Bin ich ein Schwachkopf?« brüllte Sepkinow. »Natürlich weiß ich das! Aber wer? Wer?« Er blieb stehen und sah seine drei Diener an. »Wer ist das? Wer hat diese Kraft? Wer ist so ein kaltblütiger Hund? Es ist hier jemand an Bord, der uns ins Handwerk pfuscht! Auf keinen Fall ist es unser Täubchen Sybilla. Diesen Schlag hat ein Mann gemacht. Und ihr sitzt hier herum! Habe ich euch mitgenommen, damit ihr in die Betten furzt und euch den Magen vollfreßt? Tut etwas! Sucht! Schlagt zurück!«

Die drei Russen sahen betreten auf ihre Hände. Shura Aitmanow zerdrückte seine Zigarette.

»Kann es der Amerikaner gewesen sein?« fragte er.

»Hopkins?« Sepkinow schüttelte den Kopf. »Erstens

wird er nicht seinen eigenen Landsmann umbringen, nur um uns in einen Verdacht zu bringen, und zweitens saß er beim Dinner neben mir.« Er winkte energisch ab, als Shura noch etwas sagen wollte. »Die Störung kommt nicht von den Luxuspassagieren ... nach Dubois und Niehoff bleibt bis auf unser Täubchen keiner mehr übrig. Seht euch in der II. Klasse um, auf dem A-Deck oder unter der Mannschaft.« Sepkinow krallte die Finger in seinen langen, weißen Bart. »Mit jeder Stunde kommen wir New York näher. Sollen wir melden: Auftrag nicht ausgeführt?«

Die Russen schwiegen. Sie wußten, was das hieß. Im Hintergrund ihrer Seelen erhoben sich die in Eis und Schnee stehenden Fördertürme der Bergwerke von Workuta.

»Suchen wir!« sagte Sepkinow. Auch ihn packte die Vision des Straflagers am Eismeer. »Wir haben noch drei Nächte.«

Am Bett Niehoffs saß Sybilla Odenthal.

Er hatte Dr. Dahl darum gebeten, sie empfangen zu dürfen, und der Schiffsarzt hatte schließlich nachgegeben. Nur eine halbe Stunde, hatte er angeordnet. Er sagte das nicht wegen des Zustandes Niehoffs, sondern weil er nur ein Halbstundenband auf dem Tonbandgerät hatte. Während Sybilla nun an Niehoffs Bett saß, lief zwei Kammern weiter das Tonband. Dr. Dahl stellte und regulierte die Tonstärke. Das Mikrophon lag hinter einer Reihe Bücher.

Heinz Niehoff gab Sybilla wie einer alten Vertrauten die Hand. Bevor er sprach, winkte er Sybilla zu sich herunter.

»Irgendwo ist ein Mikrophon«, flüsterte er ihr ins Ohr. »Ich weiß nicht, wo, aber der Doktor machte mir ganz den Eindruck, als wolle er auf eigene Faust spionieren. Suchen Sie erst!«

Es war keine lange Suche. Hinter den Büchern sah Sybilla das Mikrophon und riß die Leitungsschnur heraus. Zwei Kammern weiter machte er Krrrk ... dann war Schweigen. »Scheiße!« sagte Dr. Dahl laut. »Sie haben es.« Er stellte das Gerät ab und zündete sich eine Zigarette an.

»Nun können wir frei reden«, sagte Niehoff. Er war bandagiert, und in seinen Augen hing noch der Schmerz seiner schrecklichen Wunden. »Darf ich fragen?«

»Ja.« Sybilla setzte sich ihm gegenüber auf einen Stuhl.

»Warum haben Sie mir das Leben gerettet?«

»Ich sagte es schon: Ich hasse unnötige Tote.«

»Wie kamen Sie auf die Russen?«

»Durch das Benehmen Sepkinows bei der Alarmübung.«

»Und da zogen Sie los?«

»Ja. Ich gönnte Sie den Russen nicht.«

Niehoffs Augen wurden vorsichtig und lauernd. »Das klingt merkwürdig, schöne Frau! Was soll das heißen?«

»Überlegen Sie mal.«

Niehoff stützte sich auf den Ellenbogen auf. Es fiel ihm schwer. »Ich kann das nicht verstehen«, sagte er. »Sie wissen doch, Sie wissen es ganz genau. Ich bin der Mann mit der Maske, der Sie über Bord werfen wollte.«

»Ja.« Sybilla sagte es ganz ruhig. »Darum rettete ich Sie vor den Russen. Ich möchte Sie für mich behalten.«

Es war die eiskalteste Drohung, die Niehoff je gehört hatte – und eine Frau, die wie ein Engel aussah, sprach sie aus.

Niehoff brauchte einige Zeit, um diese Drohung Sybilla Odenthals zu verdauen. Dann ließ er sich in die Kissen zurückfallen und seufzte etwas. »Ich hatte also doch recht, als ich sagte, daß weibliche Teufel schrecklicher sind als zehn männliche Beelzebuben! Wenn Sie mich schon umbringen wollen... Sie haben es jetzt ja leicht, wo ich wehrlos vor Ihnen liege... warum dann dieser Umweg? Ich sehe da keine Logik.«

»Ich will Sie nicht töten.« Sybilla erhob sich, ging zum Tisch, goß ein Glas Orangensaft ein, tat zwei Stückchen Eis aus einem Thermokesselchen hinzu und gab es Niehoff zu trinken. An seinen glänzenden Augen sah sie, daß er Fieber hatte. Dankbar lächelte er ihr zu und trank das Glas in hastigen, durstigen Zügen. »Ich brauche Sie als Köder, mein Lieber.«

»Als was?« Niehoff starrte sie ungläubig an.

»Als Lockvogel! Als Wurm an der Angel, um den dicken Fisch zu fangen. Wo Sie sind, wird auch er hinkommen – und dann ziehe ich an der Schnur, und der große Fisch hängt am Haken.«

»Sie wissen doch, wer dahintersteckt. Die Russen.«

»Warum muß der Russe immer der große Gauner sein? Wo irgend etwas Politisches geschieht, gleich ist der Russe der Buhmann. Nein, mein Lieber, hier ist der große Fisch ein anderer. Gut, Sie wurden von den Lakaien Sepkinows gefoltert ...«

»Das nennen Sie gut! Ihre Nerven möchte ich haben. Haben Sie schon von der mongolischen Tortur gehört?«

»Gehört schon, aber noch nie gesehen.«

»Dann danken Sie Gott zu jeder Stunde mit zehn Psalmen.«

»Sepkinow ist kein Agent.«

»Ach nein! Hat er mich braten lassen, um zu riechen, wie verbranntes Menschenfleisch duftet?«

»Seine drei Kreaturen, das sind die wahren Teufel. Hinter Sepkinow steht ein Geheimnis, ich bekomme es noch heraus.« Sybilla setzte sich wieder auf die Bettkante. »Zählen wir doch zusammen: Sie erschießen Dubois, dann werden Sie selbst von den Russen aufs Brett geschnallt, ein Unbekannter schlägt dem Kabinensteward Budde den Schädel wie ein Ei ein. Budde war ein Kollege vom CIA, ich wußte es seit Cherbourg, wir sprachen zusammen über die Sicherheit Hergartens, die in unseren Händen liegt ... Nun liegt er nebenan bei dem toten Dubois im zweiten Bett.«

Heinz Niehoff war gelbweiß geworden. »Das mit Budde wußte ich noch nicht«, sagte er kaum hörbar. »Hier bringt ja jeder jeden um! Wer hat das getan?«

»Genau das weiß keiner.« Sybilla war sehr ernst geworden. Ihre schöne Stirn wurde jetzt von einer tiefen Falte durchschnitten. Sie sah sehr streng und hart aus und war plötzlich von einer erschreckend kalten Schönheit. »Darum brauche ich Sie, Herr Niehoff. Die Russen waren es nicht;

sie haben verzweifelt versucht, den Verdacht, der auf sie fallen sollte, wegzuputzen. Im wahrsten Sinne des Wortes: Sie haben Blut und Hirn aus allen Winkeln ihrer Kabine gewischt. Sie lagen hier außer Gefecht, ich war es nicht, Dubois liegt kalt nebenan ... es ist also hier an Bord jemand, der darauf wartet, daß wir uns gegenseitig fressen, der sogar ein bißchen nachhilft, um dann als lachender Dritter an das zu kommen, was ihr alle im Sinn habt: Die Papiere Dr. Hergartens. Herr Niehoff, wollen Sie mir nicht sagen, für wen Sie arbeiten?«

»Nein, schöner schrecklicher Engel! Wie kann eine so wundervolle Frau nur einen so harten Job haben? Wenn man Sie reden hört, könnte man den Glauben an das schwache Geschlecht restlos verlieren.« Heinz Niehoff sah auf die Uhr. Gleich kam Dr. Dahl zurück, um die Unterhaltung zu unterbrechen. Die halbe Stunde war bald um. »Können Sie mir eine Pistole hierlassen, Todesengel?«

»Ich kann, aber ich tue es nicht.«

»Ich verspreche Ihnen, auf jeden, nur nicht auf Sie zu schießen.«

»Auch dann nicht.«

»Sie wollen mich wehrlos hier liegen lassen?«

»Ein Wurm an der Angel kann sich auch nicht wehren.«

»Dazu möchte ich bemerken, daß ich ein Mensch bin.«

»Sie? Nein.« Sybilla schüttelte den Kopf und stand auf. »Wer unseren Beruf hat, ist nur noch biologisch ein Mensch. In unseren Funktionen sind wir staatlich gelenkte Maschinen.«

»Das sagen Sie? Eine Frau? Und die Liebe?«

»Wenn ich mich ausziehe vor einem Mann, werfe ich mit dem Kleid auch meinen Job ab«, sagte Sybilla ungeniert. »Dann bin ich einige Stunden glücklich. Ehrlich glücklich, auch wenn es bisher nur so fatale Lieben waren, die in eine Aufgabe hineingezwängt wurden.«

»Und Hergarten?«

Zum erstenmal wurde Sybilla unsicher. Sie nestelte an ihrer Tasche. »Das ist etwas anderes.«

»Man sieht es. Jeder sieht es. Auch eine Auftragsliebe?«

»Nein, ich liebe Hergarten wirklich. Er wäre der erste und einzige Mann, dem es gelingen könnte, aus mir nichts anderes zu machen als eine Hausfrau und die Mutter seiner Kinder. Eine biedere Frau hinterm Herd. Warum lächeln Sie, Niehoff?«

»Weil mir dieses traute Bild unvorstellbar ist, Sybilla.«

»Aber es ist so. Ich bin im Grunde ganz anders, als ich aussehe. Ich sehne mich nach Ruhe, nach Liebe, nach Geborgenheit, nach Frieden, nach einem Häuschen im Grünen ...«

»... nach Waschmaschine, Kinderlachen, flatternden Windeln im Wind ...«

»Genau nach diesen Dingen!«

»Das klingt aus Ihrem Mund kitschig, schöne Frau.«

»Ich bin so altmodisch, tatsächlich. Ich bin eine Frau mit allen romantischen Fehlern. Das hier ...«, sie strich über ihr Kleid und ihre langen, kastanienbraunen Haare, » ...das ist alles nur eine Maske! Wissen Sie, was ich möchte?«

»Kartoffeln schälen.«

»Vielleicht. In einem bequemen Hausanzug mit meinem Mann vor dem Fernsehschirm sitzen, Gebäck knabbern und eine so ungeheuer normale Ehe führen wie Millionen Ehepaare in der Welt.« Sie stand an der Tür und schüttelte plötzlich wehmütig den Kopf. »Sehen Sie – und das wird nie geschehen.«

»Warum?«

»Hergarten ist verheiratet. Und so wird es mit ihm auch nur ein vorübergehendes Erlebnis bleiben. Ich werde mir einreden, daß auch diese große Liebe nur ein Auftrag war. Ich werde mich niemals in die Ehe Hergartens drängen. Wenn wir in New York an Land gehen, werden wir uns zum letztenmal sehen. Das Adieu wird endgültig sein; ich fliege mit der nächsten Maschine nach Deutschland. Er weiß es noch gar nicht.«

»Und warum erzählen Sie mir das alles, schöner Teufel?«

»Einem Regenwurm an der Angel kann man viel erzählen ... er bleibt stumm.« Sie faßte die Klinke. »Hoffentlich leiden Sie nicht zuviel, Niehoff ...«

»Halt!« Niehoff zuckte hoch. Sein Gesicht verzog sich schmerzvoll. Die Wunden brannten und stachen. »Sie können mich hier nicht wehrlos liegen lassen! Ich bin doch kein Opfertier! Ich werde den Kapitän um Schutz bitten! Ich werde alles erzählen!«

»Bis New York sind noch drei Tage, Herr Niehoff. Auf dem Schiff können Sie sich verstecken lassen, aber in New York müssen Sie von Bord an Land. Und dort wird ein Abgesandter Ihres Auftraggebers stehen, nicht wahr? Feiglinge werden nicht gerade mit Küssen empfangen.«

Niehoff sank stöhnend auf sein Bett zurück. Die Tür wurde Sybilla aus der Hand gerissen, Dr. Dahl kam herein. Bevor er sagen konnte: »Besuchszeit zu Ende«, hatte sich Sybilla umgedreht und war gegangen.

Dr. Dahl kam an das Bett des erschöpften Niehoff.

»Kann ich Ihnen helfen?« fragte er doppelsinnig. Niehoff verstand ihn. Er nickte. Seine Lippen zitterten.

»Verschaffen Sie mir eine Waffe«, sagte er. »Doktor, wenn Sie nicht drei Leichen nebenan liegen haben wollen ... um Himmels willen, besorgen Sie mir eine Waffe! Am besten eine Pistole.«

Dr. Dahl fragte nicht lange. Die Ereignisse auf der ›Ozeanic‹ gaben genug Antwort.

»Ich bringe Ihnen etwas«, sagte er. »Und im übrigen werden Sie ab sofort nie mehr allein sein.«

Schon kurz nach dem Dinner kam es zum ersten Zusammenstoß. Oben, im Restaurant Helgoland, berichtete Dr. Dahl unter den verschlossenen Blicken von Kapitän Selbach, daß nun auch der Passagier Heinz Niehoff an einer Infektion erkrankt sei und im Hospital das Bett hüten müsse. Dr. Dahl berrichtete sogar von einem Gespräch zwischen Dubois und Niehoff, der im Nebenzimmer lag. Durch die offene Tür konnte man sich gut unterhalten. »Wann kommen die anderen?« soll Dubois gesagt haben. »Bei unseren netten Viren müssen die anderen doch auch infiziert sein. Passen Sie auf, bis New York liegt der ganze Kapitänstisch im Hospital.«

Sybilla war es, die am lautesten lachte. Hopkins fand das gar nicht lächerlich. Als Amerikaner hatte er eine höllische Angst vor Infektionen. Er schlug vor, alle impfen zu lassen oder Tabletten zur Immunisierung auszugeben. Dr. Dahl winkte ab.

»Dagegen gibt es keine Tabletten und Impfstoffe«, sagte er laut. »Die Krankheit ist durch konservative Mittel nicht abzufangen.«

Graf Sepkinow verstand. Er prostete Sybilla zu, stieß mit Dahl an und lud Hergarten ein, im Spielsalon der ›Ozeanic‹ mit ihm eine Partie Billard zu spielen. Hergarten sagte ahnungslos zu.

»Ich werde zusehen«, sagte Sybilla mit einem süßen Lächeln.

»Es wird langweilig sein, Gnädigste.« Sepkinow war strahlender Laune. »Zwei stumme Männer, die mit einem Holzstab weiße Kugeln über einen grünbespannten Tisch stoßen ... welch ein fader Anblick.« Er machte im Sitzen eine Verbeugung. »Aber ich trete gern zurück, wenn Sie diese Stunde nicht verlieren möchten, und überlasse Ihnen Herrn Hergarten.« Er wandte sich an Hergarten, der neben ihm saß. »So sind die Frauen, mein Lieber. Sie sind auf alles eifersüchtig, sogar auf das harmlose Billard.«

In diesen Minuten nach dem Dinner, wo man sich beim Wein oder Mokka erholte von der Schwerarbeit, alles zu essen, was die Meisterköche der ›Ozeanic‹ auf das Büffet gezaubert hatten, erschien unten im Hospital Shura Aitmanow in seiner roten, goldbetreßten Lakaien-Uniform, in den Händen ein Silbertablett tragend, auf dem eine gespaltene frische Ananas lag. Im Vorraum wurde er von zwei Matrosen abgefangen, die dort Wache hielten. Als sei man in der Kriegszeit, waren sie bewaffnet. Shura Aitmanow stellte sein silbernes Tablett mit der duftenden Frucht ab und machte eine Verbeugung.

»Im Auftrag des Herrn Grafen: Ich möchte ein Geschenk überbringen an Herr Niehoff.« Das klang devot und höflich. Nur Shuras Augen paßten nicht dazu; sie sahen die Matrosen mit einem kalten, bösen Leuchten an.

»Stell es dahin, Iwan, und hau ab!« sagte der eine Matrose und zeigte auf einen Tisch. Aitmanow schüttelte den Kopf.

»Ich soll es persönlich überbringen.«

»Das ist sehr schön, aber sag deinem Grafen, hier ständen zwei Männer, die dich eher durch die Luke über Bord werfen, als dich ins Hospital zu lassen. Verstanden?«

»Sie reden laut genug.« Aitmanow blieb ungerührt stehen. Hinter seiner Stirn arbeitete es wie ein Uhrwerk. Es ist nichts zu machen, dachte er. Gar nichts. Auf keinen Fall ohne Lärm. Und lautlos soll es sein. Man muß also abwarten. »Der Herr Doktor hat es genehmigt«, sagte er unterwürfig.

»Kratz die Kurve, Junge.« Der Matrose winkte. Er hatte Hände wie Klosettdeckel. »Sag mal, bist du Kommunist?«

»Ja.«

»Aha! Und trägst Dieneruniform?«

»Auch ein Kommunist muß leben.«

»Ich denke, ihr tretet den Kapitalisten in den Hintern? Und du bedienst einen? Warum bist du nicht auf einer Kolchose und ziehst Kappes und Schweine?«

»In Paris gibt es keine Kolchose, Freunde.«

»Dann aber schnell zu Mütterchen Rußland!« Die Matrosen lachten. Der Mann mit den riesigen Händen kam sogar näher. Aitmanow senkte den Kopf. Was würde das geben? »Du, ick bin Berliner«, sagte der Matrose. »Wenn ick ooch schon zehn Jahre zur See fahre ... im Herzen bin ick imma noch Balina ... Und da kann ick mir nich an die Mauer jewöhnen! Sag mal, Iwan ... Biste ooch für die Mauer?«

»Ich habe eine Ananas als Geschenk abzugeben, weiter nichts«, sagte Aitmanow höflich. »Politik hasse ich, Freunde. Mein Herr, Graf Fjedor Wladimirowitsch Sepkinow, möchte Herrn Niehoff ein Geschenk machen, und ihr hindert mich daran, Freunde. Das ist unschön von euch.«

»Ick bin keen Unmensch!« Der Matrose mit den Riesenhänden nahm das silberne Tablett. Aitmanow wollte es verhindern, dazwischenspringen, aber da war es schon zu spät. Die Ananas schwankte vor der Brust des Matrosen. »Ick trag dir's rein und berichte, wat der Herr Niehoff jesagt hat. Klar, Iwan?«

»Ich soll persönlich ...« schrie Aitmanow.

»Mach 'ne Fliege, Iwan! Hier wird nicht jebrüllt! Hein, paß auf, daß der Gelbe nicht Rummel macht.«

Der Matrose ging hinaus. Shura Aitmanow erkannte, daß es sinnlos war, weiter hierzubleiben. Er drehte sich um und verließ das Hospital.

Im Restaurant Helgoland war Sepkinow gerade dabei, mit Hergarten und drei anderen Herren, darunter dem I. Offizier, ins Spielzimmer zu fahren. Sybilla unterhielt sich mit der gelähmten Frau Michaelsen. Sie war nervös und tröstete sich mit dem Gedanken, daß Hergarten nicht allein mit Sepkinow war. Das Erscheinen Aitmanows deutete sie als nicht sehr erfreulich. Sie entschuldigte sich bei Frau Michaelsen und schob sich in die Nähe Sepkinows. In strammer Haltung berichtete Aitmanow von den Ereignissen im Hospital. Niemand verstand den Grafen und seinen Lakaien ... sie sprachen russisch.

»Es ist gut«, sagte Sepkinow, als Shura zu Ende mit seinem Bericht war. »Die Ananas allein wird uns ins Gespräch bringen.«

»Das glaube ich kaum«, sagte Sybilla hinter Sepkinow. Dieser fuhr herum, denn auch Sybilla sprach nun russisch, mit dem typischen Akzent, den man in Leningrad spricht. »Sie hätten die Ananas mir bringen können, Towarisch!«

»Madame sprechen meine Muttersprache?« Sepkinow war entzückt und küßte Sybilla die Hand. »Welche Überraschung.«

»Das glaube ich, Graf.«

»Mutterlaute aus so reizendem Mund! Wo haben Sie das gelernt, Madame?«

»Von meiner Mutter. Sie war Russin. Aus Leningrad. Mein Vater, ein Ingenieur, brachte sie 1938 aus Deutschland mit.«

»Dann sind wir ja halbe Landsleute. Haben Sie das gehört, meine Herren? Unsere schönste Frau an Bord hat russisches Blut in sich. Ist ihre Schönheit jetzt noch ein Wunder?« Und russisch sagte Sepkinow zu Sybilla: »Wir müssen uns unbedingt unterhalten über viele Dinge, Madame.«

»Das glaube ich auch.« Sybilla lächelte charmant. »Übrigens: Meine Lieblingsfrucht ist Ananas.«

Heinz Niehoff berührte die Ananas vorsichtig mit einem langen Messer, als sei sie eine Zeitbombe, die entschärft werden sollte. Er saß im Bett und war allein. Das silberne Tablett balancierte er auf seinen Knien.

Wo die Frucht gespalten war, stak eine Serviette. Er hob sie ganz langsam hoch. Aber nichts zischte oder krachte. Unter der Serviette stak lediglich ein Zettel in dem duftenden Fruchtfleisch. Mit der Messerspitze nahm er ihn heraus. Die wenigen Zeilen darauf waren in deutsch geschrieben:

»Haben Sie keine Angst, die Ananas ist nicht vergiftet. Sie soll Sie erfrischen nach den schweren Stunden, weiter nichts. Für die durchgemachte Unbill spreche ich Ihnen mein tiefstes Bedauern aus. Um mit dem großen Churchill zu sprechen: Wir waren dabei, die falsche Kuh zu schlachten. Die neuesten Ereignise an Bord machen uns zu Partnern. Ich würde es begrüßen, wenn wir einmal miteinander sprechen könnten. Es eilt. New York kommt immer näher. Es ist jemand an Bord, der uns allen an den Kragen will. Dagegen sollten wir eine Front bilden, gemeinsam. Geben Sie bitte Nachricht. Ihr neuer Freund ...«

Niehoff las den Zettel dreimal, dann zerknüllte er ihn, steckte ihn unter die Matratze und schnitt die Ananas an.

Mit großem Behagen aß der die saftige Frucht.

Eine alte Weisheit galt noch immer: Angst macht selbst Feinde zu Brüdern.

Die Nacht war ruhig, soweit man an Bord eines luxuriösen Riesenschiffes von Ruhe sprechen kann. Wie immer standen die Liebespaare an der Reling und in den geschlossenen Promenaden, schlichen Kavaliere zu anderen Kabinen, spielten die Bordkapellen Tanzmelodien bis zum frühen Morgen, arbeiteten im Bauch der durch den Atlantik rauschenden glitzernden Stadt zweihundert Köche, Bäcker, Konditoren, Metzger, Stewards und Matrosen für das Wohl von tausend Passagieren.

Und doch hatte sich etwas geändert, was den wenigsten auffiel: In den Kabinengängen, vor den Restaurants, in allen Decks bis hinunter zum Saunadeck standen Stewards oder Matrosen, saßen am Ende der Gänge auf Klappstühlchen wie Schlafwagenschaffner oder patroullierten durch die Gänge. Sie waren höflich wie immer, nahmen alle Bestellungen entgegen, waren immer zu Diensten; es war ein Kommen und Gehen in allen Decks. Noch nie war der Service so vollkommen, so schnell, so heinzelmännchenhaft gewesen wie in dieser Nacht. Nach 3 Uhr morgens, als das Schiff bis auf einige Unentwegte und die unsichtbaren Geister in der Tiefe des Schiffsbauches in tiefen Schlaf sank, zogen verstärkte Wachen auf. Es bildeten sich Schwerpunkte: Das Promenadendeck, das Oberdeck, das Hauptdeck mit dem Hospital, das A-Deck mit der Wohnsuite Dr. Dahls. Jede Stunde pendelte Bord-Detektiv Harry Linder von Deck zu Deck und kontrollierte die Posten.

Nichts geschah.

Die Passagiere schliefen in ihren Kabinen. Wo nicht geschlafen wurde, war das Glück doppelt an Bord. In dem kurzen schmalen Gang zwischen dem Lift-Foyer und der Kabine 12 saß ein Matrose auf einem Stuhl, mit dem Rücken zur Wand, sicher vor allen Überaschungen. Er erlebte, wie Graf Sepkinow mit großen Gesten Dr. Hergarten und Sybilla verabschiedete. Darüber, daß Sybilla mit in Hergartens Kabine ging, verlor keiner ein Wort.

»An Bord scheint Krieg zu sein«, scherzte Sepkinow, als er die Matrosen und Stewards auf den Gängen sah. »Übt man jetzt auch noch, wie die ›Ozeanic‹ als Kriegsschiff aussehen würde?«

»Es ist immer Krieg, Graf.« Sybilla schloß die Kabine 12 auf. »Kommen Sie noch zu einem Drink mit uns?«

Sepkinow stutzte etwas, sah sich um und wechselte einen Blick mit Aitmanow, der vier Schritte hinter ihm stand. Stumm, stramm, eine rot livrierte Puppe mit Asiatenaugen. Dann nickte er erfreut.

»Aber selbstverständlich! Ich weiß diese Ehre zu schätzen.«

Er trat vor Hergarten und Sybilla in die Luxuskabine und sah sich fragend um, als sich die Tür schloß. Draußen stellte sich Shura neben der Tür auf, ein Wächter und Beschützer. Der Matrose auf seinem Stuhl winkte ihm zu.

»Hau ab!« rief er. »Aber dalli, du Chines!«

»Jop dwojemadj ...«, rief Shura zurück.

Man redete aneinander vorbei. Jeder blieb an seinem Platz.

Sepkinow blieb eine halbe Stunde in Kabine 12. Er bekam drei Cocktails, die Sybilla selbst mixte, man unterhielt sich über New York, das Sepkinow gut kannte und Hergarten gar nicht. Dann ging er. Sybilla begleitete ihn zur Tür.

»Sie sind gefährlich«, sagte Sepkinow leise auf russisch, ehe sie öffnete. »Gäbe es nicht den großen Unbekannten an Bord, wären wir keine Freunde.«

»*Wir* doch, Graf.« Sybilla sah ihn forschend an. »Eine Frau besitzt ein feines Gefühl für echte Gesichter und Masken.«

Sepkinow starrte sie wortlos an, beugte sich über ihre Hand und küßte sie. »Sie irren sich, Madame«, sagte er dann. »Niemand kennt Sepkinow.«

»Aber ich hoffe, ihn noch vor New York kennenzulernen.«

Aufrecht, ein Kavalier alter Schule, verließ Graf Sepkinow die Kabine 12.

Shura Aitmanow folgte ihm wie eine aufgezogene Puppe.

In der Wohnsuite Dr. Dahls lebten Lisa und er zusammen, als seien sie schon verheiratet. Nach dem Dinner und zwei Stunden Tanz im Alster-Club fuhren sie hinunter zum A-Deck. Lisa zog sich aus, brauste sich kalt ab und huschte dann ins Bett. Die Badekabine schloß sie ab, als sie sich brauste, denn sie mußte ja ihre Perücke abnehmen. Es war das letztemal, daß sie dieses Versteckspielen machte; sie hatte sich vorgenommen, in dieser Nacht dieses eine Geheimnis zu lüften. Dr. Dahl war noch einmal ins Hospital gefahren. Dort war alles in Ordnung. Heinz Niehoff schlief. Die Sache mit der Ananas hatte sich Dahl genau angehört. Nun nahm er die Reste hinaus in sein Labor und untersuchte sie. Es ist eigentlich idiotisch, dachte er, was ich mache. Graf Sepkinow ... es gibt, das kann man glauben, kaum einen anständigeren Gentleman an Bord wie ihn. Mit Ausnahme vielleicht von Sir Surtess, dessen englischer Adel selbst in der Bewegung steckt, mit der er sich seine Pfeife anzündet.

Er warf die Reste der Ananas weg und ermahnte die Matrosen, die Bewachung ernst zu nehmen und nicht zu schlafen. Dann ging er zurück in seine Kabine, duschte auch und warf einen Bademantel über. Lisa lag im Bett ... das heißt, es war nicht Lisa, es war eine fremde Frau mit aschblonden Haaren, und Dr. Dahl wollte gerade rufen: »Wie kommen Sie hierher? Was machen sie hier?« als er Lisa erkannte und vor dem Bett ein Häufchen schwarzer, langer Haare liegen sah. Die Perücke.

»Lisa ...« sagte er betroffen. »Das ... das ist eine Überraschung. Du ... du bist blond? Ich habe wahrhaftig gedacht, daß du ...« Er hob die Perücke auf, zog sie über seine Faust und streichelte die langen Haare. »In diese Haare habe ich mich zuerst verliebt ...«

»Nur in sie?« Sie ergriff ihn am Bademantel und zog ihn aufs Bett. »Holger, ich muß dich etwas fragen, und das da« – sie zupfte an den Perückenhaaren – »das ist der Anfang einer ganzen Reihe: Vertraust du mir? Vertraust du mir blind?« Sie hob die Hand, als er etwas sagen wollte. »Nein!

Frage nicht! Fragen sind schon Mißtrauen. Nimm es hin, was ich sage, ja? Und frage auch nicht: Muß es heute sein? Ja, es muß heute sein! Ich halte es einfach nicht mehr aus. Du siehst, ich bin blond. Das südländische Rassige war falsch an mir. Das war der Anfang.«

»Und was kommt noch?« Dr. Dahl lachte. Er zog mit einem Ruck die Bettdecke weg. Nackt lag Lisa vor ihm. Er setzte sich auf das Bett und strich mit beiden Händen über ihren kühlen, glatten, herrlichen Köprer. »Der Kopf ist echt, der Hals, das Kinn. Die Brüste sind echt, die Schultern, die Hüften, die Schenkel. Wohin ich greife, alles ist echt. Wo sind da Geheimnise?«

Er beugte sich über sie und küßte sie. Unter seinen Händen bäumte sie sich auf und umklammerte seinen Hals.

»Warum sagst du nicht: Du hast mich betrogen! Ich bin blond ...«

»Du bist in meinen Armen immer so, wie ich dich sehe, wenn ich die Augen schließe: Die schönste Frau dieser Welt. Ob blond oder schwarz ... du bist du ...«

»Ich muß dir noch vieles sagen, Holger.«

»Ich will nichts wissen. Ich habe die Tatsachen unter meinen Händen, sie allein sind wahr.« Er streichelte sie wieder und sah sie an. Ihre Schönheit war fast unbegreiflich. »Mir ist auch gleichgültig, ob du Lisa heißt oder Erna oder Maria, ob du einen Millionär als Vater hast oder einen Landstreicher. Du bist du ... und du gehörst zu mir ... alles andere ist verschwendete Mühe.«

»Und doch ...« Sie rückte zur Wand, er warf seinen Bademantel ab und schlüpfte neben sie. Als sich ihre nackten Körper berührten, flog ein Zittern durch sie. Sie schlangen die Beine ineinander, rückten nahe zusammen, umarmten sich und lagen Brust an Brust, Leib an Leib und fühlten, daß ihre Herzen gegeneinander schlagen mußten, um glücklich zu sein. »Was auch kommt – vertraust du mir?«

»Ich liebe dich ... was gibt es mehr?«

»Es wird schwer werden, was auf uns zukommt.«

»Wenn du mich so liebst, wie ich dich, kann es gar nichts

geben, was uns trennen könnte.« Dr. Dahl legte seinen Kopf auf die festen Brüste Lisas. »Darf ich eine einzige Frage stellen?«

»Ja –«

»Warum hast du eine Pistole in der Tasche?«

Lisa erschrak nicht, sie war auf diese Frage vorbereitet. »Es hängt mit dem zusammen, was ich zu regeln habe. Hast du Vertrauen, Liebster?«

Er nickte und verbarg sein Gesicht zwischen ihren Brüsten. Ein Duft von herbsüßem Parfüm und nach frischem Heu riechendem Schweiß umfing ihn wie eine Betäubung.

Mein Gott, dachte er, laß sie an diesen furchtbaren Dingen an Bord nicht beteiligt sein. Laß ihr Geheimnis irgend etwas anderes sein. Laß sie gestehen, daß sie in Rio in einem Seemanns-Bordell war, daß sie vier Kinder hat, daß sie aus der Gosse kommt, daß sie eine Hochstaplerin ist, laß sie alle Niedrigkeiten des Lebens gestehen – nur laß sie heraus aus diesen Morden, aus diesen fürchterlichen Kämpfen der Geheimdienste, aus dieser politischen Satanerie.

Angst umfing ihn. Er preßte Lisa an sich, seine Hände glitten über ihre kühle, glatte Haut. Es war eine Liebe, wie er sie bisher nie gekannt hatte.

So lag er bei ihr, atmete ihren Duft, sein Herz schlug wie rasend, durch seine Adern floß es wie Feuer, und sein Hirn hämmerte in ihn hinein:

Ich will nichts wissen! Ich will nichts wissen! Ich liebe sie so, wie sie ist. Nackt liegt sie in meinen Armen ... und ich will sie ankleiden mit meiner Liebe, mit meinem Wesen, mit meinem Vertrauen. Was früher war, das liegt dort auf der Erde wie die schwarze Perücke. Ein Haufen Vergangenheit. Weg damit in den Müll, hinab ins Meer wie die Küchenabfälle ...

Unsere Körper sind nackt und glatt und jung genug, sich mit einem neuen Leben zu bekleiden.

»Morgen wird sich alles entscheiden«, sagte sie leise.

»Ja«, stammelte er. »Ja ... Warum müssen wir soviel reden ...?«

Sie löschte das Licht und seufzte tief, als sie ihm gehörte.

Aber ihre Gedanken waren selbständig.

Und sie dachte: Morgen gehe ich zu Hergarten.

Morgen fallen alle Masken.

Morgen werden wir über alles sprechen können.

Franz, wir haben drei Jahre falsch gelebt. Unsere Ehe war ein Irrtum, sehen wir es jetzt ein?

Morgen wird ein neues Leben beginnen.

Morgen –

Aber noch war Nacht.

Wie ein schwimmender Palast zog die ›Ozeanic‹ ruhig durch den Atlantik. In der Funkkabine war Hochbetrieb. Die ersten Eiswarnungen wurden aufgefangen.

Gegen halb acht morgens schlich sich Dr. Dahl aus seiner Kabine. Lisa schlief fest und glücklich. Mit dem Lastenaufzug fuhr er zum Oberdeck und wartete ab, bis die beiden Kabinenstewards mit ihren Frückstücktabletts in den Zimmern verschwunden waren. Dann schlüpfte er schnell in die Kabine 107 und schloß hinter sich wieder ab.

Margret Goltz schlief noch so, wie er sie am Abend vorher verlassen hatte. Das Schlafmittel hatte hervorragend gewirkt. Schnell zog Dr. Dahl seinen Offiziersrock aus, schlüpfte aus dem Oberhemd, zog die Schuhe aus und zerwuschelte seine Haare. Die Illusion eines Mannes, der – noch müde von einer kurzen Nacht – auf der Bettkante saß und sich anzog, sollte vollkommen sein. Er holte ein kleines Fläschchen mit einer scharf riechenden Flüssigkeit und hielt es Margret unter die Nase. Ihr Gesichtchen zuckte etwas, sie tat einen tiefen Schnaufer, die Lider zitterten ... Dr. Dahl schraubte das Fläschchen zu und steckte es wieder weg. Mit einem langen Seufzer wachte Margret auf. Ihr erster Blick fiel auf das lachende Gesicht Dr. Dahls. Sie reckte sich und dehnte sich und fühlte dabei, daß sie nur das Oberteil ihres Baby-Doll-Anzuges trug. Mit einem kleinen, fast piepsenden Laut drückte sie die Schenkel zusammen.

»Guten Morgen, mein Kleines«, sagte Dr. Dahl. Er beugte

sich über Margret und küßte sie schnell. »Du hast wunderbar geschlafen.«

Margret blieb liegen. Ihre Hände lagen auf ihren Brüsten. Die Erinnerung an diese Nacht fehlte ihr völlig, aber ihre Lage, der halb angezogene Schiffsarzt auf der Bettkante, die Müdigkeit in ihren Gliedern, die noch wie Blei waren ... sie tastete nach der Hand Dr. Dahls und umklammerte sie.

»War es schön?« fragte sie.

»Wunderbar. Du bist ein Goldkind.« Er sprach bewußt burschikos, weil er wußte, daß alles, was Margret Goltz auf dem Schiff tat, nur ein Ausbrechen aus dem elterlichen Zwang war, der Protest eines Kindes, das kein Kind mehr sein wollte. Eine Auflehnung gegen die Erwachsenen. Und Neugier, viel Neugier, die nie gestillt würde, so, wie Margrets Wesen war.

»Ich kann mich an nichts mehr erinnern ...« Sie schob den Kopf an seine Hüfte und sah zu ihm hoch. Dr. Dahl zog seine Schuhe an, griff dann nach seinem Oberhemd und streifte es wieder über. Er stopfte es in den Hosenbund und erhob sich dann vom Bett.

»Du solltest jetzt auch aufstehen«, sagte er. »Bestell dir das Frühstück in die Kabine. Ich muß ins Hospital. Und kein Wort von dem, was du gesehen hast!«

Margret schüttelte den Kopf. Sie lag ganz steif, als Dr. Dahl sie aufdeckte und den Gipsverband des Fußes untersuchte. Aber plötzlich zuckte sie hoch, klammerte sich an ihn und zog ihn zu sich herunter. Dr. Dahl verlor das Gleichgewicht und fiel über ihren Körper. Er war nackt bis zum Hals – sie hatte das Baby-Doll-Hemdchen hochgezogen.

»Küß mich!« rief sie. Sie hatte ungeahnte Kraft in den Armen, und Dr. Dahl mußte fast brutal sein, um sich loszureißen. »Geh nicht so weg ... sei ein bißchen lieb zu mir ...«

Dr. Dahl flüchtete zum Frisiertisch und kämmte sich schnell die Haare. »Ich muß zum Dienst«, sagte er schwer atmend.

»Meine Kranken warten. Ich schicke dir nachher eine Schwester, die dir hilft.«

»Ich brauche keine Schwester, ich brauche dich!« Sie saß im Bett, hatte sich das Hemdchen über den Kopf gerissen und schüttelte wild ihre langen, blonden Haare. »Küß mich nur noch einmal! Nur einmal noch ...«

»Dich zu küssen heißt eine Stunde verlieren.« Dr. Dahl winkte lachend ab.

Er bemühte sich, unbefangen zu sein, und dachte an Lisas reife Schönheit, während er Margrets jungen Körper vor sich hatte, präsentiert zum Genuß wie eine Speise. »Ich *muß* gehen!«

»Und du kommst wieder?«

»Natürlich.«

»Wann?«

»Sobald ich Zeit habe.«

»Ich mache etwas Dummes, wenn du nicht kommst, ich sage es dir.« Margret ließ sich zurückfallen. Ihre Hände glitten über ihren weißen, flachen Leib. »Ich hole mir den ersten besten Mann in die Kabine ... wer gerade kommt ... und wenn's ein Matrose ist! Wäre dir das recht?«

»Welche Frage!« Dr. Dahl zog seinen Rock wieder an und setzte die Offiziersmütze auf. Als er jetzt Margret betrachtete, war reines medizinisches Interesse in seinem Blick. Wo wird sie landen? dachte er. Was wird aus ihr werden? Ihre Nymphomanie wird sie beherrschen wie ein Wahnsinn. Sie wird Männer verbrauchen wie Taschenlampen ihre Batterien. Sie wird nur leben und leuchten können durch die Männer. Und medizinisch ist da gar nichts zu machen. Ihre Welt wird eine einzige Jagd nach Liebe sein ... so schön sie ist: Sie ist ein armes Geschöpf. Vier Fünftel ihres Lebens wird sie nicht mit ihrem Hirn, sondern nur mit ihrem Unterleib denken. Und sie wird nie zufrieden sein ... »Ich schicke dir die Schwester Lotte«, sagte er, grüßte durch Handanlegen an die Mütze und ging schnell hinaus. Auf dem Gang traf er einen der Stewards. Daß Dr. Dahl so früh aus einer Passagierkabine kam, war nicht auffällig. Sicherlich hatte die kleine Goltz arge Schmerzen. So ein verknackster Fuß tut weh.

»Bringen Sie auf 107 gleich Frühstück«, sagte Dr. Dahl dienstlich knapp. »Kein Ei, dafür zwei Fruchtsäfte. Und Toast. In den Kabinen was Neues, Steward?«

»Nichts, Herr Doktor.« Dr. Steward grinste. »Die Passagiere sind kerngesund. Manchmal zu gesund.«

Er blinkerte den Schiffsarzt an. Dr. Dahl zuckte stumm mit den Schultern und fuhr hinunter zum Hospital, um nach Heinz Niehoff zu sehen.

Als er den Vorraum betrat, sprangen beide Wachen auf.

»Im Hospital keine besonderen Vorkommnisse!« schrie einer der Matrosen.

Wenn ihr wüßtet, dachte Dr. Dahl, was hier auf dem Schiff alles geschehen ist. Diese Jungfernfahrt werde ich nie vergessen.

Als gegen Mittag Dr. Dahl noch nicht wiedergekommen war, schob sich Margret aus dem Bett und zog sich an. Schwester Lotte war essen gegangen; das Personal aß früher als die Passagiere, um danach mehr Zeit für die Gäste zu haben. Ein Lunch dauerte immer lange. Vor 14 Uhr waren die Restaurants nie leer.

An dem Stock, den Schwester Lotte mitgebracht hatte, humpelte Margret zum Lift und ließ sich hinauf zum Lido-Deck fahren. Dort sah sie, wie konnte es anders sein, Ulrich Renner an der Swimming-pool-Bar stehen und mit zwei Mädchen flirten. Das Erscheinen Margrets löste bei den beiden Italienern, die wieder um das Becken lagen, laute Rufe und Händeklatschen aus. Margret winkte ihnen mit dem Stock zu. Renner entschuldigte sich bei den Mädchen und kam auf Margret zu.

»Was willst du?« fragte sie kampflustig. Ihre schönen blauen Augen waren zwei Schlitze geworden. »Laß deine Miezchen nicht warten!« Sie sah zurück zum Sonnendeck. Dort lehnte der Tennislehrer an der Reling und winkte ihr gleichfalls zu. Sie packte ihre langen Haare, teilte sie und winkte mit ihnen zurück wie mit zwei goldenen Fahnen.

Es sah reizend aus. Die Italiener sprangen auf und formierten sich zum Angriff. Ein südliches Herz kann so etwas Schönes nicht einfach wahrnehmen, es muß erobern.

»Du hast dich verwandelt«, knirschte Renner. »Wenn ich das gewußt hätte ...«

»Man weiß nie, was hinter einer fremden Tür ist, bevor man sie aufstößt.«

»Du benimmst dich wie eine Nutte!«

»Wozu du mich gemacht hast!« Margret ließ ihr Haar im Wind wehen, ihr Puppengesicht strahlte. Das Erlebnis mit Dr. Dahl war wie ein Geheimnis in ihr: die Nacht war vergangen, und es blieb nichts in ihr als eine süße Schwere. Das verwirrte sie etwas. Sie hatte sich eine Erfüllung anders vorgestellt. Das Erlebnis mit Ulrich Renner erzeugte nur Haß in ihr. Nie vergaß sie das einsame Aufwachen am nächsten Morgen, die würgende Übelkeit, die Reue, das Bewußtsein, Frau zu sein und schon verlassen. Bis an das Ende ihrer Tage würde dies in ihr sitzen wie ein Giftstachel. So werden Komplexe geboren, die nie mehr heilbar sind.

»Was kostet eigentlich ein Mann,« fragte sie hochmütig, nur um Renner zu ärgern.

»Wieso?«

»Ihr kauft euch doch die Frauen, die euch gefallen, nicht wahr? Von zwanzig Mark bis zweitausend ist euch nichts zu teuer!« Sie hielt den Kopf etwas schief und musterte Renner, als sei er ein zum Verkauf hingestellter Gaul. »Was kostest zum Beispiel du? Wieviel muß ich bezahlen für eine Nacht?«

Vor Ulrich Renner explodierte die Sonne. Er kam aus der Fassung, hob die Hand und schlug Margret mitten ins Gesicht. Dann drehte er sich um und lief davon. Die Italiener, die ihn festhalten wollten, boxte er beidhändig vor die Brust.

Margret hatte den Schlag stumm und starr ertragen. Ohne Erregung drehte sie sich um und humpelte zur Treppe zum Sonnendeck. Dort rannte ihr der Tennistrainer entgegen und half ihr hinauf.

»So ein Flegel!« knirschte er. »So ein Lümmel! Eine Frau schlagen! Ich würde ihn anzeigen, gnädiges Fräulein. Beim Kapitän. Er leitet das weiter an die Polizei. Das war tätliche Beleidigung.«

»Was habe ich von einer Bestrafung?« Margret setzte sich auf die weiße Bank neben dem Tennisplatz. Sie lehnte sich zurück, ihre Brüste spannten die enge Bluse. Die langen Beine, davon eins in Gips, streckte sie vor. Der Rock bedeckte kaum die Schenkel. »Man sollte ihm ein blaues Auge schlagen; was halten Sie davon?« Sie sah zu dem Trainer hoch, der sie mit hungrigen Augen musterte. »Es müßte ein Mann da sein, ein richtiger Mann, der die Ehre eines Mädchens verteidigen kann. Früher gab es Ritter – gibt es sie heute auch noch?« Sie lächelte zärtlich und schloß die Augen. Es war ein Anblick, der Kannibalen zu Vegetariern machen konnte. »Sind Sie ein richtiger Mann, großer Tennismeister?« sagte sie leise und lockend. »Sie könnten es bei Renner und bei mir beweisen ...«

Wie und wo es geschah – es kam nie heraus.

Auf jeden Fall ließ sich Ulrich Renner zum Lunch entschuldigen. Er lag in seiner Kabine und kühlte mit Alkohol ein herrliches blaues Auge. Dr. Dahl, der ihn besuchte, hörte sich eine unglaubwürdige Geschichte an.

Das Schiff schlingerte, Renner verlor das Gleichgewicht und fiel auf die Kante des Frisiertisches. Genau mit dem Auge.

»Wenn man Pech hat, bricht der Finger in der Nase ab«, versuchte Renner zu scherzen. »Nun betrete ich Amerika mit einem Veilchen.«

»Daran werden Sie noch drei Wochen Spaß haben«, sagte Dr. Dahl. »Das wird ein Farbenspiel.«

»Ich weiß.« Renner lächelte müde. »Es ist nicht mein erstes blaues Auge.«

Nach dem Lunch ging Dr. Dahl zu Kabine 107 und klopfte. Niemand machte ihm auf. Er klopfte energischer und hörte dann Margrets etwas atemlose Stimme durch die Tür.

»Wer ist da?«

»Dr. Dahl.«

»Ich kann jetzt nicht ... ich ... ich bade ...«

Mit dem Gips am Fuß? Dr. Dahl machte ein paar laute Schritte und schlich dann lautlos zurück. Er legte das Ohr an die Tür und hielt den Atem an.

Eine Männerstimme. Dazwischen das helle Stimmchen Margrets.

Sie hat die Reise begonnen, dachte Dr. Dahl und ging leise weg. Die Reise auf der Suche nach Erfüllung. Sie wird um den ganzen Erdball rasen können, ohne sie zu finden. Armes Mädchen mit dem unstillbaren Herzen ...

Im Hospital fand nach dem Lunch eine Art Konferenz statt. Heinz Niehoff hatte Dr. Dahl darum gebeten und versichert, daß keinerlei Gefahr bestünde. Seine Gäste seien Sybilla und Graf Sepkinow. Und sie wollten nicht gestört werden.

Dahl genehmigte eine Stunde. Sybilla Odenthal und Graf Sepkinow, ihnen gegenüber war jeder Verdacht absurd. Aber er ließ die Matrosenwachen im Vorraum und befahl, ihn sofort zu rufen, wenn irgend etwas Auffälliges wahrnehmbar sei. Keine anderen Besucher als die beiden Genehmigten dürfen zu Herrn Niehoff. »Ich bin auf dem Sonnendeck«, sagte er. Um 14.30 Uhr begann wieder die Badezeit unter Aufsicht eines Bademeisters.

Niehoff saß im Bett, als Sepkinow und Sybilla in sein Zimmer kamen, geführt von einem der Matrosen. Die schrecklichen Wunden waren verpflastert. Es sah aus, als habe man Niehoff vorher gespickt. Sepkinow brachte ihm eine Flasche besten Portweines mit, Sybilla überreichte ihm eine große Schachtel mit Kognakbohnen. Es war wie ein rührender Krankenbesuch.

»Das ist die merkwürdigste Konferenz hartgesottener Agenten, die es je gegeben hat«, sagte Sepkinow und setzte sich gemütlich an den Tisch, der in die Nähe des Bettes geschoben war. Wodka, Whisky und Likör standen auf ihm, ein Eiskühler und Gläser. Sepkinow schüttete sich Wodka ein, schmeckte ihn kauend und schmatzend und nickte zufrieden. »Sehr gut. Polnischer Wodka. Er ist weicher als der russische. Auf Ihr Wohl, Herr Niehoff. Ich muß um Verzeihung bitten, daß man Ihnen soviel Unbill angetan hat.«

Niehoff lächelte schief zurück. Die Stunden bei Aitmanow gehörten zu den schrecklichsten in seinem Leben. Er hatte nie damit gerechnet, noch lebend aus der Kabine 19 herauszukommen. Er hatte sich damit abgefunden, in Stücke geschnitten zu werden.

»Warum wollten Sie mich sprechen?« fragte er. »Wenn sich ein Russe entschuldigt, muß ein noch Stärkerer hinter ihm stehen und ihn in den Hintern treten. Wer ist's?«

»Um das festzustellen, sind wir hier.« Sepkinow trank wieder einen Schluck Wodka. »Der Tod des armen Budde, unseres geschätzten Kollegen vom amerikanischen CIA, macht mir Sorgen. Es beweist uns, daß jemand an Bord ist, der jeden gegen jeden ausspielt, um dann allein übrigzubleiben. Sehen wir davon ab, daß es um Hergartens Elektronium geht, das Sie, Sybilla, wie Alberich den Nibelungenhort bewachen und wir alle wollen. Es geht jetzt um unsere eigene Haut, und da sollten unsere Interessen zusammenlaufen. Errichten wir eine gemeinsame Front gegen den Unbekannten. Wir alle wissen, daß sich andere Kollegen um das Elektronium kümmern werden, wenn wir nichts erreichen. Wir haben doch alle unsere Männer in den USA. Mich stört nur der Gedanke, daß sich hier an Bord jemand befindet, der gefährlicher ist als wir.«

Sepkinow strich seinen langen, weißen Bart und sah Sybilla an. Als er ihrem Blick begegnete, wich er ihm verwirrt aus.

»Wir sind unter uns«, sagte Sybilla. »Wir kennen uns jetzt. Und doch, Graf, bleibt eine Frage für mich: Warum tun Sie das?«

»Ich verstehe Sie nicht, Täubchen.« Sepkinow griff wieder

zum Wodka. Seine Greisenhand zitterte.

»Sie sind ein Aushängeschild des sowjetischen Geheimdienstes, weiter nichts. Die wirklichen Fachleute sind Ihre rotbefrackten Lakaien. Vor allem Aitmanow. Wer ist er?«

Sepkinow schüttete sich bedächtig ein neues Glas voll. Dann sagte er: »Er ist Major der Roten Armee. Ein kluger Kopf.«

»Und mit einem Herzen aus Uralgestein«, fügte Niehoff hinzu.

»Das gehört zu seinem Beruf.«

»Und Sie?« fragte Sybilla ungerührt. Sepkinow sah an die Decke.

»Ich bin ein armer, alter Mann, der einige Millionen besitzt und einmal Graf im herrlichen zaristischen Rußland war. Ich flüchtete 1919 mit Hilfe der Amerikaner von Wladiwostok aus und kam, wie Tausende andere Emigranten, nach Paris. Dort machte ich mit meinen geretteten Edelsteinen einen Juwelenhandel auf, er florierte, ich kam gut ins Geschäft und arbeitete so lange, bis ich Millionär war. Mein Alter wird ruhig sein, dachte ich. Dann kam der 19. Juni 1953. Meine Tochter Elena Fjedorowna verschwand aus Paris. Mit ihr ihre Tochter, meine Enkelin Janina Alexandrowna. Mein Schwiegersohn, Fürst Wladowsky, war gerade ein Jahr tot. Sechs Wochen später bekam ich ein Telegramm. Aus Moskau. Meine Tochter und meine Enkelin saßen in der Lubjanka, dem Staatsgefängnis. Wie sie von Paris nach Moskau geschafft wurden – keiner weiß es! Dann kam ein Mann aus Moskau zu mir und machte ein Angebot: Elena und Janina geschieht nichts, sie kommen in kein Lager, sie kommen nach Paris zurück, wenn ich mich zur Verfügung stelle, mit meinem Namen und meinem Ansehen einen Agentenring in Westeuropa zu decken. Drei Diener sollte ich einstellen, alles andere gehe mich nichts an. Ja, so war's.« Sepkinow kippte den Wodka in sich hinein. »So geht das jahraus, jahrein. Jeden Monat bekomme ich einen Brief aus Moskau. Sie leben alle noch, es geht ihnen gut, sie leben sogar auf einer Datscha bei Moskau – und ich arbeite weiter als Handlanger Moskaus, um ihnen dieses Leben zu retten. Ich kann nicht anders. Was mit ihnen geschieht, wenn ich einmal sterbe, wer weiß es? Aber noch lebe ich! Und deshalb wird es mir unheimlich, einen Unbekannten im Nacken zu haben, der uns alle fressen wird.«

»Und was sagte Aitmanow?« fragte Niehoff, nachdem sie alle eine Zeitlang geschwiegen hatten. Eine merkwürdige Ergriffenheit hatte Sepkinows Lebensbericht hinterlassen.

»Er tobt. Was hilft toben? Bis New York sind es noch zwei und ein halber Tag. Solange leben wir auf einer Mine. Und solange sollten wir gemeinsam Hergarten beschützen, statt ihn zu jagen. Unser Gegner kennt kein Mitleid.«

»Wie wir alle nicht«, sagte Niehoff ruhig. »Haben Sie einen Vorschlag, Graf?«

Und Sepkinow nickte.

Lisa hatte genau beobachtet, daß Sybilla Odenthal zusammen mit Sepkinow das Restaurant verlassen hatte. »Sie gehen ins Hospital«, sagte Dr. Dahl. Auch er verfolgte den Weggang der beiden. »Sie dürfen den erkrankten Herrn Niehoff besuchen. Eine Stunde habe ich Ihnen erlaubt.«

Diese Stunde wollte auch Lisa zu ihrer Schicksalsstunde werden lassen. Nach dem Lunch entschuldigte sich sich, sie sei müde und wolle etwas schlafen. Später wollte sie dann zum Sonnendeck kommen.

Für die große Aussprache machte sich Lisa wie für einen Ball zurecht. Sie verzichtete auf die Perücke und zog sich so an, wie Hergarten sie kannte, wenn sie einmal ausgingen. In die Oper, in ein Konzert ... es war selten genug gewesen. Dann rannte sie fast zu seiner Kabine, klopfte an und trat ein, ohne eine Antwort abzuwarten. Ihr Herz hämmerte bis zum Hals. Wie wird er sich benehmen? Wird es ein Schock sein für ihn? Er wird ein paar Minuten Zeit brauchen, um zu begreifen, daß seine Frau die dunkelhaarige, südländische Schönheit ist, die an der Seite des Schiffsarztes so glücklich wirkt. Aber dann wird alles leichter sein, die Worte werden nicht zögernd kommen, man wird sich aussprechen können, man wird ehrlich sein, man wird in sich hineinsehen und erkennen, daß man die Wirklichkeit akzeptieren und einen Irrtum einsehen muß, auch wenn es schmerzlich ist. Wie soll ein Leben sinnvoll sein, wenn es auf einer Lüge beruht?

Sie trat in die Luxuskabine und fand sie leer.

Gut, sagte sie sich. Dann warte ich. Er ist vorhin weggegangen, vielleicht holt er Zigaretten. Er wird gleich wiederkommen. Sie wußte nicht, daß Hergarten wieder im Bordpostamt stand und ein Telefongespräch nach Frankfurt angemeldet hatte. Auch er wollte noch einmal mit seiner Frau sprechen und sie bitten, mit allen Entscheidungen zu warten, bis er wieder zurückgekommen war.

»Bis Frankfurt kann es eine Stunde dauern«, sagte der Zahlmeister nach Rückfrage in der Funkkabine. »Die Leitungen sind überlastet.«

»Ich warte«, sagte Hergarten.

Lisa stand in der Mitte der Kabine 12 und warf ihre Tasche in einen der Sessel, als sie zusammenzuckte. Hinter ihr klappte die Tür zu, die sie offengelassen hatte. Sie fuhr herum und wollte Hergarten durch ihren Anblick überraschen, als sie entgeistert stehenblieb und den anderen Besucher musterte.

»Sie ...«, sagte sie ungläubig. »Aber wo ist denn ...«

Dann schwieg sie. Ihre weiteren Worte wurden ein Gurgeln. Der Besucher drückte ihr ein feuchtes Tuch gegen das Gesicht. Es roch süßlich, widerlich, den Atem nehmend.

Äther, dachte Lisa noch. Sie betäuben mich mit Äther. Was ist denn geschehen? Warum ... warum ...?

Mit dieser Frage ohne Antwort glitt sie hinüber in die Besinnungslosigkeit.

Gegen Abend schlug Dr. Dahl Alarm.

Lisa war verschwunden.

Sie war weder in ihrer Kabine noch bei ihm in der Suite. Sie kam nicht zum Dinner, man hatte sie auf dem Sonnendeck und auch woanders nicht gesehen. Sie war einfach verschwunden, wie weggezaubert, verflogen wie Nebel.

»Jetzt ist es genug!« schrie Dr. Dahl. Er sah schrecklich aus. Den Kragen seines Hemdes hatte er aufgerissen und es dabei samt der Krawatte zerfetzt. Der I. Offizier versuchte, ihn mit Kognak zu beruhigen. Kapitän Selbach rannte mit geballten Fäusten in seinem Zimmer herum. Durch das ganze Schiff lief eine große Suchaktion. Man nahm jetzt keine Rücksicht mehr auf die Passagiere. Die herrliche, weiße, schwimmende Stadt war in Aufregung wie ein Ameisenhaufen, in dem man mit einem Stock gebohrt hat. Matrosen und Stewards durchkämmten alle Kabinen, jeden Raum, jeden Winkel der ›Ozeanic‹, vom Doppelkamin bis zum untersten Ladebunker.

»Wir tun, was wir können, Doktor«, sagte Kapitän Selbach mit bebender Stimme. »Denken wir gar nicht daran, daß sie über Bord gegangen sein kann ...«

Dr. Dahl zerwühlte sich mit beiden Händen die Haare. Sein Schmerz war noch größer durch das Entsetzen, durch das Wissen, daß um Lisa ein Geheimnis war, das heute gelöst werden sollte. Hing ihr Verschwinden damit zusammen? Die Pistole in ihrer Tasche ... die Toten unten im Hospital ... der gefolterte Niehoff ...

»Ich verlange die Polizei!« sagte Dahl laut. Und dann hieb er auf den Tisch und schrie: »Rufen Sie New York an, Kapitän! Lassen Sie mit einem Wasserflugzeug die Polizei an Bord kommen! Stoppen Sie die Maschinen!« Er sprang auf und faßte Selbach an den Aufschlägen der Uniform. »Ich verlange«, brüllte Dahl, »daß die ›Ozeanic‹ nicht eher in New York ans Pier geht, bis man Lisa gefunden hat. Unter uns ist ein Satan!«

Das Abendessen fand in sehr gedrückter Stimmung statt.

Während im großen Helgoland-Restaurant niemand etwas wußte und das fröhliche Leben an Bord weiterging, da die Stewards alle Gerüchte auffingen, bagatellisierten oder belachten, herrschte an den Tischen der Luxusklasse-Passagiere tiefe Depression. Kapitän Selbach ließ sich durch seinen I. Offizier vertreten. Dr. Dahl blieb unter Deck in seinem Hospital. Sybilla Odenthal und Dr. Hergarten aßen auf ihrem Zimmer. Die gelähmte Frau Michaelsen hatte durch die Ereignisse einen solchen Schock bekommen, daß auch sie in ihrer Kabine blieb und durch ihre Pflegerin, Käthe Peine, starke bromhaltige Beruhigungsmittel holen ließ. Nein, den Arzt wolle sie nicht sehen, ließ sie verlauten, als sich Dr. Dahl zur Untersuchung anbot. Ein Arzt könne jetzt gar nichts helfen, sie brauche Ruhe, sie kenne das. Jede Aufregung schlage ihr auf die Nerven. Vielleicht eine Folge der Lähmung ... Dr. Dahl gab der Pflegerin einige starke Beruhigungsmittel mit und schrieb genaue Anweisungen über die Dosierung auf die Packung.

So waren die früher so fröhlichen Tische der Luxusklasse nur noch ein Torso. Sam Hopkins saß wie verloren herum und fand kaum noch jemanden, bei dem er seine Witze anbringen konnte, denn Lady Anne war zu vornehm, um darüber zu lachen, und Sir Surtess durfte nicht lachen, solange seine Frau neben ihm saß. Graf Sepkinow und seine Lakaien bildeten nun einen eigenen Block, als igelten sie sich ein, um dem unbekannten, unsichtbaren Feind wie eine Festung gegenüberzutreten. Das war alles, was übriggeblieben war – bis auf Margret Goltz, die in ihrem Gips herumhumpelte und mit allen jungen Männern flirtete. Man empfand das jetzt als schamlos.

In seiner Kabine hockte Hergarten und begriff einfach nicht, was sich jetzt vor ihm abspielte. Zum erstenmal hatte er durch Sybilla, die mit Dr. Dahl gesprochen hatte, den Namen der schönen Frau erfahren, die mit Dr. Dahl als das schönste Paar der ›Ozeanic‹ galt. Er hatte sich nie dafür interessiert, denn wer an der Seite Sybillas glücklich ist, dem ist die andere Welt so fern wie ein anderer Stern. So nahm er auch die Nachricht, die Sybilla mitbrachte, zunächst wie alle anderen auf: Er war betroffen.

»Sie ist verschwunden!« rief Sybilla. »Auf dem Schiff

verschollen! Eine völlig unsinnige Tat! Was will man mit Lisa Arthberg anfangen?«

Das war der Satz, der in Hergarten eine Explosion zündete. Er sprang auf und stieß dabei den Sessel um. Seine Augen starrten Sybilla in geradezu hilfloser Ratlosigkeit an. »Wer ...?« fragte er leise. »Mein Gott ... das ist doch nicht wahr ... Wer?«

»Lisa Arthberg.« Sybilla verstand nicht die Aufregung Hergartens. »So heißt die Geliebte des Schiffsarztes.«

»Die Ge ...« Hergarten wischte sich mit beiden Händen über das Gesicht. Sie zitterten heftig. »Das ist doch nicht wahr ... *Das* kann doch nicht sein. Lisa ist blond ... aschblond ... Und ... und sie ist in Frankfurt ...«

»Was redest du da?« fragte Sybilla. »Was ist denn mit dir los?«

»Wiederhole noch einmal den Namen. Ich begreife es noch nicht.«

»Lisa Arthberg.«

Hergarten lehnte sich gegen die Wand. Seine Knie wurden weich.

»Sie ist ... ist meine Frau«, stammelte er. »Arthberg ... das ist ihr Mädchenname ... Das ist doch nicht möglich ... das ist doch nicht wahr ...«

Dann wurde er plötzlich lebendig. Die Starrheit fiel von ihm ab. Er rannte an Sybilla vorbei aus der Kabine, und sie folgte ihm wortlos, die Tasche mit der Pistole an sich reißend. Stumm, es vermeidend, sich anzusehen, fuhren sie zusammen hinunter zum Hospital und wünschten Dr. Dahl zu sprechen.

»Er ist in seiner Kabine«, sagte die Oberschwester. »Ich bringe Sie hin, Herr Doktor.«

»Geh allein.« Sybilla legte ihm die Hand auf den Arm. »Das mußt du allein durchstehen, Franz. Aber nimm eins mit: Ich liebe dich ...«

Hergarten nickte stumm und folgte der Schwester zu dem kleinen Lift, der das Hospital mit der Suite Dr. Dahls, ein Deck tiefer, verband.

Dr. Dahl saß am Tisch seines Wohnzimmers und trank Kognak. Er schien schon viel getrunken zu haben, denn er schwankte etwas, als er Hergarten entgegenkam und zu einem Stuhl führte.

»Ihre verdammte Erfindung«, sagte er dabei. »Warum haben Sie dieses Elektronium entdeckt? Wieviel Blut klebt schon daran? Und nun Lisa ... Was hat sie damit zu tun? Können Sie das erklären, Herr Hergarten?«

»Jetzt ja.« Hergarten setzte sich. Über sein Gesicht zuckte es. Es war gerötet wie im Fieber. »Was wissen Sie von Lisa Arthberg?«

»Nichts.« Dr. Dahl schenkte sich und Hergarten ein Glas Kognak ein. »Nichts, als daß sie eine herrliche Frau ist und ich sie liebe und heiraten werde.«

»Und sie will es auch?« Es klang tonlos, aber Dahl achtete nicht darauf. Er nickte mehrmals.

»Ja, wir sind uns einig.« Er stürzte das Glas Kognak in sich hinein. »Und nun das.«

»Sie ist wirklich das nächste Opfer meiner Erfindung.« Hergartens Kopf sank auf die Brust. »Um Sie zu heiraten, muß sie erst geschieden werden, Herr Dahl. Lisa ... Lisa ... ist meine Frau ...«

Dr. Dahl begriff es nicht sofort. Er umklammerte die Kognakflasche und sah Hergarten wie einen Irren an, dem man gut zusprechen muß, damit er nicht zu toben beginnt.

»Was sagen Sie da?« fragte er.

»Lisa ist meine Frau.«

»Ihre –«

»Ja, seit drei Jahren.« Hergarten riß Dahl die Flasche aus der Hand und goß sich noch einmal ein. »Ich habe geglaubt, sie sei zu Hause in Frankfurt. Wie sie auf dieses Schiff gekommen ist, warum sie unter einer Maske auftrat – das wird sie uns alles sagen, wenn wir sie ... wenn wir sie wiederfinden ... Mein Gott!« Er trank den Kognak und goß sich zum drittenmal ein. »Ich habe mich täuschen lassen. Die schwarzen, langen Haare, der dunkle Teint, die falschen Wimpern, die neuen Kleider ... nur die Chinchillastola fiel mir auf. Ich schenkte sie ihr einmal ... Aber es gibt ja mehr Chinchillastolas. Und wer denkt denn daran, daß seine Frau heimlich nach Amerika fährt? Ich habe sogar versucht, sie ein paarmal anzurufen, aber nie war sie zu Hause ... Natürlich nicht ... sie saß zwei Meter von mir entfernt am Nebentisch, mit Ihnen ... Ist denn so etwas möglich? Aber wenn Sie Lisa kennen würden, mit ihrem aschblonden Haar ...«

Dr. Dahl nickte schwer. »Ich kenne sie jetzt. Die Perücke hat sie abgenommen; das ... das andere wollte sie mir heute sagen. Ich wußte nicht, was – aber daran habe ich nie gedacht.« Er starrte Hergarten aus trunkenen Augen an. »Sie irren sich nicht, Herr Hergarten?«

»Es gibt nur eine Lisa Arthberg.«

Dr. Dahl erhob sich, schwankte zum Schreibtisch und nahm die Handtasche Lisas aus der Schublade. Durch das Herz Hergartens ging ein Stich. Sie wohnt schon bei ihm, dachte er. Aber dann dachte er an Sybilla – es war die gleiche Situation. Trotzdem tat es weh.

»Ihr Paß ...«, sagte Dr. Dahl und holte aus der Tasche das flache Büchlein. »Vielleicht irren Sie sich doch.«

Hergarten nahm den Paß. Ein einziger Blick genügte. Das Bild, die Angaben zur Person, die Unterschrift. Er klappte den Paß zu und legte ihn auf den Tisch.

»Es ist ihr Mädchenpaß«, sagte er. »Es wurde vergessen, ihn einzuziehen. Es gibt gar keinen Irrtum: Es ist Lisa, meine Frau.«

Sie saßen sich gegenüber und sahen sich eine Zeitlang stumm an. Was sollte man jetzt sagen? Die Situation war weniger fatal als tragisch. Lisa Hergarten war auf dem Schiff verschwunden, und plötzlich gab es auch einen Grund, einen großen sogar: Sie war die größte Waffe in der Hand des Gegners.

»Ihre Erfindung ...« sagte Dr. Dahl leise. »Ihre Scheiß-Erfindung! Warum müssen eure Gehirne immer neue Möglichkeiten ersinnen, wie man noch mehr Millionen auf einen Schlag umbringen kann?«

»Es soll einem friedlichen Zweck dienen«, sagte Dr. Hergarten schwach.

»Wie die Atomspaltung, was?! Welch lahme Ausreden, welcher Selbstbetrug. Alles, was aus dieser Richtung kommt, ist zuerst eine Vernichtungswaffe. Der Mensch will ja gar keinen ewigen Frieden! Gucken Sie sich doch um in der Welt. Überall knallt es! So lange schon kein Krieg mehr in Europa, da juckt es den Militärs in den Händen, da lamentieren die Waffenfabrikanten. Absatz, Leute, Absatz brauchen wir! Wir gehen doch pleite ohne Krieg! Butter, die nicht gegessen wird, wird ranzig. Waffen, die nicht schießen, verrosten! Das ist eine Schande! Millionen verrosten! Kriege her! Die Milliarden der Rüstung müssen sich doch einmal auszahlen! Und da kommen Sie und erfinden auch noch ein Mittel, das Länder ausradieren kann. Sie Idiot!«

Dr. Dahl brüllte es durch seine Kabine, nahm die Kognakflasche und setzte sie an den Mund.

»Ich auch«, sagte Hergarten dumpf, nahm Dahl die Flasche weg und setzte sie auch an die Lippen. »Wir müssen Lisa suchen«, sagte er dann.

»Wo? Mensch, wo?« Dahl hieb mit den Fäusten auf den Tisch. »Seit zwei Stunden wird das ganze Schiff durchsucht. Den Passagieren erzählt man, ein Junge aus der dritten Klasse habe sich aus dem Staube gemacht und geistere nun als kleiner Abenteurer durch das Schiff, ohne Ahnung der vielen Gefahren. Aber suchen Sie mal eine schwimmende Stadt wie die ›Ozeanic‹ durch! Jeden Winkel, jedes Loch, jede Spalte.« Er atmete heftig und stützte den Kopf in beide Hände. »Polizei kommt morgen an Bord. Ich habe es bei dem Kapitän durchgesetzt. Sie kommen mit einem Flugboot. Wir lassen die ›Ozeanic‹ nicht eher in New York landen, bis wir Lisa haben – oder den unbekannten Mörder, der auf dem Schiff wütet.« Er beugte sich über den Tisch und ergriff Hergarten an den Aufschlägen seines Anzuges. »Sie lieben Sybilla, nicht wahr?«

»Müssen wir das jetzt besprechen?«

»Ja! Ich habe es Ihnen schon gesagt: Ich werde Lisa heiraten! Wir lieben uns. Wenn Sie sich zu Sybilla hingezogen fühlen, wird es Ihnen leicht sein, sich von Lisa zu trennen. Wir müssen das klären, Herr Hergarten.«

»Wir sollten bei diesem Gespräch Lisa dabeihaben«, sagte Hergarten gequält. »Ich bin es nicht gewöhnt, daß man bei mir um die Hand meiner Frau anhält. Es ist schließlich das erste Mal.«

Danach saßen sie sich wieder stumm gegenüber, bis Sybilla eintrat. Sie kam, ohne anzuklopfen. In ihren Augen stand Angst.

»Ihr lebt noch«, sagte sie, und es sollte ein Witz sein. Dahinter aber schwang bittere Wahrheit. »Ihr habt euch noch nicht umgebracht?!«

»Ich gratuliere Ihnen zu dieser Frau«, sagte Dahl.

»Ich kann es nicht begreifen«, murmelte Hergarten. »Ich kann es einfach nicht ... Lisa an Bord ... Es will nicht in meinen Kopf ... Warum dieses Spiel?«

»Sie war eifersüchtig auf mich.«

»Aber sie kannte dich doch gar nicht.«

»Vielleicht doch? Vielleicht hat sie uns in Bonn zusammen gesehen. Aus Zufall.«

»Sie hat nie etwas gesagt.«

»Welche Frau tut das? Sie will zuerst Beweise haben. Dann trumpft sie auf. Und die Beweise sollte diese Reise liefern.« Sybilla legte die Hand auf die Schulter Hergartens. »Und sie hat Beweise genug gesehen ...«

Das Telefon schrillte und riß alle aus einer schuldhaften Stimmung.

Kapitän Selbach meldete sich, fragte, ob Hergarten da sei, und rief: »Ich komme gleich!« Seine Stimme klang sehr aufgeregt.

Zehn Minuten später stürmte Selbach in die Arztkabine. In der Hand schwenkte er einen Brief.

»Für Sie!« sagte er zu Hergarten. »Lag in Ihrer Kabine auf dem Tisch, als der Steward sie aufräumen wollte. Um es vorweg zu sagen: Es ist Bordpapier, wie es in allen

Schreibmappen der Kabinen liegt. Jetzt werden wir wissen, was gespielt wird.«

Hergarten nahm den Brief und riß ihn auf. Eine der Bordkarten mit dem Namenszug der ›Ozeanic‹ und dem Reederzeichen fiel heraus. Der Text war mit der Schreibmaschine geschrieben. Im Schreibsalon standen zehn Maschinen, und meistens waren sie besetzt. Wie sollte man das überprüfen?

»Lesen Sie vor«, sagte Kapitän Selbach rauh. »Morgen früh wassert das Flugboot der Polizei neben uns. Vielleicht haben wir bis dahin schon Anhaltspunkte.«

Hergarten überflog den Inhalt des Briefes. Sein Gesicht war bleich und kantig geworden. Dann las er mit klarer Stimme vor:

»Es liegt im Interesse des Weltfriedens, daß unter den Großmächten ein Gleichgewicht herrscht. Jede übermäßige Stärke eines einzelnen Staates zieht die Versklavung und Angst der weniger Starken nach sich. Das ist eine Regel, die im Atomzeitalter allein den Frieden garantiert.

Ihr Elektronium ist ein Mittel, das zum Beispiel die USA in der Welt militärisch führend machen könnte. Es würde die Patt-Situation stören. Wir haben nichts dagegen, wenn die USA Ihre Erfindung auswerten – aber dies nur unter der Bedingung, daß auch wir als Gegenpol die Möglichkeit haben, Ihr Elektronium zu nutzen, um den Frieden durch das Gleichgewicht der Kräfte zu garantieren. Wir hoffen, daß Sie das einsehen.

Die Pläne in Ihrer vorzüglich versteckten Mappe sind sicherlich nicht nur die Originale, sondern auch einige Kopien Ihrer Formeln. Uns genügt eine solche Kopie. Hinterlegen Sie eine solche Kopie an unten bezeichnetem Ort in der kommenden Nacht. Wir versprechen, Ihnen nach Überprüfung der Formeln als Äquivalent eine Summe von 1 Million Dollar auf Ihr Konto zu überweisen. Eine Anerkennung nur, wir wissen es. Und wir sind Gentlemen genug, diese Versprechung auch einzuhalten.

Ihre Gattin, der es sehr gutgeht, werden Sie in New York

gesund begrüßen können. Es war übrigens ein Glückstreffer für uns, in dieser schönen Frau Ihre Gattin zu entdecken. Es wäre ein Verbrechen an der Natur in seiner schönsten Variation, wenn Ihre Gattin statt in Ihren Armen auf dem Grunde des New Yorker Hafenbeckes liegen müßte. Sie werden verstehen, daß dies notwendig ist, da wir uns nicht von der schönen ›Ozeanic‹ begeben und eine lebende Anklage hinterlassen können. Mit der Rückgabe Ihrer schönen Frau wird sich unser Wunsch verbinden, 24 Stunden über unseren Handel zu schweigen. Diese 24 Stunden brauchen wir. Und die brauchen Sie, um Ihre Gattin zu finden. Gesund, wie wir versprechen.

Legen Sie Ihre Papiere bitte heute nacht auf die Handtuchablage der Kabine 1 der Damentoilette des Helgoland-Restaurants. Auf das Kuvert schreiben Sie: Nicht berühren – bitte –. Und dann haben Sie Geduld bis New York. Vertrauen Sie unserem Wort.«

Dr. Hergarten ließ den Brief sinken. Es war totenstill im Raum. Der erste, der seine Stimme wiederfand, war Dr. Dahl.

»Was werden Sie tun?« fragte er tonlos.

»Ja, was soll ich tun?« wiederholte Hergarten hohl.

»Nichts!« Die Stimme Sybillas klang scharf. »Gar nichts.«

Dr. Dahl und der Kapitän fuhren zu ihr herum. Sie erkannten sie nicht wieder. Das faszinierende Gesicht wirkte kalt und starr wie eine schöne, aber angstverbreitende Maske. Die Augen leuchteten in einem harten Glanz.

»Nichts bedeutet Mord an Lisa«, stammelte Dr. Dahl.

»Das ist doch keine Lösung«, sagte auch Selbach leise.

»Es ist erst recht keine Lösung, die Pläne gegen Lisa einzutauschen.«

»Es geht um ein Menschenleben!« schrie Dahl und wollte zu Sybilla stürzen. Kapitän Selbach hielt ihn fest wie einen ausbrechenden Hund. Er faßte den Schiffsarzt am Kragen seiner Uniform.

»Es geht um Millionen Menschenleben«, sagte Sybilla kalt. »Das Leben Lisas ist dabei das Unwichtigste. Die

Erfindung Dr. Hergartens muß in die USA gebracht werden, ganz gleich, wie. Sie kennen jetzt alle seine Bedeutung. Der Plan, die Gegner abzulenken, mißlang. Einige Agenten blieben auf der Strecke. Bis New York sind es noch zweieinhalb Tage und Nächte. Diese kurze Zeit muß auch noch durchgehalten werden! Es gibt keine andere Wahl.«

»Ich lasse das nicht zu!« brüllte Dahl. »Ich lasse Lisa nicht mit offenen Augen abschlachten! Hergarten, sagen Sie doch etwas! Sie ist ja schließlich noch Ihre Frau! Sie haben sie einmal geliebt! Sie können sie doch nicht einfach wie ein Stück Vieh auf den Schlachtbock legen!«

»Es gibt da eine große Parallele.« Sybillas Stimme war völlig ruhig. Es war fast ein Dozieren. »Im Spanischen Bürgerkrieg, als die Roten gegen die Truppen Francos kämpften, bestürmten die Kommunisten auch die Festung Alkazar. Sie wurde mit schwachen Kräften von den Nationalspaniern gehalten. Es gelang den Roten, den Sohn des Generals, der den Alkazar verteidigte, zu fangen. Sie ließen ihn über ein Telefon mit seinem Vater sprechen: Sohn gegen die Festung. Und was sagte der General: ›Mein Sohn, leb wohl. Das Vaterland wird dich nie vergessen!‹ Und der Sohn wurde erschossen, aber der Alkazar nie erobert. Damit begann die Niederlage der Roten. Man muß ab und zu schreckliche Entscheidungen fällen, wenn es um Größeres geht.«

»Worum geht es denn hier?« schrie Dr. Dahl. Er wurde noch immer von Kapitän Selbach wie ein Hund festgehalten. »Bleiben Sie mir vom Leib mit Ihren Heldenmärchen! Vom Vater, der seinem Volk den Sohn opfert! Wo ist da der gesunde Menschenverstand? Soll ich ein Held sein? Wer dankt es mir? Die Nachwelt? Ich pfeife auf sie ... ich lebe *mein* Leben, und es ist kurz genug! Nein, nein ... machen Sie etwas anderes, Dr. Hergarten. Holen Sie Ihre Tasche, stellen Sie sich vor allen Passagieren an die Reling und werfen Sie das Drecksding ins Meer! Zu den Fischen mit dem Elektronium. Und dann kehren Sie nach Frankfurt zurück und ernähren sich mit Dingen, an denen nicht das

Leben von Nationen hängt. *Das* wäre heldenhaft! *Das* wäre eine Tat, für die die Nachwelt Ihnen danken würde. *Das* wäre wert, den Nobelpreis zu bekommen. Für etwas, das man selbst vernichtete, um die Menschheit zu retten! Dann haben sie mehr getan als alle Preisträger seit 1901. Aber dazu gehört der Mut, von allen Ministern für verrückt erklärt zu werden. Wäre ich Sie, ich täte es! Mir ist Lisa mehr wert als aller Ruhm, als alle Millionen, als alle Revolutionen.«

Er hielt erschöpft inne, befreite sich aus dem Griff des Kapitäns und sank auf seinen Stuhl. Dann fiel sein Kopf auf die Tischplatte. Dr. Dahl war am Ende seiner Kraft.

Die Durchsuchung des Schiffes brachte das Ergebnis, das man erwartet hatte: Nichts. Kapitän Selbach blies die Aktion ab. »Um ein Schiff ganz zu durchsuchen, muß es auf das Trockendock, und selbst dann sind fünfzig Arbeiter nötig«, sagte er resignierend. »Vielleicht vermag die Polizei mehr? Ich kann nichts mehr tun.«

In den Decks erzählten die Stewards freudestrahlend, der gesuchte kleine Junge sei gefunden. Er sei zum Maschinenraum geklettert. Bei den großen Turbinen habe er gehockt, als erlebe er ein Märchen.

Unterdessen fanden in der Kabine Hergartens immer neue Besprechungen statt. Die Forderung des Unbekannten wurde aktuell. Die Nacht kam, die ›Ozeanic‹ zog hellerleuchtet ihren Kurs nach Amerika. In den verschiedenen Restaurants fanden wieder Veranstaltungen statt: in der Ersten Klasse ein Tanzturnier-Abend um das Blaue Band des Atlantik, im Bordkino eine große Varieté-Show, im Restaurant Helgoland ein »Ball um die Jahrhundertwende«. Das Schiff schallte wider von Musik, alle Kapellen spielten, es wurde getanzt und gelacht, geküßt und geliebt. Was gehen tausend Passagiere die Sorgen einer Handvoll Menschen an? Nur noch diese und zwei weitere Nächte, und man war in New York. Das graue Leben ging dann weiter, die Hetze nach dem Dollar, der Ärger im Beruf, der Alltag mit seinen Sogen, dem man hier, auf dem schwimmenden Palast entronnen war.

Der Oberzahlmeister berichtete über die Maßnahmen, die man bisher getroffen hatte.

»Wir haben alle Toilettenfrauen ausgewechselt«, sagte er. »Sie sind ersetzt durch junge, kräftige Küchenmädchen. Außerdem warten in einem Raum zwischen Damen- und Herrentoilette fünf ausgesucht starke Matrosen auf einen Pfiff oder einen Schrei, falls etwas in Kabine 1 geschehen sollte.«

Harry Linder, der Bord-Detektiv, der dieser Aufgabe nicht mehr gewachsen war und deshalb als völlig unnütz galt, hatte einen Gedanken, der eigentlich schon längst hätte gedacht werden müssen: »Wenn die Papiere auf der Damentoilette niedergelegt werden sollen, muß die Kontaktperson also eine Frau sein. Ein Mann kann ja nicht hereinkommen. Wie stellen Sie es sich vor, jede Dame, die die Toilette benützt, zu kontrollieren? Einen Mann kann man abtasten, aber wollen Sie jeder Dame unter den Rock fassen? Wir haben die großen Feste an Bord, die Toilette wird also sehr frequentiert werden. Man wird raus- und reingehen, sie werden Schlange stehen. Wie stellen Sie sich da eine Überwachung technisch vor? Unser großer Unbekannter hat das alles einkalkuliert: ein heller Kopf! Es wird ja eine Katastrophe geben, wenn jede toilettengehende Dame untersucht wird, sobald sie an der Strippe gezogen hat. Das ist ganz unmöglich.«

»Unsere neuen Toilettenfrauen werden die Kabine 1 nach jeder Benutzung betreten, angeblich, um die Brille abzuputzen. Da sehen sie ja, ob das Kuvert weg ist. Wenn ja, haben wir die Kontaktperson.« Der Oberzahlmeister blickte in nachdenkliche Gesichter. Was Harry Linder sagte, war gar nicht so dumm. Bisher hatte man immer gesagt: *Der* große Unbekannte. Nun kam eine *die* ins Spiel.

Das Rätsel wurde noch größer.

War es ein Paar? War es eine geschickte Verkleidung? War es nur eine Frau? Es schien undenkbar, daß eine Frau die Kraft besessen hatte, dem Steward Budde so brutal den Schädel einzuschlagen.

Oben, im Hamburg-Salon, sah Graf Sepkinow nur unlustig auf das Tanzturnier. Das Fehlen des Kapitäns und des I. Offiziers, das Fernbleiben Dahls, Sybillas und Hergartens machten ihn unruhig. Shura Aitmanow hielt sich für Sonderaufgaben in seiner Kabine auf, ein anderer der Lakaien meldete Sepkinow, daß sich alle in der Kabine Hergartens versammelt hätten. Sam Hopkins, den Sepkinow nach den sich überstürzenden Ereignissen mißtrauisch beobachtete, war der einzige, der in Stimmung kam und in den Turnierpausen Tänze eigener Prägung auf das Parkett donnerte. Sir Surtess und Lady Anne tanzten hoheitsvoll ihren Walzer, so wie man ihn unter den Augen der Königin tanzen würde. Frau Michaelsen hatte noch ihre Depressionen und verließ ihre Kabine nicht mehr. »Man ist ja seines Lebens nicht mehr sicher«, klagte sie vor dem Obersteward. »O nein, ich lasse mich erst in New York wieder an Deck rollen, wer weiß, was noch alles auf diesem schrecklichen Schiff passiert.«

Ihre Pflegerin Käthe Peine, dem blassen, stillen Mädchen, aber gab sie frei für den »Ball um die Jahrhundertwende«. Sie lieh ihr eine Federboa und ein langes Kleid. »Junge Menschen sollen sich amüsieren«, sagte sie gütig. »Was soll man sich nach einer alten, gelähmten Frau richten? Es muß schon furchtbar genug sein, immer um mich herumzuscharwenzeln. Nein, Kind, gehen Sie tanzen, seien Sie fröhlich ...«

»Sie ist wirklich eine nette alte Dame«, sagte der Obersteward zum III. Zahlmeister. »Von allen Luxuspassagieren ist sie mir die liebste.«

Auch Margret Goltz machte wieder mit. Zwar konnte sie nicht tanzen, aber sie erschien in einem verdammt gewagten, dekolletierten Kleid zum Tanzturnier und wurde sofort von den jungen Männern belagert.

»Schlag Mitternacht machen wir was ganz Dummes!« rief sie in die lärmende Runde hinein.« Wir gehen zum Lido-Deck und dort versteigere ich meine Kleider! Der Erlös geht in die Kasse für gefallene Mädchen!« Sie lachte grell, fast hysterisch, und prostete Ulrich Renner zu. Sein Auge war noch blaugelb, aber nicht mehr geschwollen. Er hatte es fleißig mit Alkohol gekühlt und ein Mittel angewandt, mit dem Boxer sich schnell ihre aufgeschlagenen Gesichter heilen: Er hatte sich aus der Küche zwei mürbe, rohe Steaks bringen lassen und sie auf sein Auge gelegt. Warum so etwas wirklich hilft, kann kein Mediziner erklären.

»Was machen wir nun?« fragte Kapitän Selbach, als die Uhr gnadenlos immer weiterrückte. »Geben Sie eine Kopie her?«

Hergarten schwieg. Er griff an sein Hemd, knöpfte es auf, zog an einem Band einen Schlüssel heraus, den er auf der nackten Brust getragen hatte, und ging in die Hocke. Mit schnellen Händen rollte er den Bodenteppich etwas auf und steckte den Schlüssel in ein winziges Loch im Fußboden. Als eine Feder schnappte und Hergarten an dem Schlüssel zog, sah man erst, daß eine Tür sich abhob. Eine Platte des Kunststoffbelages war zum Eingang zu einem Tresor umgebaut worden. Kapitän Selbach bot ein seltenes Bild: er staunte mit offenem Mund.

»Das wußte noch nicht einmal ich«, sagte er leise. Dann schielte er zu seinem Oberzahlmeister. »Aber Sie, Knöpfel?«

»Ja, Herr Kapitän.«

»Gibt es noch mehr solche Überraschungen an Bord?«

»Darauf darf ich Ihnen keine Antwort geben, Herr Kapitän.«

»Auf meinem Schiff?«

»Ich wurde von der Reederei unter Eid genommen.«

Kapitän Selbach war sichtlich beleidigt. Aber er schwieg. Man sah ihm an, daß er nach der Rückkehr nach Hamburg sofort zum Reeder laufen und sich beschweren würde. Ein Kapitän, der sein Schiff nicht hundertprozentig kennt – wo gibt es so etwas?

Hergarten holte aus dem Tresor seine schwarze Ledertasche, öffnete sie und holte einen dünnen Schnellhefter heraus. Er schlug ihn auf: ein paar Seiten Papier. Formeln, Beschreibungen, ein paar Zeichnungen.

»Dafür werden Menschen umgebracht«, sagte Dr. Dahl bitter. »Werden sie gefoltert, werden Menschen zu Bestien. Ein paar lumpige Blätter Papier mit ein paar Formeln ...«

» ... die die Welt verändern können«, fügte Sybilla hinzu. »Auch die Spaltungsformel der Atome besteht nur aus einer Zeile.«

Hergarten ging mit seinem Schnellhefter zum Schreibtisch. Jetzt sprach niemand ein Wort. Man ließ ihn wie durch eine Gasse gehen, er setzte sich und sah auf sein Lebenswerk.

Die Summe vieler Jahre Forschung.

Die Frucht schlafloser Nächte.

Das Ergebnis einer Intelligenz, die mit anderen Materien zu spielen begonnen hatte.

Ein Geniestreich.

»Ich ertrage das nicht länger«, stöhnte Dr. Dahl und warf sich auf Hergartens Bett. Er schlug die Hände vor die Augen und zitterte. »Ich kann nicht mehr! Sind diese Blätter Papier mehr wert als Lisa? Ist das überhaupt noch eine Frage?«

»Ich werde eine Nachricht hinterlassen«, sagte Dr. Hergarten kaum hörbar. »Ich werde um Verständnis bitten.«

»Diese Schufte kennen keine Moral!« schrie Dr. Dahl. »Sie appellieren an einen Tiger, der Blut gerochen hat!«

»Warten wir es ab.«

»Und wenn sie Lisa töten? Hergarten ...« Dr. Dahl sprang auf. Ehe man ihn festhalten konnte, war er bei Hergarten und riß ihn mit beiden Händen vom Stuhl. »Wenn Lisa etwas geschieht, bringe ich Sie um! Verstehen Sie mich! Ich – bringe – Sie – um! Ganz gleich, wohin Sie sich verkriechen, ich finde Sie! Ich habe Zeit, Sie zu suchen, ich werde im Leben nichts anderes mehr tun, als Lisas Tod an Ihnen zu rächen! Wissen Sie überhaupt, was Sie mit Ihren dämlichen Formeln da anstellen! Überblicken Sie überhaupt die Folgen Ihrer Forschung?«

»Ja«, sagte Hergarten knapp.

»Und Sie können noch ruhig atmen?«

»Lassen Sie mich in Ruhe!« Hergarten schüttelte Dr.

Dahl von sich ab. »Es genügt, daß Sie mir meine Frau genommen haben – das konnte ich nicht verhindern. Hier, Doktor Dahl, *hier* handle ich jetzt allein! Und ich brauche keine Ratschläge und keine Hilfe mehr! Auch nicht von dir, Sybilla.«

Sybilla senkte den Kopf und schwieg. Ihre Aufgabe sah sie als beendet an. Sie hatte versagt. Zum erstenmal in ihrem Leben, denn zum erstenmal hatte sie richtig geliebt. Was jetzt kam, war das einfache Leben der Sybilla Odenthal, ein Leben, das keinen mehr interessierte. Ein Leben an der Seite des Mannes, zu dem sie gehörte. Und was dieser Mann tat, das war gut. Sie ordnete sich unter, weil sie liebte.

»Was wollen Sie schreiben?« fragte Selbach, heiser vor Erregung.

»Ich lade zu einer Party ein.«

»*Was* wollen Sie?« schrie Dahl auf. »Sind Sie total verrückt?!«

»Ich lade zu einer Party ein, morgen nachmittag nach dem Essen, auf dem Lido-Deck.« Die Stimme Hergartens war ganz ruhig. Er klappte seinen Schnellhefter zu und steckte ihn wieder in die schwarze Aktentasche. »Ich bitte Sie, Herr Kapitän, daß außer unserem Unbekannten, den ich selbst einlade, auch alle Passagiere des Promenadendecks eingeladen werden, durch Sie in meinem Namen. Machen wir es formvollendet. Lassen Sie in der Borddruckerei die Einladungen drucken und beim Frühstück auf die Kabinen verteilen. Ich möchte im kleinen, exklusiven Kreis einen Vortrag über Elektronium halten. Dazu gibt es Wein, Whisky, Liköre, Gebäck ... was man wünscht.«

»Und Sie glauben, daß der große Satan kommt?« fragte Harry Linder atemlos.

»Bestimmt.«

»Und wie wollen sie ihn erkennen?«

»Überhaupt nicht. Er soll *mich* erkennen.«

»Geben Sie keine Rätsel auf, Doktor.« Kapitän Selbach wischte sich den Schweiß vom Gesicht. Er schwitzte vor Aufregung. »Wollen Sie ihn provozieren? Wollen

Sie ihm die Papiere zeigen?«

»Ja.« Hergarten klopfte auf seine Aktentasche. »Ich werde sie bei mir haben. Ich werde den Schnellhefter hervorholen und daraus vorlesen. Jeder soll von weitem die Formeln sehen, die Zeichnungen, die Erklärungen. Auch unser großer Satan, wie Sie ihn nennen, Herr Linder.«

»Und Sie glauben, daß er sich verrät? Halten Sie ihn für so dumm?« rief Dr. Dahl.

»Nein. Er wird sich nicht verraten. Aber er wird nichts mehr unternehmen.«

»Das verstehe ich nicht.« Kapitän Selbach sah hilflos um sich. Aber da war keiner, der ihm beistehen konnte – sie alle verstanden Dr. Hergarten nicht. Nur Sybilla Odenthal schien etwas zu begreifen. Sie legte beide Hände auf die Schultern Hergartens und streichelte sie leicht. Ihr Lächeln war traurig und doch wie befreit.

»Und Lisa?« fragte Dr. Dahl in die Stille hinein.

»Sie wird in New York wieder zu uns kommen. So gesund, daß Sie sie heiraten können – wenn wir geschieden sind.« Das klang bitter, aber es war eine Entscheidung, die das Leben schon vorweggenommen hatte.

»Gut. Bringen wir den Brief zur Damentoilette 1 im Restaurant-Deck.« Der Oberzahlmeister sah auf die Uhr. »Es wird höchste Zeit ... gleich Mitternacht ...«

Im Hamburg-Salon wurde die letzte Runde ausgetragen. Vier Tanzpaare waren auf der Tanzfläche und kämpften mit Tango, Slowfox, Wiener Walzer, langsamem Walzer und Foxtrott um das Blaue Band des Atlantik. Die Kapelle Juan Fernandez spielte, die Stimmung war sektselig. Am großen Tisch im Hintergrund brach eine Gruppe junger Männer mit Margret Goltz auf, um auf dem Lido-Deck den Striptease Margrets mitzuerleben.

Graf Sepkinow wunderte sich, als Kapitän Selbach, der I. Offizier, Hergarten, Dr. Dahl, Sybilla und der Oberzahlmeister im Saal erschienen und sehr fröhlich aussahen. Der leere Kapitänstisch war im Nu besetzt. Sam Hopkins kam sofort mit einer Beschwerde. Eine entzückende, schwarzhaarige Tänzerin war in der Endausscheidung ausgeschieden. Er reklamierte Schiebung. Man nahm ihn in die Mitte, denn Hopkins hatte schon gewaltig Whisky geladen, und besänftigte ihn mit einem neuen Glas.

Sepkinow nahm die Gelegenheit einer Tanzpause wahr und schob sich neben Sybilla.

»Was ist los?« flüsterte er durch seinen langen, weißen Bart. »Hat man die Frau gefunden?«

»Nein.«

»Shura ist unterwegs.«

»Auch Ihr Spürhund aus Asien wird sich die Nase verderben. Das Schiff ist bis zu den Bodenplatten untersucht.«

»Von Dilettanten und völlig planlos. Shura ist ein vorzüglicher Spurensucher.«

»Er hat keinen Anhaltspunkt. Zur Aufnahme der Witterung muß auch der beste Jagdhund erst einen Geruch haben. Haben Sie den?«

»Shura wird etwas finden. Er ist ein Genie.«

Das Turnier ging weiter. Graf Sepkinow rückte von Sybilla weg.

Auf dem Lido-Deck tobte unterdessen die Gruppe junger Leute. Margret Goltz hatte man auf die Theke der Swimming-pool-Bar gehoben. Hier stand sie nun und zog ihren Schuh aus.

»Nummer eins. Ein Schuh. Größe 36. Wasserdicht. Man kann Sekt, Wein und Whisky daraus trinken. Wer bietet? Grundpreis fünf Mark ...« Sie schwenkte den Schuh und lachte hell. »Macht gute Preise, Jungs!« rief sie übermütig. »Nachher, bei den unteren Dingen, wird's teurer! Wer bietet ...?«

Der Schuh ging weg für zwanzig Mark. Es folgte ein Strumpf. Margret hielt ihn hoch, schwenkte ihn wie eine Fahne.

»Ein Perlonstrumpf. Ohne Laufmaschen. Einmal getragen.« Sie hob ihn an die Nase und lachte schrill. »Am Rand riecht er nach Veilchen...«

»Fünfzig Mark!« brüllte jemand aus der johlenden Menge. »Her mit den Veilchen!«

Aus dem Kabineneingang kamen drei junge Männer mit Gitarren. Sie spielten einen Beat und wurden sofort in die Mitte genommen.

Der Strumpf war bereits auf 120 Mark geklettert.

In der Damentoilette 1 gab es kurz nach Mitternacht ein Durcheinander. Die Kontrolle der einzelnen Kabinen wurde unterbrochen.

Ein Mädchen im Kostüm einer Zofe um 1900 wurde ohnmächtig, als es sich die Hände wusch. Sie schlug lang hin, die beiden neuen Toilettenfrauen sprangen hinzu, hoben es auf und setzten es auf einen Stuhl. Andere Damen bemühten sich um die Taumelnde, hielten ihr Kölnisch Wasser unter die Nase, rieben ihre Stirn mit Parfüm ein, steckten ihr die Pulse in kaltes Wasser. Das dauerte ungefähr sieben Minuten, dann war die kleine Zofe wieder soweit, daß sie schwach lächeln konnte und mit zitternden Beinchen aufstand.

»O danke, danke...« sagte sie. »Sie sind so nett zu mir, meine Damen. O danke, es geht schon...«

»Haben Sie das öfters?« fragte eine dicke Dame mit vielen Pleureusen. »Mir scheint, Sie sind etwas blutarm, mein Fräulein.«

»O nein, nein.« Die Kleine lächelte rundum, zupfte ihr Kleidchen zurecht und ordnete ihr Haar im Spiegel. »Mir wurde auf einmal so schwindelig. Das viele Tanzen... ich hatte einen tollen Tänzer, müssen Sie wissen.«

Die anderen Damen nickten, steckten ihre Fläschchen ein und stellten sich wieder an den Kabinen an.

Da erst wurde bemerkt, daß das Kuvert verschwunden war. Die Handtuchablage war leer. Verzweifelt rannten die beiden Toilettenfrauen herum – sie waren auf einen ganz einfachen, aber immer wirksamen Trick hereingefallen.

Im Hamburg-Salon winkte der Obersteward den Oberzahlmeister heraus. Nach kurzer Zeit kam er zurück und setzte sich neben Kapitän Selbach und Dr. Hergarten.

»Der Brief ist abgeholt worden«, sagte er keuchend. »Mit einem Trick. Ohnmacht einer Komplizin, die alles durcheinanderbrachte. Man hat den Abholer in der allgemeinen Aufregung nicht gesehen.«

»Und die Komplizin?« brummte Selbach, während er für die Passagiere lächeln mußte.

»Wir haben sofort den Saal durchsuchen lassen, natürlich unauffällig. Als Tänzer verkleidete Matrosen. Das Mädchen im Kostüm einer Zofe war weg.«

»Eine schöne Sauerei und eine noch schönere Blamage.« Selbach sah zur Hergarten. »Was nun?«

»Es geht weiter, Kapitän.« Hergarten nickte Sybilla zu, die sich mit Hopkins unterhielt. Sie verstand sofort. »Wir machen morgen nachmittag meine Party.«

»Die Einladungen werden schon gedruckt.« Selbach begann wieder zu schwitzen. »Glauben Sie wirklich, daß der Sauhund darauf eingeht?«

»Er muß. Er weiß ja nicht, was ich vorhabe. Wir haben nun Kontakt miteinander, wir wissen, worum es geht, und jeder weiß, daß es keinen Ausweg gibt, als zu gehorchen. Nur die Form des Gehorchens, die lasse ich mir nicht aufzwingen. Er wird also kommen.«

Selbach trank mit bebenden Händen sein Glas Wein. »Ich könnte bewaffnete Matrosen auf dem Sonnendeck verstekken.«

»Auf gar keinen Fall! Keine Aktionen, lieber Kapitän. Handeln werde nur ich. Und Sie werden sehen: Meine Aktion genügt, um alle Probleme zu lösen.«

»Gott mit Ihnen!« sagte Selbach leise. Er atmete tief auf. Über alle Weltmeere war er schon gefahren, aber diese Reise nach New York war die längste ...

Um drei Uhr verabschiedete sich Graf Sepkinow und ging in seine Kabine. Fünf Minuten nach drei standen Selbach, Sybilla, der I. Offizier und Hergarten in Sepkinows Zimmer.

Der Alte hieb gegen die Wände und stieß schauerliche russische Flüche aus.

Im Sessel, wie ein friedlicher Leser, saß Shura Aitmanow. In seinem Rücken stak ein Messer, mit dem ein Zettel gegen die rote Lakaiuniform aufgespießt war.

»Ich komme«, stand auf dem Zettel.

»Das ist kein Mensch mehr«, flüsterte Selbach und mußte sich auf das Bett Sepkinows setzen. »Das kann kein Mensch mehr sein ...«

Hergarten nagte an der Unterlippe. Er trat auf Sepkinow zu, der wie irr herumblickte.

»Es tut mir leid, Graf«, sagte er stockend. »Das sollte nicht sein. Ich wollte gerade neues Blutvergießen verhindern. Aber unser Gegner hat besondere Spielregeln. Morgen wird alles vorbei sein, ich verspreche es Ihnen bei allem, was ich glaube. Glauben Sie mir.«

Er wandte sich ab, sah in das gelbe, verzerrte Gesicht Aitmanows und dachte an den gefolterten Heinz Niehoff. Da hatte er kein Mitleid mehr und verließ wortlos die Kabine.

Auf dem Gang, ganz hinten, sah er gerade noch, wie eine Gestalt weghuschte. Ein zierliches Mädchen im Kostüm einer Zofe aus dem Jahre 1900.

Mit einem dumpfen Laut stürzte er vorwärts und lief ihr nach. Aber als er den Quergang erreichte, war sie schon verschwunden. Über die Treppe zum Salondeck, in den geschlossenen Promenaden, hinter dem Kinosaal entlang ... er wußte es nicht.

Er wußte nur eins: Die Entscheidung morgen nachmittag würde ihm wenig Ruhm, aber Ruhe bis ans Ende seiner Tage geben.

Die Nacht verlief wider Erwarten ruhig. Das Leben auf der ›Ozeanic‹ ging weiter, unbeschwert von allen Problemen, die auf den Schultern von ein paar Männern lasteten. Die Stewards und Zahlmeister hatten Anweisung bekommen, das fröhliche Treiben an Bord fortzusetzen und bis zum Eintreffen des Flugbootes der Polizei den Passagieren das Gefühl zu geben, die luxuriöseste Woche ihres Lebens durchtanzt und durchliebt zu haben.

Nur noch zwei Tage bis New York! Nur noch zwei Tage und zwei Nächte, bis das Häusermeer von New York alles verschluckte, bis man mit einem Händedruck auseinanderging und wußte, man sieht sich nie wieder. Die acht Tage an Bord des schwimmenden und singenden Hotels, sie würden Erinnerung werden, ein Gedanke mehr zurück an Stunden, die nie wiederkehrten. Die Bordfeste in den Salons und Restaurants, die verschwiegenen Stunden an Deck und in den gedeckten Promenaden, die Umarmungen in den Kabinen, das Vergessen von gestern und morgen, das herrliche freie Leben, dieser Tanz auf dem Vulkan, durch alle Flammen von Leidenschaft – das alles wich bald einem grauen Alltag, wurde Geheimnis der Seele, versenkte sich tief ins Herz. Später einmal konnte man zurückblicken: Die Fahrt mit der ›Ozeanic‹, die Jungfernfahrt nach New York ... ach ja, herrlich war sie, glückliche Tage waren es. Und man würde in die Ferne blicken und an so manches denken.

An Bord wurde der große Abschlußball vorbereitet. Die Stewards und Matrosen schmückten das Schiff über die Toppen. Fahnengirlanden wehten und knatterten im Wind. In den Salons verwandelten riesige Blumenarrangements die Säle zu üppigen Treibhäusern. In den Küchen herrschte Hochbetrieb; man hörte es an dem Schreien, das kurz über die Gänge wehte, wenn sich die Türen zum Küchentrakt öffneten. Das berühmte kalte Büffet der ›Ozeanic‹ wurde vorbereitet; ein kulinarischer Augenschmaus, wie man ihn sonst kaum wiedersieht. Vielleicht im Waldorf Astoria in New York, aber dort kostet es das Zehnfache.

Ganz anders sah es in der Kapitänssuite aus. Dort hatte man ständige Funkverbindung mit New York und Hamburg. Die normale Polizei war ausgeschaltet worden; um die Passagiere der ›Ozeanic‹ kümmerte sich jetzt die politische Polizei. Der Bundesnachrichtendienst in Pullach hatte zwei seiner Männer zum CIA nach New York beordert; sie sollten mit dem Flugboot ebenfalls an Bord kommen. Aus Paris telegrafierte das Deuxième Bureau, der französische Geheimdienst, mit der ›Ozeanic‹. Auch Graf Sepkinow erhielt aus Paris merkwürdige Telegramme, die keinen Sinn hatten und aus Zahlen bestanden. Er las sie stirnrunzelnd und verbrannte sie dann in seinem Aschenbecher, zerrieb die Asche zwischen den Händen und streute sie ins Meer.

»Ich komme mir vor, als transportiere ich sämtliche Geheimagenten der Welt auf meinem Schiff«, stöhnte Kapitän Selbach, als wieder so ein Zahlentelegramm aus Paris für die Russen eintraf. »O Gott, wie schön war die Zeit vor dreißig Jahren, als wir um die Welt schipperten und nichts anderes im Kopf hatten als Musik und Liebe. In welchem Jahrzehnt leben wir bloß!«

Für die kommende Nacht hatte man vorgesorgt. Bewaffnete Matrosenstreifen durchkämmten die Gänge der Luxusklasse-Passagiere. Aber nichts geschah. Der Tod Aitmanows, dieser sinnlose Tod, der lediglich zur Nachrichtenübermittlung diente, war anscheinend der Abschluß. Und doch schlief man nicht in den Kabinen. Hergarten und Sybilla saßen am Tisch, die Pistolen vor sich; Dr. Dahl wachte bei dem noch immer schwachen Heinz Niehoff; Graf Sepkinow und seine beiden übriggebliebenen Lakaien bildeten eine Art Igelstellung – sie verließen ihre Kabine überhaupt nicht mehr. Einsam und verwundert über so viel plötzliche Krankheit an Bord – denn jede Entschuldigung hieß: Wir sind krank – saßen am Kapitänstisch nur noch Sir Surtess und Lady Anne und der unverwüstliche Sam Hopkins, der überall erzählte:

»Alle liegen auf dem Rücken! Ich kenne das ... seekrank sind sie. Alles andere sind Ausreden. Können nichts vertragen, die Burschen! Einen Sam Hopkins haut so etwas nicht um. Ich stehe noch bei Windstärke 12 an der Bar und trinke ruhig meinen Whisky.«

Er war in enthusiastischer Laune. Was er sich schon in

Cuxhaven vorgenommen hatte, aber durch das Eindringen jugendlichen Elans nicht ausführen konnte – das war ihm jetzt gelungen: Er hatte Margret Goltz, den Goldfisch der ›Ozeanic‹ erobert. Ganz einfach war das gewesen: Er hatte sie zum Whisky eingeladen, und sie hatte einfach ja gesagt. Das warf Hopkins aus der Bahn. Wie ein Pfau hatte er sich gebärdet. In der Nacht, nach einem Tanzabend, den Sam tapfer durchhielt, trotz deutlicher Schwächen in den Beinen und beim Atmen, saß er dann in Margrets Kabine, mit hochrotem Kopf und feuchten Händen, und sah zu, wie sich das kleine blonde Aas ungeniert vor ihm auszog, nackt in das Bad ging, sich unter die Brause stellte und dann, eingewickelt in ein großes, weißes Badetuch, wieder in der Kabine erschien. Hopkins saß noch immer da. Er brauchte einige Zeit, um zu begreifen, daß dieser weiße, wohlgeformte, mit blondem Flaum überzogene Körper sich für ihn gebadet und ins Bett gelegt hatte. Seine Eroberung war zu plötzlich gekommen, nun erschreckte ihn der Erfolg. »Ich kann dich aber nicht mitnehmen auf die Farm«, sagte er. »Nein, nein, ich bin nicht verheiratet, ich bin Witwer, aber ich habe zwei Söhne, und die halten mich für verrückt, wenn ich mit einem Mädchen ankomme, das meine Enkelin ...«

»Red nicht so viel!« sagte Margret in ihrem feinen Schulenglisch. »Komm!« Sie räkelte sich auf dem Bett. »In zwei Tagen ist sowieso alles aus. Dann muß ich wieder die brave Konsul-Tochter sein.«

In dieser Nacht schlief Sam Hopkins wie ein Bär aus den Rocky Mountains. Whiskysaufen und große Sprüche machen ist doch etwas anderes, als ein junges Mädchen im Arm zu halten und nicht müde zu werden.

Der Morgen war ein herrlicher Herbsttag. Selbst die bleiche Frau Michaelsen hatte sich auf das Sonnendeck rollen lassen und genoß die Unendlichkeit des in der Sonne schimmernden, kaum bewegten Meeres. Die Pflegerin Käthe Peine saß hinter ihr auf einem Hocker und las einen Roman.

Dr. Dahl, der von einer Patientin kam, die sich den Magen an den Austern des Abendessens verdorben hatte, blieb stehen, als ihm Frau Michaelsen zuwinkte.

»Was ist eigentlich heute nachmittag los, Doktor?« fragte sie. »Ich habe da eine Einladung von Herrn Hergarten bekommen. Wissen Sie Genaueres, worum es sich handelt?«

»Leider nicht.« Dr. Dahl sah auf die gedruckte Einladung, die Frau Michaelsen in der Hand hielt. »Auf Bitten Herrn Hergartens hat der Kapitän die Einladungen an alle Passagiere der I. Klasse verteilen lassen. So haben Sie automatisch eine mitbekommen. Aber ich glaube nicht, daß Sie anwesend sein müssen, gnädige Frau.«

»Sie wissen also doch etwas, Doktor?«

»Es soll sich um einen politischen Vortrag handeln«, wich Dr. Dahl aus. Frau Michaelsen zerknüllte die Einladung zwischen den Händen.

»Oh, wie langweilig. Für mich ist Politik ein Greuel. Ist es unhöflich fernzubleiben?«

»Aber nein.«

»Ich bin völlig unpolitisch. Mein Mann, ja ... der war an allem interessiert, der konnte sich über Bonn und Paris aufregen ... Was soll's, Doktor? Ändern wir es? Ich möchte die letzten Jahre meines Lebens in Frieden leben, weiter nichts.«

Nach dem Frühstück, während auf dem Sonnen- und Promenadendeck Frühsport und fröhliche Spiele getrieben wurden, versammelte sich der Kreis der Wissenden in der großen Kabine Hergartens. Von New York war die endgültige Nachricht gekommen: Gegen 17 Uhr würde das Flugboot mit den Spezialbeamten neben der ›Ozeanic‹ wassern. Von da ab würden die Beamten bis New York mitfahren und jeden Passagier unter die Lupe nehmen. Noch bevor man an der Freiheitsstatue vorbeifuhr, den Hudson-River hinauf zu den riesigen Quaianlagen, wollte man das Rätsel gelöst haben: Wer ist der gnadenlose Mörder, der Agent, der für sein Land kein Gewissen kennt?

»Die Einladungen sind verteilt«, berichtete der Oberzahlmeister. »Wir werden das Deck für alle anderen absperren.«

Franz Hergarten nickte. Er sprach in diesen Stunden

wenig. Meistens saß er wie geistesabwesend an seinem Schreibtisch und starrte gegen die Wand.

Die Arbeit eines Lebens war vertan. Was niemand wußte, selbst das Bonner Ministerium nicht: In seiner Aktentasche befanden sich nicht nur die Kopien, sondern auch das Original seiner Entdeckung. Wer diese Tasche in die Hand bekam, konnte sicher sein, daß keiner auf der Welt das Elektronium herstellen würde. Es gab nur diese Tasche, und in dieser Tasche lag das Schicksal der Menschheit.

Das Mittagessen vereinte noch einmal alle im großen Restaurant Helgoland. Sam Hopkins war es, der sich am meisten freute. »Alle wieder gesund!« rief er und drückte Sepkinow, Dr. Dahl, Sybilla, Hergarten, Frau Michaelsen und Käthe Peine die Hand. »Doktor, haben Sie Hoffnung, unsere Freunde Dubois und Niehoff auch noch bis New York auf die Beine zu stellen?«

»Bestimmt«, sagte Dr. Dahl mit Haltung. »Sie erholen sich überraschend gut.«

Und dann war es Nachmittag.

Das Lido-Deck war abgesperrt, rund um den Swimmingpool standen Klappstühle. Hinter der Bar hockten Stewards in ihren weißen Jacken. Sie sahen nett und freundlich aus, aber in den Fächern der Bartheke lagen entsicherte Gewehre. Das gesamte Offizierscorps der ›Ozeanic‹ war anwesend, bis auf den III. Offizier, der Brückendienst hatte. Selbst die Ingenieure, die sonst im Bauch der riesigen, schwimmenden Stadt verborgen leben, hatten weiße Uniformen angelegt und standen an der Reling. Kapitän Selbach wollte auf völlige Sicherheit gehen: für jeden Passagier ein Augenpaar der Besatzung. Noch ahnte niemand, was kommen würde, aber Selbach war sich sicher, daß es eine Sensation geben würde.

Dr. Dahl fuhr in einem Rollstuhl Heinz Niehoff heran. Sam Hopkins begrüßte ihn mit ausgebreiteten Armen. »Die Kunst unseres Doktors ist zu bewundern!« schrie er. »Sie kommen zu uns zurück, Mr. Niehoff. Noch schlapp auf den Beinen, was?«

»Ja.« Niehoff nickte schwach. Sein Blick flog zu Graf Sepkinow. Er saß in einem Korbsessel, umgeben von seinen rotbefrackten Lakaien. Welche Gedanken mochten jetzt in Niehoff toben? Er sah seine Peiniger, den Mann, der ihm die glühenden Nadeln ins Fleisch getrieben hatte, den anderen Russen, der ihn mit kaltem Wasser immer wieder aus der Ohnmacht herausriß. Daneben der würdige Greis mit dem flatternden, weißen Bart, der zaristische Graf aus Petersburg, der letzte Gentleman, von dem niemand wußte, was dahintersteckte.

Frau Michaelsen war trotz ihrer Abneigung auch noch gekommen. Sie saß in ihrem Rollstuhl wie zu einem Fest. Sie trug ein mit Goldfäden durchwirktes schwarzes Kleid, eine vornehme, alte Dame. Über das weiße Haar hatte sie einen spanischen schwarzen Spitzenschleier gelegt. Hinter ihr, wie immer fahl und bleich, Käthe Peine, die Pflegerin. Ein armes Geschöpf, das Tag und Nacht für die Gelähmte bereit sein mußte.

Völlig fehl am Platze fühlte sich Magret Goltz. Sie hatte Sam Hopkins gegen morgen aus ihrer Kabine geworfen, so wie man einen alten, verrotteten, stinkenden Scheuerlappen vor die Tür wirft. Nun flirtete sie mit dem II. Offizier, warf ihm strahlende Blicke zu und dehnte den Oberkörper in der Sonne, daß die Bluse fast platzte. Für sie bestand die Welt nur noch aus zwei Tagen – dann stand am Quai von New York die Tante und nahm sie mit in einen alten, riesigen, dumpfen Palast nach Pennsylvania. Dort gab es nur Diener und Handwerker, für die man sich interessieren konnte. Vielleicht auch ab und zu einen der Söhne der alten Siedlergeschlechter. Aber war das Freiheit? Freiheit, wie sie Margret genossen hatte, einem Rauschgift gleich?

Um 15.30 Uhr erschien Dr. Franz Hergarten mit Sybilla Odenthal. Er stellte sich hinter eine Art Rednerpult, das in der Schiffsschreinerei schnell zusammengehämmert worden war, und legte seine schwarze Aktentasche auf die schräge Fläche. Er stand nahe der Reling. Hinter ihm fiel es senkrecht ab zum schäumenden Meer.

»Meine Damen und Herren«, sagte Hergarten laut, als sich das leise Stimmengemurmel gelegt hatte und alles auf ihn blickte. »Sie haben meiner Einladung Folge geleistet, obwohl Sie nicht wissen, was Sie erwartet. Ich danke Ihnen, und ich danke besonders einem unter Ihnen, den ich nicht kenne, aber den ich besonders herzlich willkommen heiße. Sie sind mein Ehrengast.«

Unter den über fünfzig Passagieren entstand eine leichte Unruhe. Man sah sich um, blickte sich gegenseitig an. Die Augen fragen: Sind Sie es? Die Offiziere und Stewards beobachteten ihre Passagiere, Sybilla drückte ihre Handtasche an sich. Ihre Handfläche legte sich über den harten Gegenstand, der sich durch das weiche Leder drückte.

»Ich müßte mich Ihnen erst vorstellen«, fuhr Dr. Hergarten fort. Er wirkte in diesen Minuten ganz anders als sonst. Er war fast fröhlich, losgelöst von allen Problemen, heiter und jungenhaft. Er legte beide Hände auf seine Aktentasche und sah sich im Kreise seiner Zuhörer um. Lauter bekannte Gesichter. Die Hoffnung, ein paar unbekannte zu sehen und darauf zu schließen, daß dies der gnadenlose Mörder sein könnte, zerrann. Also saß er unter diesen bekannten Gesichtern, sah zu ihm hoch, fragend, lauernd, auf dem Sprung. Ein merkwürdiges, das Herz wie mit Eisenklammern zusammenziehendes Gefühl.

»Ich heiße Franz Hergarten, bin Physiker und wohne bei Frankfurt. Ich bin verheiratet.« Dabei sah er hinüber zu Dr. Dahl, der an der Unterlippe kaute und jetzt zusammenzuckte. »Bisher lebte ich glücklich und zufrieden in meiner Welt der Forschung. Durch einen Zufall gelang mir ein großer Wurf: Ich entdeckte das Elektronium. Für Sie, meine Damen und Herren, ist das nur ein Wort, für die Wissenschaftler aber bedeutet es eine Revolution auf dem Gebiete der Energieversorgung, für die Militärs ist es die schrecklichste Waffe, die in ihre Hand kommen könnte. Das Elektronium schafft bei freiwerdender Energie eine Schubkraft, die zehnmal höher ist als die, die man heute für die Mondraketen verwendet. Mit meinem Elektronium könnte ich – theoretisch – eine Atomrakete an jeden Platz der Welt schießen, wo immer auch die Abschußbasis ist. Ich könnte den Mond bombardieren und sogar den Mars in einer Zeit erreichen, die bis jetzt utopisch war. Das einzige, was noch konstruiert werden müßte, wäre ein Metall, das diesen ungeheuren Reibungswiderstand aushält, bis die Rakete in den luftleeren Raum kommt. Doch das nebenbei. Ich wollte Ihnen nur demonstrieren, was ich hier in dieser Tasche« – er klopfte auf seine schwarze Aktentasche – »mit mir herumtrage.«

»Sehr leichtsinnig, Doktor!« rief Sam Hopkins, von den Worten stark beeindruckt. »Wenn das zum Beispiel der Iwan erfährt. Nichts gegen Sie, Graf!« Er winkte Sepkinow zu.

Graf Sepkinow lächelte still und schwieg.

»Auf dieses Elektronium machen bereits die Geheimdienste verschiedener Länder Jagd«, fuhr Hergarten fort.

»Aha!« brüllte Hopkins dazwischen. »Da haben wir's schon!«

»Bisher waren alle Bemühungen vergeblich. Ich weiß, daß jedes Land jetzt in Furcht ist. Es geht um das nackte Leben, denn derjenige, der mein Elektronium besitzt, wird die Welt kontrollieren können ... die Welt und das Weltall! Das Kräfteverhältnis wäre völlig verschoben. Was bedeutete das? In den Händen von Größenwahnsinnigen, von ehrgeizigen Politikern, von ideologischen Schizophrenen, ob in Ost oder West, wäre dieses Elektronium das Handwerkszeug eines Terrors ohne Beispiel. Es gibt ja keine Gegenwehr. Und das alles ist festgelegt auf ein paar Seiten.«

Hergarten öffnete seine Aktentasche. Jetzt kam die kritische Minute. Sybilla, die hinter ihm stand, griff in ihre Handtasche. Die Stewards hinter der Bar ließen die Arme hängen. Ein Griff, und die Gewehre flogen über die Dekkung.

Aber nichts geschah. Die Passagiere starrten auf Hergarten, der ein paar Blätter aus der Aktentasche holte und sie hochhielt. »Das ist alles, meine Damen und Herren! Ein paar Formeln, ein paar Erklärungen. Im ganzen zehn Seiten. Was Sie hier sehen, sind die Originale. In der Tasche befinden sich außerdem noch vier Kopien. Mehr, das versichere ich, existiert nicht. In keinem Panzerschrank liegt etwas, ich habe alles bei mir! Bis zur heutigen Stunde war das ein idiotischer Leichtsinn, jetzt freue ich mich darüber. Ich halte hier in meinen Händen die Weltherrschaft!«

»Prost Mahlzeit!« sagte Hopkins laut. »So kalt ist es mir noch bei keinem Blizzard geworden.«

Hergarten steckte die Blätter wieder in seine Aktentasche und ließ das Kombinationsschloß einschnappen.

»Ich weiß«, sagte er dabei, »daß die Welt glücklicher leben wird ohne meine Zufallsentdeckung! Ich weiß, daß bei einem Forscher meiner Richtung Glanz und Elend eng zusammenliegen. Als Nobel das Dynamit erfand, dachte er an die Erleichterung bei Erdbewegungen und nicht daran, daß man es auch für Granaten verwenden könnte. Ich dachte zunächst auch an die Treibkraft für Raketen, für die Energie der Wirtschaft ... und erst später ging mir ein Licht auf, daß mein Werk die Vernichtung ganzer Völker ermöglichen könnte. Das wollte ich nicht, und das soll mein Elektronium auch niemals sein. Deshalb habe ich Sie heute zu mir gebeten. Sie sollen Zeuge sein, daß die Menschheit in naher Zukunft nicht vor einer neuen Waffe zu zittern braucht. Ich vergesse mein Elektronium, und ich gebe das, was es ausmacht, nämlich meine Formeln, demjenigen, der ewig schweigen wird: dem Meer!«

Er drehte sich schnell herum, und ehe es jemand verhindern konnte, hatte er seine Tasche ergriffen und über die Reling ins Meer geworfen. Sybilla umklammerte die Reling und starrte auf das winzige schwarze Etwas, das auf den Wellen hin und her schaukelte und sich schnell vom Schiff entfernte. In wenigen Minuten würde es sich voll Wasser gesogen haben und in die Tiefe gleiten. Und bald würde es zerfallen zu nichts.

»Was hast du getan, Franz ...«, stammelte sie. »Mein Gott, was hast du getan ...«

Die über fünfzig Passagiere saßen wie erstarrt. Graf Sepkinow sah in den blauen Himmel, Heinz Niehoff hatte die

Hände über die Augen gelegt. Auch der große Unbekannte schwieg. Für ihn war das Spiel verloren, für alle Zeiten.

»Jetzt bin ich glücklich«, sagte Hergarten laut. »Jetzt möchte ich zu meiner Frau zurückkehren ...«

Das war eine versteckte Aufforderung an den großen Gegner: Nun laß Lisa frei. Sie nützt nichts mehr. Hergarten ist so uninteressant geworden wie der unbekannte Küchenjunge auf der ›Ozeanic‹.

Durch ein Spalier der Offiziere und Matrosen verließen Hergarten und Sybilla das Lido-Deck. Erst als sie unter Deck verschwunden waren, löste sich die Spannung. Ein Stimmengewirr überflutete das Deck. Gruppen bildeten sich. Diskussionen kamen auf. Graf Sepkinow stand an der Reling und starrte ins Meer. Dr. Dahl trat neben ihn.

»Möchten Sie der Tasche nachschwimmen, Graf?«

»Nein.« Sepkinow sah hoch. »Das war die beste Lösung. Aber Hergarten ist und bleibt ein Träumer. Die Entwicklung ist nicht aufzuhalten. In einem Jahr oder in mehreren Jahren wird ein anderer etwas Ähnliches entdecken, und der wird nicht so human sein. Und dann zittert die Menschheit doch. Unsere Zukunft ist mistig, Doktor.« Er sah den Schiffsarzt scharf an. »Haben Sie etwas entdeckt?«

»Nein. Unser Unbekannter hat Nerven wie Drahtseile.«

»Dann bleibt Aitmanows Tod ungesühnt? Und auch Dubois? Und der arme Budde ...«

»Ich fürchte, ja.«

Vom Lido-Deck rollte Frau Michaelsen heran. Sie schüttelte immer wieder den Kopf. Vor Sepkinow und Dr. Dahl hielt sie an.

»Das war es also?« sagte sie. »Wenn das Politik ist, meine Herren, dann fange ich an, mich doch dafür zu interessieren.«

Sie rollte weiter in ihrem Rollstuhl, und Sepkinow und Dr. Dahl lachten hinter ihr her. Aber es war ein rauhes Lachen. Es kam aus zugeschnürten Kehlen.

Um 17 Uhr zog das große Flugboot aus New York ein paar Kreise über der weißen, schlanken ›Ozeanic‹.

Kapitän Selbach ließ alle Maschinen stoppen. Mitten auf dem Ozean lag die weiße, schwimmende Stadt still. Das Flugboot ging zu Wasser und schwamm dann langsam längsseits.

An der Reling, an den Fenstern und Bullaugen sahen Hunderte von Augenpaaren dem Manöver zu. Strickleitern wurden an der Bordwand heruntergelassen bis auf die Schwimmer des Flugbootes.

»Die Polizei!« sagte Graf Sepkinow gemütlich zu Hopkins. »Vermutlich hat man Schmuck geklaut. So etwas kommt auf Luxusschiffen öfter vor. Es fahren immer Ganoven mit.«

Er hatte keine Angst. Sein Paß war in Ordnung. Und in Ordnung würden auch die Pässe aller anderen Passagiere sein. Was wollte man? Wenn Geheimdienste arbeiten, ist die Polizei zur Lächerlichkeit degradiert.

Kapitän Selbach begrüßte den ersten Mann, der an Bord kletterte, mit größter Hochachtung. Den Namen hatte man per Funk schon durchgegeben. Ein Mr. Stan Halley. Er mußte bei der CIA ein großer Mann sein; er hatte alle Vollmachten. Hinter ihm folgten noch sieben Mann, darunter die beiden Experten des Bundesnachrichtendienstes aus Pullach. Man ging sofort in die Kabine Dr. Hergartens. Dann nahm die ›Ozeanic‹ wieder Fahrt auf, das Flugboot blieb zurück, startete dann und zog als grauer, plumper Fleck am Himmel wieder zum amerikanischen Kontinent.

»Was Sie getan haben, Mr. Hergarten«, sagte Stan Halley, nachdem er alles erfahren hatte, »wird Ihnen noch viele Schwierigkeiten bescheren.«

»Es war mein geistiges Eigentum. Ich kann mit ihm machen, was ich will.«

»Irrtum! Es war bereits Eigentum der USA. Sie waren angemeldet zur Übergabe. Ich garantiere, man wird Ihnen keine Ruhe lassen. Ihnen steht eine verdammt harte

Zeit bevor.« Halley musterte Sybilla, die mit den beiden Kollegen aus Pullach sprach. »Sie haben auch versagt, Miß Agent.«

»Ich weiß.« Sybilla strich ihre Haare zurück. »Ich wollte auch nicht mehr.«

»Überall ein Anflug von Humanität und Gewissen. Das ist ein böser Bazillus.« Halley lachte rauh. »Na ja, mich soll's nicht stören. Dafür sind andere zuständig. Wir suchen erst einmal das verfluchte Schwein, das hier so lustig herummordet. Und Ihre Frau suchen wir, Mr. Hergarten. Sind Sie sicher, daß sie nicht schon längst über Bord ist?«

»Sie lebt noch. Aber sie ist jetzt wertlos für alle.«

»Für mich nicht«, sagte Dr. Dahl langsam.

Hergarten wandte sich schroff ab und setzte sich.

Es ist erstaunlich, welchen Rummel acht Beamte machen können, wenn sie losgelassen sind. Mr. Halley kannte keine Rücksicht wie Kapitän Selbach. »Was heißt hier: Diskretion? Es geht um Spionage, Kapitän! Da gucke ich unter die Betten, auch wenn sie doppelt belegt sind. Ich lasse das ganze Schiff kopfstehen, dann haben die Leute wenigstens etwas für ihr Geld. Saufen und poussieren können sie überall, aber einen Mörder suchen, das bereichert ihren Erinnerungsschatz ungemein.«

Und so gab es kein Pardon.

Unter Assistenz von Zahlmeistern und Offizieren der ›Ozeanic‹ drangen die Männer Halleys in jede Kabine ein, sahen die Pässe durch, durchsuchten die Kabinen und verhörten. Auch die Mannschaft kam dran; drei Mann aus New York durchkämmten die Ladebunker und Mannschaftsräume.

Einen kurzen Aufenthalt gab es in der Kabine von Margret Goltz. Das kecke Mädchen lag nackt auf dem Bett und empfing Mr. Halley mit fröhlichem Zwinkern.

»Nein, so was!« sagte sie. »Hatte ich die Tür nicht verriegelt? Ich wollte gerade schlafen, und ich schlafe immer ohne...«

»Ich auch«, sagte Halley, warf ein Handtuch über Margret

und streckte die Hand aus. »Paß bitte! Und raus aus dem Bett!«

»Wo soll ein nacktes Mädchen wohl seinen Paß hinstekken?« Margret dehnte sich wohlig. »Meine Haut hat keine Taschen.«

»So etwas Dämliches!« knurrte Halley. Er ergriff Margret am Arm, zog sie aus dem Bett, warf sie auf den Kabinenboden und stieg über sie hinweg. Er nahm ihre Handtasche vom Tisch und holte den Paß heraus. Margret blieb liegen, das Handtuch unter den Kopf geschoben.

»In Ordnung!« sagte Halley, stieg wieder über den nackten Körper und ging zur Tür. »Meine Tochter ist neunzehn. Wenn die so wäre wie Sie ...«

Wie zu erwarten: Auch die Männer des CIA fanden nichts. Sie besichtigten die Toten, Dubois, Budde und Aitmanow, bekamen eine schreckliche Wut und ballten die Fäuste. Das war aber auch alles. Nach einem ganzen Tag Kontrolle und einer Nacht voller Spannung fuhr die ›Ozeanic‹ nun in den letzten vollen Tag hinein, der sie noch von der Küste Amerikas trennte. Alle Pässe waren in Ordnung. Lisa Hergarten wurde nicht gefunden.

»Dazu brauchen wir keinen CIA«, sagte Sybilla giftig zu Halley, der seinen Bericht zusammenstellte.

Halley knirschte mit den Zähnen und schwieg. Er wußte genau, wen er vor sich hatte. Er sah diesen würdigen russischen Grafen und Edelsteinhändler, er versuchte vergeblich aus Heinz Niehoff etwas herauszupressen, er prallte bei den beiden russischen Lakaien gegen eine Wand. Nur die Toten sprachen: Budde, Aitmanow, Dubois. Sie erzählten von gnadenloser Grausamkeit. Aber auch das war Halley nichts Neues. Zunächst war allerdings Ulrich Renner in das Schußfeld Halleys gekommen. Ausgerechnet Renner! Man schnappte ihn, als er in der letzten Nacht vor New York durch die Gänge schlich und mit einem Dietrich die Tür zu Kabine 107 öffnen wollte. Im Zimmer des Oberzahlmeisters, das das Hauptquartier der New Yorker geworden war, erlebte Renner dann ein Verhör à la CIA.

Auf die Frage: »Was wollten Sie in 107?« antwortete er im Bewußtsein seiner demokratischen Menschenwürde: »Das geht Sie gar nichts an.«

Halley grunzte nur. Dann schlug einer zu, in die Magengrube. Renner knickte zusammen und fiel auf ein Sofa. Der nächste Schlag krachte unters Kinn. Renner hatte das Gefühl, die Luft summe voller Bienen, dann klingelte es laut in seinen Ohren. In dieses Klingeln hinein hörte er die Stimme Halleys.

»Antworten Sie vernünftig, Mr. Renner! Morgen sind wir in New York! Wollen Sie durch die Stadt laufen mit zugeschwollenen Augen?«

So löste sich auch diese Affäre. »Aha, die nackte Kleine!« sagte Halley grinsend. »Warum denn mit einem Dietrich? Die ist doch offen für jeden, der bei ihr bimmelt...«

In der letzten Nacht, während das Abschiedsfest die ›Ozeanic‹ noch einmal zu einem klingenden, in Lichter getauchten Märchen werden ließ, war Dr. Dahl der Verzweiflung nahe. Er hockte in Hergartens Kabine auf dem Bett und zitterte vor Erregung.

»Keine Spur von Lisa!« schrie er. »Nicht einen Knopf! Woher nehmen Sie eigentlich noch die Kraft zu behaupten, sie lebe und sie sei hier auf dem Schiff? Der Kerl hat sie erst recht umgebracht, als Sie Ihre Formeln ins Meer warfen! Nun war sie wertlos, aber eine Gefahr! Herr Hergarten, Sie haben genau das Gegenteil dessen erreicht, was Sie wollten: Sie haben Lisa getötet! Sie allein! Nein, wenden Sie sich nicht ab, Hergarten!« Dr. Dahl schrie es in seiner Qual heraus. »Sehen Sie sich im Spiegel an: So sieht ein Mörder aus!«

»Sie sind ja verrückt, Doktor.« Hergarten senkte den Kopf. »Sie lebt! Ich spüre es. Sie zu töten, wäre sinnlos.«

»Auch Aitmanows Tod war sinnlos. Unser Unbekannter hat nicht ein Stäubchen Herz.«

Hergarten hob hilflos die Arme und ließ sie an den Körper zurückfallen. »Wir müssen Geduld haben, Doktor.«

»Geduld? Woher soll ich die nehmen?«

»Was bleibt uns anderes? Wissen Sie etwas?«

Dr. Dahl ließ den Kopf auf die Brust sinken. Es war Antwort genug.

New York.

Die Riesenstadt lag vor ihnen. Sie hatten Coney Island passiert, die Einwanderungsbeamten waren an Bord gekommen zur Kontrolle, nun fuhren sie langsam durch die Upper-Bai, der Freiheitsstatue entgegen, vor sich das berühmteste Panorama der Welt: Die Wolkenkratzer von Manhattan, das Häusermeer von Brooklyn, die Hafenanlagen von New Jersey. Zehn Boote der Hafenfeuerwehr begrüßten die ›Ozeanic‹ mit hohen Wasserfontänen und begleiteten sie zu den Piers. Willkommen zum erstenmal in New York! Willkommen im Herzen der Neuen Welt. Willkommen im Land der Freiheit ...

Selbach und seine Offiziere standen oben auf der Außenbrücke. Die Begrüßung rührte sie ans Herz, aber es war ein bitterer Geschmack dabei. Wie anders hätte man in New York einfahren können, wie fröhlicher hätte die Jungfernfahrt enden können! Immerhin: Alle Passagiere in Hochstimmung, die Bordkapellen spielten auf Deck, über alle Toppen war das herrliche Schiff geflaggt, selbst das Wetter meinte es gut – über New York lag der Glanz einer blanken Herbstsonne.

»Wann werden wir Nachricht bekommen, wo Lisa ist?« fragte Dahl. Er stand mit Hergarten an der Reling und sah hinüber zu den Piers. Noch dreißig Minuten, und dann lag die ›Ozeanic‹ vertäut in New York. Wer würde die Nachricht des Unbekannten überbringen? Wo fand man Lisa? Gab es überhaupt ein Wiedersehen?

»Bis New York bin ich verrückt«, sagte Dr. Dahl heiser. »Wenn wir anlegen und ich weiß noch nichts, habe ich starke Befürchtungen, daß ich irrsinnig werde.«

»Nur noch eine Stunde, Doktor.« Hergarten sah den Schiffsarzt lange an. »Bevor ich selbst mit Lisa sprechen kann, sollten wir uns verständigen, Doktor. Lisa ist also mit einer Scheidung einverstanden?«

»Ja.«

»Sie sagte es selbst?«

»Nein. Sie kam ja nicht mehr dazu. Aber …« Dr. Dahl zögerte. »Es ist alles klar zwischen uns.«

»Sie war Ihre Geliebte?«

»Ja.«

»Ich habe Lisa sehr geliebt«, sagte Hergarten leise.

»Bis Sybilla in Ihr Leben trat.«

»Nein. Das entwickelte sich wie eine Lawine, die man kommen sieht, aber nicht aufhalten kann. Ich wurde überrollt. Jetzt allerdings ist alles anders, da haben Sie recht.« Hergarten legte seine Hand auf Dahls Arm. »Wenn ich die Nachricht bekomme, gebe ich sie an Sie weiter. Holen Sie Lisa ab. Ich wohne in New York im Hotel Ambassador. Wir werden uns alle in Ruhe aussprechen können.«

»Danke, Herr Hergarten.«

Sie gaben sich die Hand.

Dann schob sich die ›Ozeanic‹ vorsichtig an die Hafenmauer heran. Die Kapellen spielten den Yankee-doodle, die Passagiere winkten und riefen Verwandten und Bekannten zu, die sie abholten. Die Neue Welt war erreicht.

Der CIA hatte vorgesorgt. Auf den Dächern der Lagerschuppen lagen Beamte und fotografierten jedes Auto, das wartete, jede Person, die zum Empfang der ›Ozeanic‹ bereitstand. Nichts entging ihren Kameralinsen.

Dann rollte die breite Gangway an Land, der letzte Streifen Wasser zwischen dem stolzen Schiff und dem Festland wurde überbrückt – die Königin der Meere war zu Hause.

Auf dem Schiff fand das große Verabschieden statt, das »Auf Wiedersehen«, an das keiner glaubte. Die Kräne setzten schon die Kofferberge an Land, die Schauerleute umwimmelten das Schiff. Gepäckträger boten sich an.

Wie eine Welle spülten die Passagiere an Land. Umarmungen, Küsse, Tränen, Zurufe, ausgebreitete Arme. Graf Sepkinow ging würdevoll an Land, hinter sich die beiden Lakaien, bestaunt wie ein Wesen vom anderen Stern. Die Tante von Margret Goltz weinte vor Freude, als sie das brave Nichtchen sah. »Wie süß du geworden bist!« rief sie immer wieder. »Ach, wie süß, Wie süß! Ich habe dich zum letztenmal gesehen, da warst du vier Jahre alt!« – Die Neue Welt!

Margret Goltz zog die Schultern hoch. Männer gab es überall, auch in Pennsylvania.

Hergarten stand wartend an Land – Sybilla hatte noch eine Unterhaltung mit Mr. Halley – als Frau Michaelsen an ihm vorbeirollte. Wie immer schob Käthe Peine den Rollstuhl. Neben einem Schuppen wartete ein großer, schwarzer Lincoln auf sie.

»Machen Sie es gut, Doktor!« sagte Frau Michaelsen zu Hergarten. »Das Wegwerfen Ihrer Erfindung, es wird mir immer in Erinnerung bleiben. Ach, da wartet ja auch schon Jean mit dem Wagen.« Sie gab Hergarten die Hand und lächelte ihn an. »Begleiten Sie mich zum Wagen, bitte. Während der ganzen Überfahrt habe ich nur Sie bewundert. Eine alte Frau darf das doch wohl?«

Hergarten nickte. Er sah zurück zur ›Ozeanic‹ Sybilla kam noch nicht, Dr. Dahl stand an der Reling mit geballten Fäusten. Er hatte also noch keine Nachricht. Lebte Lisa noch? Um das Herz Hergartens zog es wie ein glühendes Eisen.

Er ging neben dem Rollstuhl her. Frau Michaelsen hielt seine Hand fest, als sei Hergarten ihr Eigentum. Vor dem großen Lincoln hielt der Rollstuhl. Jean, der Chauffeur, öffnete die breiten Türen.

»Ich helfe Ihnen in den Wagen«, sagte Hergarten. »Wenn Sie mir sagen, wo ich Sie anheben kann ...«

»Nicht nötig, mein Bester.« Frau Michaelsen warf die dicke Decke zur Seite, die ihre gelähmten Beine bedeckte. Mit einem Ruck erhob sie sich, stand auf beiden Beinen, machte einen kräftigen Schritt hinaus aus dem Rollstuhl und einen zweiten zum Wagen. Mit einem Schwung saß sie hinten in dem Lincoln. Die zarte, blasse Pflegerin Käthe Peine gab dem Rollstuhl einen Schubs ... er rollte gegen die

Schuppenwand und blieb dort stehen. Dann sprang auch sie in das Auto. Der Chauffeur stand dicht hinter Hergarten; erstarrend spürte dieser in seinem Rücken einen harten Gegenstand.

»Frau ... Frau Michaelsen ...«, stotterte Hergarten entgeistert.

Frau Michaelsen nahm ihre weißen, gepflegten Haare ab. Unter der Perücke kam ein kahlgeschorener, runder Männerkopf zum Vorschein. Auch Käthe Peine wurde ein junger, blondgelockter Mann.

»Verzeihen Sie diese Maskerade«, sagte »Frau Michaelsen«. »Sie haben das Recht, erstarrt zu sein, Dr. Hergarten. Wer ich bin, das ist uninteressant. Aber ich will Ihnen sagen, daß es Ihnen gelungen ist, das große China zu besiegen.«

»Sie ... Sie arbeiten für Rotchina?« stammelte Hergarten.

»Ja. Klärt sich nun alles auf?« Der Mann lachte tief. »Leben Sie wohl, Hergarten. Da Sie alle Pläne vernichtet haben, werden wir uns nie wiedersehen.«

Er lehnte sich zurück. Der blonde junge Mann warf seine Tür zu, Jean rannte um den Wagen herum, der Motor brummte auf.

»Wo ist Lisa?« schrie Hergarten. Seine Erstarrung löste sich. Er lief neben dem anfahrenden Wagen her. »Wo – ist – Lisa?!« brüllte er.

»Unter meinem Bett!« Der Kahlgeschorene winkte aus dem Fenster. »Es hat niemand übers Herz gebracht, einer alten, gelähmten Dame unters Bett zu gucken. Dort liegt sie ... es geht ihr gut ...«

Der Lincoln schoß vorwärts, um den Lagerschuppen herum, durch eine Gasse von schmutzigen anderen Hallen. Hergarten sah ihm nach, unfähig, sich zu bewegen. So traf ihn Halley an, der mißmutig herumspazierte.

»Der Wagen ...«, stammelte Hergarten. »Ein schwarzer Lincoln ... In ihm saß der Unbekannte ...«

Über Halleys Gesicht zuckte es. »Wir haben alle Wagen fotografiert«, stöhnte er. »Wir werden ihn bekommen. Oh, welcher Mist!« Er sah auf den verlassenen Rollstuhl, hieb sich gegen die Stirn und rannte davon. Zehn Minuten später war Alarm bei allen Straßenstreifen New Yorks. Über den ganzen Staat New York dehnte sich der Alarm aus.

Der Wagen wurde nicht gefunden.

Der Agent Chinas war aufgesaugt vom großen Schwamm New York.

Am Nachmittag dieses Tages warteten im Hotel Ambassador zwei glückliche Menschen auf die Nachricht von Zimmer 178. Der Portier hatte sie dort angemeldet.

»Mr. Hergarten läßt bitten«, sagte der Portier und legte auf. »Boy ... die Herrschaften auf 178!«

Arm in Arm gingen Dr. Dahl und Lisa zum Lift. Sie lächelte, aber als sie über die Schwelle des Fahrstuhles treten sollte, zögerte sie. Ihr Gesicht wurde kindlich ängstlich.

»Angst?« fragte Dr. Dahl leise.

»Ja.«

»Wovor?«

»Vor allem. Es ist schließlich meine erste Scheidung ...«

»Das nennt man Galgenhumor. Komm, Lisa ...«

»Ich war einmal mit Franz sehr glücklich«, sagte sie kaum hörbar.

»Und jetzt?«

»Ich liebe dich!« Sie lehnte den Kopf an seine Schulter. »Auch Irrtümer einzugestehen ist schrecklich schwer.«

Er drängte sie in den Lift, die automatischen Türen glitten mit einem Schmatzen zu, sie schwebten nach oben.

Als sie ausstiegen, kam ihnen Hergarten schon entgegen. Er nahm ihnen alle Peinlichkeit ab; er begrüßte Lisa mit einem Kuß auf die Wange, hakte sich bei ihr unter und war fröhlich wie nie.

»Ich habe Champagner kalt stellen lassen«, sagte er. »Ich glaube, dabei sprechen wir leichter alles aus, was wir auf dem Herzen haben.«

»Ich danke dir«, sagte Lisa leise und drückte Hergartens Arm. »Ich danke dir, Franz. Für alles ...«

Sie hatten die Neue Welt betreten, und es war für sie wirklich eine neue Welt. Ein neuer Weg in die Zukunft. Das Betreten eines ungepflügten Landes, das sie nun kolonisieren mußten.

Sie hatten keine Angst davor. Mit ihnen war die mächtigste Waffe: die Liebe.

Vier Tage später fuhr die ›Ozeanic‹ zurück nach Europa.